화
랑
애
사

2

이지혜 장편소설

화랑애사

2

네오
픽션

차 례

5장 말발굽 소리 요란하고, 흙먼지 자욱한데

"왜 그러시어요, 설찬랑?"

그에게 잡힌 손목이 슬슬 아려온다 싶을 때쯤 단희가 입을 열었다. 장신인 그가 성큼성큼 걷다 보니 작은 단희는 뛰다시피 그의 곁을 따라붙어야 했다. 후덥지근한 날씨 탓에 조금만 숨을 헐떡여도 얼굴이 발갛게 상기되었다. 풀어 헤친 머리카락이 더웠다. 그러나 설찬은 여전히 뒷모습만 보인 채 앞서 걸을 뿐이었다.

"설찬랑?"

단희가 다시 소리 높여 그를 불렀다. 빳빳한 고개는 여전히 앞을 향해 고정되어 있었다.

"풍월주!"

이번에는 달리 그를 불러보았다. 그러자 그녀의 손목을 잡고 있던 그의 손아귀에 힘이 들어갔다. 하지만 설찬은 여전히 그의 너른 등판만 보여줄 뿐이었다.

'왜 이러지, 진짜?'

단희는 당최 알 수가 없었다. 어젯밤만 해도 그토록 사랑스러운 눈빛으로 그녀를 바라보던 임인데. 때가 때인지라 두 사람의 사이를 밝힐 수 없기에 둘은 서로를 모른 척했다. 하지만 지나가는 눈길, 스치는 손길, 맞닿은 숨결에서 서로를 끊임없이 의식하고 있었다. 아무도 모르게 두 사람의 눈이 마주칠 때면 단희는 가슴이 벅차오르고 숨이 가빠왔다. 기쁨과 환희가 그의 눈동자에 있었다.

'그런데 왜 갑자기 이이의 어깨가 저리 굳었을꼬?'

고개를 갸웃하던 단희가 이리저리 눈을 굴려봤지만 딱히 떠오르는 것은 없었다. 저 고집쟁이 무인은 어지간해서는 입을 열지 않는다는 것을 그녀는 잘 알고 있었다. 잠시 머리를 굴리던 단희가 그의 손목을 덥석 움켜잡았다.

성큼성큼 걸어가던 설찬이 그제야 그녀를 돌아봤다. 단희는 그의 손에서 제 손목을 부드럽게 빼내고는 굳은살이 박인 그의 손에 제 손을 깍지 꼈다. 거목처럼 단단한 손가락 사이로 그녀의 손가락이 스며드니 그의 눈동자가 짙어지며 그녀를 내려다봤다. 단희는 새침하게 눈을 흘기며 부끄러운 듯 낮아지는 목소리로 속삭였다.

"이왕 잡고 갈 것이면 이렇게 가시어요."

그윽한 눈동자가 그녀를 한참 내려다보더니 이내 뜨거운 숨을 옅게 내쉬었다.

"여우 같으니라고."

그렇게 말하면서도 설찬은 단희의 손을 놓지 않았다. 오히려 더욱 단단히 잡고서는 더욱 가까이 그녀를 끌어당겼다. 단희가 뺨을 부풀려 수줍게 웃음을 보였다. 손에서 느껴지는 그의 강인한 체온이 좋았다.

아름드리 버드나무가 머리 위로 흐드러져 있었다. 새하얀 햇살이 나뭇잎 사이로 부서져 내렸고, 그녀의 손을 깍지 낀 낭군님의 모습이 아름다웠다. 아아, 숨이 막히도록 좋았다. 단희는 가쁜 숨결을 삼키듯 소리 없이 중얼거리며 그의 곁에 섰다.

"언제 이리 여우가 된 것이냐."

"제가요?"

수많은 발길로 다져진 노오란 흙길을 따라 걸으며 단희는 까르르 웃음을 터트렸다. 여우라는 그의 말이 이상하게 싫지 않았다. 아무렴 곰보다는 여우가 낫다고 하지 않던가?

"그나저나 왜 그러신 거예요? 말씀을 해주셔야죠."

한갓진 길로 들어서면서 설찬을 재촉해 물었다.

"……."

"또 그렇게 입을 꾹 다물고만 계실 겁니까?"

오가는 사람 하나 없는 한적한 길이었기에 두 사람은 나란히 다정하게 걸었다. 단희는 꼭 잡은 그의 손을 슬쩍 흔들었다. 하지만 그는 단희의 질문을 모르는 척 딴청만 부렸다.

"그렇단 말이죠?"

"……"

"좋습니다, 말씀하지 마시어요."

단희가 크게 결심했다는 듯 말을 하니 설찬이 그녀를 내려다보았다. 그와 눈이 마주친 그녀가 슬그머니 입꼬리를 올려 얄궂은 미소를 걸었다.

"대신!"

"대신?"

가는 게 있으면 오는 게 있어야 하는 법.

"나중에 설찬랑이 저를 추궁하는 날이 왔을 때 제가 입을 꼭 다물고 있다 해도 화내시면 아니 되어요."

예상치 못한 말을 들었다는 듯 설찬이 얼굴을 굳혔다. 길을 따라 걷던 발걸음도 딱 멈춰 섰다.

"…… 뭐? 어떤 일 때문에? 무슨 일을 말이냐?"

"저도 모르죠. 만약에 그런 일이 생긴다면 말입니다, 만약에."

단희는 별일 아니라는 듯 말했지만 그녀의 말을 듣고 있던 설찬은 잠시 생각에 잠겼다. 길 한복판에 서서 무얼 그리 골몰하는지 한참 침묵하던 그가 마침내 입을 열었다.

"안 된다, 숨기지 마."

칼 같은 그의 성정처럼 단호한 대답이었다.

"어머, 그러면 공정하지 못하잖아요."

"공정?"

"예, 저는 한 번 봐주고 넘어갔는데 설찬랑은 안 된다니요? 공정치 못합니다, 공자님."

그녀의 말에 설찬은 다시 입을 다물고 그녀를 내려다봤다. 단희는 고개를 쳐올리는 것으로 고집스러운 마음을 대변했다. 장난 반, 진심 반으로 내뱉은 말인데 그가 칼같이 안 된다 하니 못난 고집이 나서 성을 부리는 것이었다. 또 한편으로는, 그와 나누는 이런 시시껄렁한 사담이 좋았다. 살결과 살결로 마음을 나누는 것과는 또 다른 친밀함이 있어서였다.

"좋다, 허면 나도 숨기는 거 없이 말해주마."

"예?"

예상치 못한 대답이었다. 단희는 '그래도 안 되는 것은 안 되는 것이다' 아니면 '난 숨기는 게 없다. 그러니 봐주고 말 것이 어디 있느냐?' 따위의 대답이 돌아올 줄 알았는데, 돌연 진실 고백이라니. 그녀가 미처 다음 반응을 준비하기도 전에 설찬이 나직하게 고백했다.

"환웅, 그놈이 너를 만지는 게 싫다."

이게 무슨 말인가? 단희는 그 뜻을 물으려 입을 열었으나 설찬의 다음 말이 그녀의 입을 막아섰다.

"아무리 환웅이라 하여도 그렇게 함부로 네 머리며, 어깨를 허락지 말거라. 사촌 간이라고는 하나 엄연히 다 큰 남녀인 것을."

그렇게 말하며 설찬은 손을 들어 그녀의 머리카락 끝을 매만졌다. 어깨 아래로 쏟아져 내린 머리카락에 피부라도 달린 것처럼 그의 손길이 저릿하게 느껴졌다. 소매 아래 곱게 내려진 팔뚝 위로 오소소 달콤한 소름이 돋았다. 다정한 듯 은근한 그의 눈길이 그녀의 머리와 어깨를 훑고 지나갔다. 그럴 때마다 가슴 아래 심장이 쿵쿵 달구질을 했다.

무뚝뚝한 목소리에 무심한 눈길이건만, 그 어떤 고백보다 은밀하고 직설적이었다. 단희의 체온이 새삼 달아오르고 있었다.

"언제부터 이리 달콤한 분이셨습니까?"

"달콤하다?"

기분이 썩 나쁘지 않다는 듯 설찬이 그녀의 머리카락 끝을 다시 매만졌다. 손끝에 닿는 매끄러움을 음미하며 그가 그녀에게 귀를 기울였다.

"지금 저희 오라버니에게 투기하시는 거 아닙니까? 설찬 랑이 투기하는 모습을 다 보다니……."

단희의 웃음이 조용하게 울려 퍼졌다. 키득키득 소리 내어 웃고 싶은데 그렇게 하면 분명 이 눈앞의 남자는 어린애 같은 심통을 보일 것이었다.

"투기는 단희, 네가 잘하는 것 아니더냐?"

"제가요? 그렇지 않습니다. 언제 제가 투기를 보였다고 그러십니까?"

단희가 정색하자 설찬 또한 단호하게 고개를 내저으며 말했다.

"나도 아니다."

"설찬랑은 투기하셨습니다."

"아니래도."

"맞다니까요!"

단희가 분을 이기지 못한 듯 눈을 동그랗게 뜨고 우겨대자 설찬이 조용히 웃음을 터트렸다. 그는 장난이었을 뿐인데 단희가 작정을 하고 달려드니 그 모습이 귀여웠다. 설찬이 머리를 숙여 그녀의 단정한 가르마에 입을 맞추며 말했다.

"그래, 맞다고 하자꾸나."

따스하게 닿는 그의 입김에 불퉁거리던 단희의 얼굴에도 미소가 일었다. 그래, 뭐가 그리 중요하겠는가. 지금 그녀가 그토록 바라고 바라던 임이 곁에 있고, 그녀를 이토록 사랑스럽다는 듯 바라보고 있는데. 단희는 그의 따스한 손에 머리를 기대며 속삭였다.

"이 손에만 허락하겠습니다. 제 머리카락도, 어깨도, 사랑도.”

  설찬은 웃고 있었다.

  이번 화랑의 출정은 일종의 정찰조와 같은 역할을 수행
하는 것이었다. 아직 정체를 알 수 없는 군락群落을 탐색하
고 그들의 배후를 조사하기 위해서 화랑도만큼 적격인 조
직이 없었다. 너무 요란하거나 경직되어 있는 군인들의 부
대는 소문이 퍼지기 쉽고, 또 왕궁의 군부대는 주목하고 있
는 곳이 많기에 쉬이 움직일 수가 없다. 하지만 화랑들은
시시때때로 나라를 유오하며 방랑할 수 있고, 그들이 움직
인다 하더라도 전쟁과 직결하지는 않기에 보다 행동을 옮
기기가 수월했다.

  “긴장되지는 않으십니까?”

  단희의 곁을 바짝 지키고 선 이는 미흘이었다. 어느 샌가
그는 그녀의 심복이자 호위가 되어 있었다. 스스로 자처하
여 그녀를 따르기 시작하더니, 조용하고 충직하게 그녀를
위해 움직였다. 항상 그녀에게 보여주는 그의 믿음직한 모
습에 단희는 가슴 깊이 고마움을 느꼈다.

  “왜 안 되겠습니까. 하지만 티를 내지 않으려 노력 중입
니다.”

  작은 목소리로 단희가 명랑하게 말했다. 그녀의 무예 실
력이 녹록지 않다는 것을 화랑들 모두 잘 알고 있음에도 불

14

구하고, 단희는 그들이 그녀에게 신경을 쓰고 있다는 것을 느낄 수 있었다. '여자'라는 태생적 연약함이 그들에게 한없는 걱정이자 염려가 되고 있음을 알 수 있었다. 하지만 단희는 짐이 되고 싶지 않았다. 누군가를 지키면 지켰지, 지켜지고 싶은 여자는 아니었다.

"그나마 인원이 많지 않아서 그런지 제법 빠르게 가고 있는 듯하네요."

"예, 이 정도의 속도라면 사흘 안으로 닿을 것 같습니다."

출정이 확정된 직후 미휼은 홀로 북한산성을 다녀왔다. 지형도 파악하고 인근의 분위기를 살펴보기 위함이었다. 단희는 새삼 바지런한 그의 충심에 감복했다. 동시에 그의 마음이 주는 긴장감을 잊지 않았다. 이런 강직한 충심을 받기에 부끄럽지 않은 주군이 되고 싶은 그녀였다.

"원화, 덥지는 않으십니까?"

언제 따라온 것인지 곡사흔이 그녀의 곁으로 말을 가져다 붙였다. 가을로 접어들기 전이었기에 아직 날씨가 후덥지근했다. 최대한 줄여 입었다고는 하나 두터운 갑옷 안으로 땀이 흥건했다. 단희는 손 부채질로 더운 열기를 가시게 하려 했지만 소용없는 짓이었다.

더군다나 곡사흔은 그리 강골이 아니었으니, 더위로 인해 벌겋게 익은 얼굴이 가을날의 홍시 같았다. 지친 기색이 완연한 그가 축 늘어진 목소리로 힘겹게 말하였다.

"벌써 두 시진이 넘는 강행군이니 말들도 지치기 시작했습니다. 조금 쉬면서 목이라도 축이는 게 어떻겠습니까?"

"그러지요. 내 풍월주에게 말해보겠습니다."

저 멀리 앞서 가고 있는 설찬의 애마 청풍이 보였다. 늘씬한 등 위로 그보다 더욱 유려한 자태의 사내를 태우고 고고하게 선두에 서 있었다. 사내의 높이 묶은 머리 위로 청색 건ⁿ이 보였다. 새벽의 바람처럼, 여름날의 단비처럼 항상 푸르고 시린 그녀의 남자, 설찬.

꼿꼿한 그의 뒷모습을 한참 동안 바라보던 그녀가 조심스레 말을 재촉했다. 살금살금 발걸음을 죽인다고 했지만 달그락거리는 말발굽 소리는 지워지지 않았나 보다. 순간, 절대 뒤돌아보지 않을 것처럼 꼿꼿하던 설찬의 등이 삽시간 휘돌아 그녀에게 향했다.

"뭐하는 것이냐, 이리 오거라."

"귀신같으십니다, 정말."

"너는 잠복은 못 하겠구나."

"다른 걸 하면 되죠, 뭐."

"그래? 어떤 걸 하겠다는 거지?"

다가온 그녀를 바라보는 설찬의 눈빛이 살가웠다. 표정이 다채로운 이는 아니었으나 그 눈 안에 깃든 감정이 흘러넘친다는 것은 알 수 있었다. 햇살이 뜨겁고 갑옷은 더웠으나 이상하게 기분이 좋았다.

"저는 잘하는 게 따로 있습니다."

단희는 소리를 낮추고 주변을 살피는 척을 했다. 그녀의 의뭉스러운 모습에 설찬의 눈썹 한쪽이 비죽 올라갔다. 그 모습을 보고 후후 웃어 보인 단희가 몸을 기울이며 속살거렸다.

"미인계죠. 설찬랑도 넘어올 정도니 어디 간들 통하지 않겠습니까?"

"뭐라?"

"어디, 아니라고 해보시지요."

까르르 웃던 단희가 말 머리를 휙 돌려 뒤를 돌아봤다.

"풍월주께서 잠시 쉬어 가자 하십니다. 각자 시원한 나무 그늘 하나씩 찾아 들어가시지요!"

낭랑한 그녀의 목소리와 함께 참았던 숨을 몰아쉬듯 반가운 함성이 우렁차게 터져 나왔다.

주위를 두리번거리던 요함이 어두운 밤을 벗 삼아 살금 살금 발을 옮겼다. 눈빛이 하 은밀하고 조심스러워 마치 밀정密偵이라도 되는 듯 보였다. 더군다나 그가 향하고 있는 곳은 화랑의 수뇌부 막사……. 분명 그를 모르는 사람이 본다면 그의 모습이 수상하기 짝이 없었을 것이다. 요함 또한 지금 화랑도 내에 은밀하게 퍼진 '수상함'을 알아보기 위해 발걸음을 옮기고 있었다.

'수상하단 말이지. 어찌 둘이 내내 붙어 다니더니 막사마저 이렇게 꼭 붙어 짓게 하고 말이야. 정색을 하며 피해 다닐 땐 언제고…….'

저녁 시간이 훌쩍 지난 깜깜한 밤이건만, 그의 눈빛은 한낮의 그것처럼 생생하기만 했다. 두 사람 사이의 변화를 반드시 알아내겠다는 듯 요함의 어깨 위로 기합이 바짝 들어가 있었다. 그렇게 깨금발로 설찬과 단희의 막사 주변을 몇 바퀴나 서성거렸을까. 마침내 그가 기다리던 그림자가 나타났다.

'옳다구나!'

홀로 쾌재를 부른 요함이 주변을 둘러보는 설찬의 눈을 피해 몸을 낮췄다. 다행인지 불행인지 설찬은 그를 발견하지 못한 채 막사를 나와 발을 옮겼다. 그리고 요함의 예상대로 그가 향한 곳은 단희의 막사였다.

'이거, 돌아가는 대로 요령에게 해줄 말이 많겠는걸?'

어여쁜 새색시 얼굴이 떠오르자 요함의 얼굴 위로 벙싯 미소가 올라왔다. 거기에 방금 본 것을 되새김질하고 있자니 벌써부터 입이 근질거려 참을 수가 없었다. 깜깜한 밤 한편에 숨어 앉아 발을 동동거리며 홀로 웃고 있는 모습이 처량하고 괴기스러웠지만 정작 본인은 아무것도 모른 채 즐거워하는 요함이었다.

물을 묻혀 차가운 수건으로 목을 주무르던 단희가 생각지도 못한 객의 모습에 눈을 동그랗게 떴다. 너무 놀라 드러난 어깨와 얇은 자리옷을 부끄러워할 겨를도 없었다. 그저 크고 동그란 눈을 끔뻑거릴 뿐이었다.

"말린 환월초 뿌리를 다린 물이다. 붓기와 신경통에 좋다지."

"아, 예."

놀란 그녀와는 다르게 설찬의 모습은 무척이나 태연했다. 대나무 수통을 들고 성큼성큼 들어온 그가 간이 탁자 위로 그것을 내려놓고서는 그녀 앞으로 무릎을 굽혔다. 단희는 뭐라 말릴 틈도 없었다. 그의 손이 빠르게 속치마 아래로 드러난 그녀의 발목을 성큼 들어올렸다.

"뭐, 뭐하시는 거예요!"

"발이 부어 있을 것이다. 바로 풀어주지 않으면 내일 더 힘들어진다."

"지금 풀어주고 있는 참이었습니다. 아이참, 뭐하시는 거예요. 정말."

"막힌 기혈을 풀어주는 게 가장 빨라."

발목에 닿는 그의 손길에 놀라 버둥거리는 통에, 어깨 위로 헐렁하게 걸쳐 입은 자리옷이 스르륵 아래로 내려갔다. 흐트러진 그녀의 옷차림에 설찬의 시선이 닿았다. 누구에게 속살을 보인 적은 처음인지라 단희의 얼굴이 벌겋게 물들어가고 있었다. 재빨리 흐트러진 옷을 끌어 올린 그녀가 애써 태연한 척 새침하게 말했다.

"엉큼하십니다. 보지 마십시오."

"보이는 걸 본 것뿐이다."

"그럴 땐 눈을 돌려주실 줄도 알아야죠."

단희가 부러 그를 노려보며 말했지만 그 모습에 설찬은 도리어 웃음을 보였다.

"내가 왜 그래야 하지?"

"그건……."

순간 발목에서 느껴지는 야릇한 자극에 단희의 입이 꾹 다물어졌다. 뭐라 한마디 말하려던 입은 붉어진 얼굴 가운데 꽁꽁 얼어붙고 말았다. 슬쩍 웃어 보인 그의 시선이 그녀의 부러질 듯 얇은 발목으로 내려갔다. 곧이어 그의 부드러운 손길이 그녀의 발목 구석구석을 주무르기 시작했다.

그의 말마따나 막힌 기혈을 풀어주듯 살살 문지르는 것뿐인데 이상하게 온몸이 간지러웠다. 그의 손안에 갇힌 것이 발목이 아니라 그녀의 전신처럼 느껴졌다. 발 안쪽으로 움푹 팬 곳을 엄지손가락으로 강하게 쓸어내리니 그 감촉이 종아리를 타고 허벅지까지 올라왔다.

"그, 그만하세요."

그녀가 모르는 부끄러운 감각이 그녀를 자극하고 있었다. 단희는 서둘러 그의 손을 잡고 고개를 도리질했다. 하

지만 그녀의 말을 들을 리 없는 설찬이었다. 그녀의 힘으로
는 어림도 없는 강인한 손이 발을 타고 올라와 발목으로,
그리고 종아리로 슬금슬금 영역을 확장해갔다.

"내 그리하고 싶으면 그리해도 된다 하지 않았던가."

"제가 언제……!"

순간 떠오르는 입술의 기억에 그녀가 고개를 돌리곤 입
을 삐죽였다.

'둔갑한 여우라니까, 정말.'

"기억나지 않는 것이냐?"

기억이 나지 않을 리 없지 않는가? 그녀가 어찌 잊을 수
있겠는가. 하지만 순순히 대답해주기는 죽기보다 싫었다.

"정말 기억나지 않는 것이냐?"

그의 목소리 너머로 웃음이 느껴졌다. 동시에 그녀의 종아
리를 자극하던 손이 다시 한 번 그 영역을 확장해갔다. 놀란
그녀가 움찔거렸지만 그의 손은 거침없었다. 간지럽기도 하
고 자극적이기도 한 손길이 그녀의 무릎을 쓰다듬었다.

"간지럽습니다."

"대답해보아라."

"자, 잠깐. 정말 간지럽다니까요?"

장난을 치듯 그의 손길이 개구졌다. 단희는 움찔움찔 발
을 빼면서도 어느새 웃음을 참지 못하고 몸을 비틀어댔다.

"대답하지 않을 테냐? 아니면 내가 다시 기억나게 해줘

야 하는 것이냐?"

"아하하, 간지럽습니다. 그만하시어요."

단희는 저도 모르게 까르르 웃는 소리가 높아지니 서둘러 두 손으로 입을 틀어막았다. 얇은 천으로 만들어진 간이 막사는 소리에 취약했다. 밖으로 누가 지나다닐지 모르는데 웃는 소리가 들리면 수상해 보일 것이 틀림없었다.

단희가 입을 틀어막자 설찬의 손길이 더욱 짓궂어졌다. 나긋나긋 주무르던 손길은 어느새 원을 그리듯 야릇하게 변해 있었다. 순간 단희의 입에서 미약한 신음성이 터지고 말았다. 가슴 안으로 뜨거운 날숨이 들어차더니 가슴이 들썩였다. 상상도 해보지 못한 감각이 무릎을 타고 전신으로 흘러들었다. 허리를 파르르 떨던 그녀가 설찬의 어깨를 움켜잡았다. 힘이 빠져 나긋해진 손길이 그의 어깨에 의지하자 단숨에 설찬의 몸이 그녀를 제압하며 침상 위로 넘겨졌다. 놀란 단희의 입에서 헉 소리가 흘러나왔다.

"온통 사내밖에 없는데 혹여 누가 들어오면 어쩌려고 이런 차림으로 있는 것이냐."

"제 막사 안으로 누가 함부로 들어온다 그러십니까. 들어오실 분은 오직 설찬랑뿐이 더 있겠습니까?"

"네가 아직 사내들의 습성을 몰라서 그러는 것이다. 미치면 아무것도 눈에 보이지 않지."

그의 목소리가 한층 낮아졌다. 그와 동시에 그의 고개도

22

그녀를 향해 천천히 내려오기 시작했다. 지척으로 다가온 그의 단정한 콧날이 보였다. 그리고 그의 깨끗하고 깊은 눈동자가 있었다. 너무 가까워져 눈을 피할 수도 없는 거리였다. 닿을 듯 말 듯 가까워지는 그의 입술을 앞에 두고 단희가 중얼거렸다.

"지금의 설찬랑처럼 말입니까?"

나지막한 웃음소리가 그녀의 입술에 닿았다.

"그래……. 지금의 나처럼 말이지."

그리고 곧이어 몰캉하고 부드러운 그의 입술이 그녀의 입술을 가르고 들어섰다. 촉촉하고 뜨거운 그의 혀가 그녀를 잠식하고 들어선 것도 찰나의 차이였다.

세 개의 우뚝한 산봉우리는 화랑들에게 쉬이 길을 내어주지 않았다. 가파른 절벽도 가지각색 봉우리도 그들을 막아섰다. 그곳에서 나고 자란 산지기가 화랑들을 안내했지만 중간쯤 오니 이 산지기가 화랑들을 골려먹으려 하는 것은 아닐까 하는 생각이 들 정도로 험준한 길이었다.

선발조가 먼저 나서서 숨어 있는 작당들의 위치를 추적했다. 그 표시를 따라 올라가고 있는 와중에 드디어 그들을 기다리고 있던 선발조 화랑과 조우하게 됐다.

"원효 능선과 인수봉 사이로 거대한 절벽이 있습니다. 원추형의 바위가 하늘을 향해 날카롭게 뻗어 있는 곳인데 그 사이로 협곡이 하나 있습니다. 인수봉과 설교 암릉 사이에 가려져 잘 보이지 않는 곳입니다."

"산지기들에게 '숨은 절벽'이라 불리는 곳이지요."

설찬을 안내하던 산지기가 냉큼 덧붙였다. 산지기의 말에 호응하듯 고개를 주억거리던 정찰조 화랑이 말을 이었다.

"숫자는 그리 많지 않습니다만 다들 무장을 하고 있습니다. 아녀자들이 거의 없고 모두 사내들이었습니다."

"진입로는 하나밖에 없는 것이냐?"

"조사해본 결과 샛길이 하나 더 있습니다. 그들의 거처 뒤로는 성벽처럼 거대한 바위가 가로막고 있고, 또 그 위로 는 절벽이니 다른 길로는 도망갈 수가 없습니다."

설찬은 잠시 생각에 잠긴 듯 미간을 구겼다. 약간의 침묵이 흐르고, 그의 곁으로 세 사람의 대화를 듣고 있던 단희가 먼저 입을 열었다.

"날개를 꺾고 퇴로를 막을 사람이 필요합니다. 제가 가겠습니다."

그녀의 말이 끝남과 동시에 웅성거리는 소리가 삽시간에 퍼져나갔다. 단희는 그 소리를 접어두고 설찬을 바라봤다. 진실을 말하자면 그녀가 전방에 나갈 깜냥은 되지 못했다. 그렇다고 화랑들의 뒤에 숨어 전투를 지휘한다는 것도 말이 되지 않았다. 그녀는 원화였고, 그들을 지켜줘야 하는 존재였다. 그녀가 그들의 뒤에 숨는다면 그것은 그녀의 수

24

치이자 화랑의 수치가 될 것이었다. 그랬기에 그녀가 가야 했다. 그녀밖에 갈 사람이 없었다.

"제가 가겠습니다."

단희는 다시 한 번 굳게 입술을 깨물며 설찬을 바라봤다. 요청도 부탁도 아닌 그녀의 의지였다. 그녀를 응시하던 설찬이 선뜻 고개를 끄덕였다.

"좋다, 원화는 퇴로를 맡는다. 전방에는 나와 요함이 진격한다. 살상은 최대한 자제하라. 우리가 원하는 것은 그들의 정체와 속셈이다."

설찬은 더도 덜도 말하지 않고 진격의 지시를 내렸다. 그녀를 홀로 보내는 것이 염려되지 않는 것은 아니었다. 하지만 화랑이라면, 원화라면 언젠가 한번은 그녀를 홀로 보내야 할 것이었다. 그것이 그와 그녀의 책임이자 의무였고 또한 화랑들을 위한 그들의 역할이었다. 그녀가 인정받으려면 전공戰功이 필요했다. 그리고 이번에 필히 그녀를 위한 전공을 그가 마련해줄 것이었다.

"저 다 봤습니다."

나뭇잎 밟는 소리조차 조심스러운 마당에 요함이 소리를 낮춰 대뜸 설찬을 향해 말을 붙였다. 그러나 요함의 말을 듣고도 설찬은 뒤돌아보며 대꾸하지 않았다. 그 능청스러운 어깨를 향해 요함이 중얼중얼 제 할 말을 뱉어냈다.

"모른 척하시는 겝니까, 풍월주? 저 다 봤습니다. 그렇게 안 봤는데 풍월주 아주 엉큼하십니다?"

"나는 네가 무슨 말을 하는지 도통 모르겠구나."

아무것도 모르겠다는 듯 잔잔한 그의 목소리에 요함이 히죽히죽 웃기 시작했다. 말을 묶어놓고 이동하는 길은 은 밀했다. 그 은밀한 잠행길만큼이나 요함의 목소리는 야살 스러웠다.

"제가 아직은 비밀로 해드리겠습니다만, 그게 뭐 잘 지켜 질지는 모르겠습니다. 제 마음이 다 설레고 떨려서 어제 저 녁에는 잠도 못 잤습니다. 아니, 그렇게 싫다 하실 땐 언제 고 어느새……."

말은 그렇게 해도 밤새 코 골면서 잘도 잔 요함이었다. 요 함의 구시렁거림이 귀찮다는 듯 설찬이 한숨 쉬며 말했다.

"입 다물어라, 요함. 넌 사내 녀석이 왜 그렇게 말이 많은 것이냐?"

"아니, 사내놈은 말이 많으면 안 되는 겝니까? 그리고 뭐, 이 정도는 말하는 것도 아닙니다."

"시끄럽다."

설찬과 요함 둘 다 공력을 높여 협곡을 가로질러 가는 길 이었다. 그 와중에도 쉴 새 없이 입을 조잘거리는 요함이 참으로 신기한 설찬이었다. 때때로 요함은 설찬이 놀랄 만 한 희한한 재주를 보이곤 했다. 설찬의 야멸친 말에도 요

26

함은 그 나풀거리는 입을 다물지 못했다. 오히려 하고 싶은 말이 터진 쌀자루처럼 줄줄줄 셀 새 없이 새어 나왔다.

"아니, 그래도 그렇지 누구한테 들킬 거라 생각하지 않으셨습니까? 어떻게 그렇게 당당하게, 그 늦은 시간에 원화의 막사 안으로 들어가셨습니까? 좀 참지그러셨습니다. 분명 저 말고도 그것을 본 화랑이 있을 것입니다."

"그만하라 했다."

"그만하라뇨? 절대 안 되죠. 그 야심한 밤에 성인 남녀가 도대체 무엇을 하려 막사 안에서 만난답니까? 아이고 남세스러워라. 그것도 풍월주와 원화가. 아이고, 아이고."

"……."

설찬의 어깨가 차갑게 굳어지기 시작했다. 한일자로 다문 입술에 언짢은 기색이 역력했지만 요함은 멈추지 않았다.

"그건 뭐, 모두에게 공표하는 것과 다름없지 않습니까? 큰일 났습니다. 특히 단희는 이제 어디 뭐 혼인처가 정해지겠습니까? 아니, 그냥 가만히 둬도 어디서 혼인 맺자고 매파도 안 들어오게 생겼는데 말입니다. 풍월주 짝사랑하는 거야 왕경에서 파다하게 소문이 났지, 또 원화라고 하여 힘도 세고 세력도 세지. 그뿐입니까? 그 집안의 권세는 또 어떻고요? 게다가 이제 풍월주가 원화를 품고 버리셨다는 소문이……."

"누가 누굴 버린다는 말이냐."

마침내 우뚝 멈춰 선 설찬이 와락 인상을 쓰며 요함을 노려봤다. 그의 검은 눈동자가 분기탱천하여 번득였다. 적잖은 살기마저 느껴지는 그의 눈빛에 요함이 멈칫하며 물러났다. 꿀꺽 마른침을 삼킨 요함이 애써 머리를 긁적이며 어깨를 으쓱해 보였다.

　"허면, 그 마음이 진정이라 이 말이신지요?"

　"나는 너의 주군이다. 한데 너는 나를 믿지 못한단 말인가?"

　"그렇지 않습니다. 풍월주의 명령이라면 천만 대군 앞에서도 홀로 뛰어들 수 있습니다. 당신은 저의 목숨입니다. 하지만 살아 있는 한 사람에겐 아끼는 것들을 염려해야 하는 의무가 있습니다. 단희는 저의 가족입니다. 허니 풍월주와 그녀의 사이를 염려하는 것은 당연한 것 아니겠습니까?"

　"……."

　잠시 말을 끌던 요함이 씨익 웃으며 고개를 숙였다. 그것은 경의의 표현이자 감격의 표출이었다.

　"이제 보니 감히 당신께서도 참지 못할 만큼 단희를 사랑하시는 거군요. 풍월주, 당신께서 말입니다."

　"……."

　"얼른 가시지요. 화랑들이 지척으로 따라왔습니다."

　옆으로 길을 터준 요함이 더 이상 입을 놀리지 않겠다는 듯 정중히 고개를 틀었다. 그런 요함의 옆모습을 잠시 노려

보던 설찬이 공력을 높여 힘차게 뛰어올랐다. 바람처럼 날
쌘 발걸음이 가볍게 땅을 박차고 올랐다. 그 가벼운 몸놀림
만큼이나 설찬의 마음도 한결 가벼워졌다.

애써 억눌러 내린 마음을 해방시키니 이토록 마음이 가
볍고 흥겨웠다. 먹빛 돌덩이가 가라앉아 있던 마음은 이제
고운 모래가 되어 부서져 내렸다. 그 보드라운 흙길 위로
사뿐사뿐 단희가 걸어 들어왔다.

그래, 그는 그녀를 사랑한다. 그녀를 아끼고 있었다. 그녀
를 항상 품고 싶은 그런 사내였다. 한밤중에도 그 뽀얀 웃
음이 보고 싶어, 발걸음을 참을 수 없어 오랜 시간 묵혀온
감정이 드디어 봇물 터지듯 흘러나와 주체가 되지 않는 그
런 필부匹夫였다.

이제는 더 이상 참지 않을 것이었다. 더 이상 단희를 홀로
외롭게 하지 않으리라.

단희와 그녀의 화랑들은 선발조가 발견한 샛길로 진입했
다. 단 쉰 명이었지만 좁고 가파른 길을 헤쳐 가려고 하니 진
열이 흐트러지기 십상이었다. 하지만 그럴 때마다 원화는
뒤를 돌아 그들을 격려해주었고, 무겁고 커다란 노(弩: 커다
란 활)를 짊어진 젊은 화랑들은 그녀의 격려에 힘을 냈다.

"평범한 마을로 보이는군요."

"평범한 마을이라면 이렇게 숨어서 군락을 짓지 않았겠

지요."

"여성은 한 명도 보이지 않습니다."

"여기저기 무기고로 보이는 창고들이 있습니다."

가파른 언덕이지만 뛰어내리기에는 무리가 없을 정도의 낮은 절벽이었다. 마찬가지로 작은 바위만 있다면 기어오르는 것도 어렵지 않을 정도의 높이였으니, 만약 누군가 빠져나간다면 이곳을 찾을 것이었다. 숲 속에서 노를 장착시키고 진열을 가다듬었다. 안력을 돋우고 잠시간 기다리니 멀리서 신호탄의 회색 연기가 피어올랐다.

"곧 시작입니다."

"다시 한 번 말하지만 우리는 진압이 목적입니다. 살상은 자제해주세요, 모두들."

그녀의 당부에 모두 소리 없이 고개를 끄덕였다. 단희 또한 힘을 주어 불끈 주먹을 쥐었다. 저 멀리 창칼을 다듬고 있는 한 무리의 사내들이 보였다. 조잡하지만 튼튼해 보이는 나무 단상 위로 사내 하나가 올라가 있었다. 무어라 쩌렁쩌렁 소리를 지르니 초가집에서 하나둘 사람들이 빠져나와 사내 곁으로 모여들었다. 그런데 그들의 옷차림이 이상했다.

'저 복식은……'

단희의 눈동자가 불안스레 떨려왔다.

와아아!

30

산을 울리는 호랑이의 포효처럼 쩌렁쩌렁 울리는 함성이 먼저 촌락을 덮쳤다. 쿵쿵쿵 달려 내려오는 붉은 화랑들의 무리에 단상으로 모여들던 사내들이 깜짝 놀라 주춤거렸다. 단 2백여 명의 무리였지만 일제히 붉은 복식을 맞춰 입고 진열을 갖춰 달려오니 그것은 하나의 파도처럼 웅장했다. 그 무리의 선봉장에 설찬이 있었다.

붉은 무리 중에 유일한 청빛 사내였다. 그 차가운 색상만큼이나 감정 없는 검이 하늘을 갈랐다. 그것이 시작이었다. 전투라고 할 수 없는 압도적인 진압이었다. 그러나 학살이 되지 않으려 조심하던 화랑들은 곧 뜨거운 피를 뒤집어써야 했다. 설찬의 얼굴이 단박에 구겨졌다. 불길함이 목 아래로 치받아 오르고 있었다.

화랑들이 제대로 검을 휘두른 적도 없건만 촌락의 무리들은 일제히 피를 쏟아내며 쓰러졌다. 그 피의 향연에 당황한 것은 화랑들이었다.

"푸, 풍월주! 저들이 미쳤습니다! 일제히 자결을 시작했습니다!"

"막아라! 모두 죽으면 아니 된다! 진압하라!"

설찬은 이를 악물고 눈앞에서 단도를 든 사내의 팔을 검등으로 후려쳤다.

"으아악!"

비명을 지르며 쓰러진 사내는 허겁지겁 떨어트린 칼을

찾아 땅을 더듬었다. 그러나 이미 설찬이 발로 멀리 차버린 후였다.

"죽게 내버려두지 않는다."

"으, 으, 으아악!"

칼을 놓친 사내는 바들바들 몸을 떨기 시작했다. 그러고는 한마디로 뭐라 표현할 수 없는 복잡한 감정을 담은 눈동자로 설찬을 노려봤다. 설찬과 그의 주변으로 죽으려고 하는 자와 살리려고 하는 자의 기괴한 광경이 펼쳐졌다. 적군은 그들을 살리려고 하고, 아군은 서로를 죽으려고 필사적이었다. 이상한 것은 모두들 자결하는 것에 망설임이 없다는 것이었다. 마치 그들이 오는 것을 알고 있었다는 듯, 그리고 그 순간을 각오하고 있었다는 듯 그들은 결연한 얼굴로 스스로의 심장을 후볐다. 선혈을 흘리면서도 그 얼굴은 평온함이 가득했다. 2백여 명이 넘는 무리가 하나같이 같은 얼굴이었다. 죽으려고 작심한 자를 막는 것은 죽음과 싸우는 자를 살리는 것만큼이나 힘겨운 일이었다. 한번에 죽지 못하면 다시 한 번 목을 그었다. 칼을 놓치면 머리를 박았고, 그도 아니면 혀를 깨물었다. 바로 설찬의 눈앞에 있는 사내처럼.

"크윽!"

혀를 깨물려는 사내의 턱주가리를 틀어잡은 설찬이 제 손등을 사내의 입안으로 우겨 넣었다. 감히 그가 이를 악물지 못하도록 거세게 쑤셔 넣으니 사내의 입술을 가르고 더러운 침이 질질 흘러내렸다. 동시에 괴로움 가득한 눈물이 사내의 뺨을 가르고 흘렀다. 나이 든 사내의 젖은 눈동자가 설찬을 원망스럽게 바라봤다. 그 복잡한 눈이 무엇을 말하는지 설찬은 도무지 알 수가 없었다. 그러니 그것을 알아내려면 이 사내를 죽게 내버려둘 수 없었다.

아드득!

사내의 입안에 들어간 설찬의 주먹이 짓이겨지는 소리가 들렸다. 그러나 설찬은 개의치 않았다. 설령 그의 이빨에 주먹이 찢어져도 그는 사내를 제압하는 것에 여념이 없었다.

"설찬랑!"

그를 발견한 단희가 저 멀리서 달려왔다. 그녀의 얼굴 또한 이 해괴한 광경에 당황해 잔뜩 먹칠되어 있었다.

천지에 피 냄새가 진동했다. 땅을 축축하게 적신 뜨거운 피로 인해 화랑들은 점령지에서 조금 떨어진 계곡에 자리를 잡았다. 물이 흐르는 지역이라 과연 역한 냄새가 적었고 공기가 청명했다.

화랑들은 너 나 할 것 없이 계곡물에 손발을 씻기에 정신이 없었다. 그네들은 다친 사람 하나 없이 깨끗하게 이긴 전투이건만 어쩐지 마음이 좋지 않았다. 아니, 이것을 전투라고 부를 수 있을까? 이겨도 이겼다 말할 수 없고, 출전했음에도 당당히 돌아가기가 찝찝한 마음이었다.

"시체들을 한곳에 모아놓았습니다. 어떻게 할까요?"

"시체라도 엄연히 증인이고 증거다. 하나도 빼놓지 말고 살살이 살펴보고 기록해라."

설찬의 명령에 요함이 재게 발을 놀렸다. 산처럼 쌓인 시체 더미를 하나하나 열거하고 기록하는 작업이 한창이었다. 사늘한 주검이 된 그들 모두 특별할 것이 없었지만 설찬은 이상하게 위화감을 떨칠 수가 없었다.

"우선 상처부터 치료하시지요."

부드럽게 그의 손을 낚아채 올리는 손길이 느껴졌다. 언제 다가온 것인지 단희가 피딱지 굳은 그의 손을 살피고 있었다.

"별거 아니다."

"작다고 무시하지 마십시오. 큰 것은 모두 작은 것으로부터 시작합니다."

그녀는 단호하게 말하며 그를 끌고 계곡으로 향했다. 화랑들이 모여 있는 시끌벅적한 곳을 피해 작은 폭포수가 흐르는 한적한 곳에 자리 잡은 그녀가 주머니에서 말린 약초 가루와 마른 헝겊을 꺼냈다.

"이런 것을 항상 휴대하고 다니는 것이냐?"

"미리 준비하여 나쁠 것은 없지 않습니까."

"다칠 것을 대비한다면 언제고 다칠 준비가 되어 있다는 말이지 않느냐."

그리 말하는 설찬의 얼굴이 딱딱해졌다. 짙은 눈썹 사이로 청아하게 반짝이는 사내의 눈동자는 그 속에 보이는 염려와 걱정을 숨기려 더욱 사납게 번득였다. 하지만 그것에 겁을 먹을 단희가 아니었다. 그녀는 되레 약초 가루를 그의 손등에 억세게 뿌리며 웃음을 보였다. 제법 상처에 쓰라린 약초일 텐데도 그의 입에서는 작은 신음 소리 하나 없었다. 그 고집스러움에 단희는 다시 한 번 쓰게 웃음을 보였다.

"제가 다치지 않더라도 이렇게 다친 이들을 돌봐줄 수 있지 않습니까? 보세요, 제가 약초를 가지고 있지 않았다면 누가 감히 설찬랑께 상처 좀 보자고 달려들 수 있겠습니까? 몸 사리지 않는 당신이니 항상 제가 구비하고 다녀야 하지요."

"나는 잘 다치지 않는다."

그의 말에 단희가 마른 헝겊을 덮어주고 있는 그의 환부를 슬쩍 흔들었다. 이거 보라는 듯 눈을 흘기는 것도 잊지 않았다. 하지만 설찬은 여전히 덤덤한 얼굴이었다. 참으로 뻔뻔한 임이로고.

"그나저나 수상하기 짝이 없습니다. 자결이라니요."

그녀의 말에 동조하듯 설찬은 말없이 환부를 치료하는 그녀의 손을 바라봤다.

"미리 그렇게 정해져 있는 듯 일제히 자결을 시도했다는 것은…… 이러한 상황에 대비를 했거나 우리가 올 것을 미리 알고 있었다는 뜻이겠지요? 그렇다면 왜 싸워보지도 않고 자결하려 했을까요? 더군다나 그들이 입고 있는 옷은 모두 고구려풍이었습니다. 고구려인들이라면 어찌 몰래 작당하여 일을 꾸미고 있는 것인지요? 화친하여 잘 지내고 있지 않습니까?"

"그뿐만이 아니다. 자결을 막으려 했던 그자의 검은 검날은 부드럽고 손잡이는 고급스러운 것이 필히 필부가 쓸 만한 것이 아니었다. 일반 백성이라면 한평생 잡아볼 수도 없는 검이었지."

"그렇다면 그만한 재력이 된다거나 그것을 가질 만한 지위가 된다는 뜻이 아닙니까?"

"표면상으로는 그러하지……."

"표면상이라."

두 사람은 잠시간 말없이 서로를 바라봤다. 그저 반란군이나 도적의 무리가 아닌 듯했다. 그들이 모인 이면에는 아직 두 사람이 알지 못하는 계략이 깔려 있었다. 하지만 아직까지 두 사람은 아무것도 추측할 수 없고 확신할 수 없었다. 분명 진실은 보이는 것보다 보이지 않는 것이 더욱 충격적일 것이니.

2백여 명의 적군 중에서 온전히 살아남은 자는 단 셋에 불과했다. 설찬이 자결하려는 것을 막은 중년의 사내 하나와 퇴로를 지키고 섰던 단희가 잡은 사내 둘이 전부였다. 그나마 전멸이 아님을 다행으로 여기면서도 190여 명의 사상자를 낸 것에 단희는 안타까워했다. 전투에서 발생한 사상자치고는 적다는 것을 알고 있다. 하지만 그마저도 안타까운 것은 그녀의 마음이 전장의 잔혹함에 익숙지 않은 탓이리라.

난생처음으로 눈앞에서 선혈이 낭자한 광경을 목격했다. 그 어떤 색보다 진한 피의 색깔이 온천지에 가득했다. 칼에 베인 상처들에서 뼈가 보였고 내장이 보였다. 속이 매스꺼워 아무것도 입으로 넘어가지 않았다. 비릿한 피 냄새와 사늘한 시체의 잔상은 생각보다 오래 그녀의 머릿속을 맴돌았다. 그들은 어째서 그토록 단호히 스스로의 목숨을 끊어야 했을까. 어째서 스스로 배를 가르고 목을 갈라 생에 대한 미련을 버리게 된 것일까.

안타까움과 두려움이 극에 달하니 화가 날 지경이었다. 그녀의 삶도 아니고 그녀의 선택도 아니건만 그녀의 눈앞에서 펼쳐진 말도 안 되는 비극에 화가 났다. 필히 배후를 밝혀낼 것이다. 얼마나 대단한 것을 위해 목숨을 바쳤는지, 그것이 얼마나 고귀한 목적이었는지 그녀는 밝혀내고 싶었다.

단희는 야무지게 입을 악물고 피가 튄 허름한 나무 집의

문을 열었다. 급하게 만든 듯 조잡하기 이를 데 없는 곳이
었지만 촌락 안에서 가장 튼튼해 보였다. 야트막한 동산 위
에 지어져 열다섯 채의 집을 모두 볼 수 있는 위치라든지,
유독 집 주변에 잡다한 것이 많다는 점에서 그곳이 우두머
리의 거처였다는 것을 유추할 수 있었다.

"…… 휑하네."

내부는 그저 네모난 실내에 짚을 쌓아 만든 침상 하나만
덩그러니 놓여 있었다. 그 옆으로 사포질도 하지 않은 거친
나무 상자가 하나 있었고, 그 위로 사내의 옷이 수북이 쌓
여 있었다. 정돈 따위는 하지 않는지 별것 없는 내부였음에
도 꼬락서니가 지저분하기 짝이 없었다.

"음?"

작은 것 하나라도 놓치지 않으려고 샅샅이 살피던 중에
너저분한 옷더미 속에서 유독 보드라운 무언가가 그녀의
손을 스치고 툭 떨어졌다.

핏물을 가려줄 깜깜한 밤이 내렸다. 험준한 산등성이 사
이로 위험한 횃불이 일렁거리고 있었다.

"입을 열어주면 혀를 깨물려고 하고, 고신拷訊을 해도 눈
을 뜨지 않습니다."

나무 창살 아래 갇힌 몰골이 너저분한 사내 셋을 보며 적
품이 말했다. 그의 차분한 어투 아래로 언짢음이 깔려 있었

다. 그들을 지켜보는 화랑들의 표정에도 짜증과 노여움이
한데 뒤섞여 질척한 공기를 만들어내고 있었다.

"고통은 소용없다 이것인가."

"심한 문초는 할 수가 없었기에 적당한 선에서 멈췄지
만……. 하지만 보통 독한 것들이 아닙니다. 연형(煙刑: 매캐한
연기를 피워 고문하는 것)앞에서도 눈 한 번 뜨지 않더이다."

보려 하지 않으니 회유할 수 없고, 말하려 하지 않으니 자
백을 받아낼 수도 없었다. 고통에 무지한 것인지 아니면 그
저 아직까지 참아낼 만한 것인지, 잡혀 온 셋은 넝마처럼
쓰러져 있어도 질끈 감은 눈과 꾹 다문 입을 열지 않았다.
죽은 자는 말할 수 없으니 화랑들은 살아 있는 이 셋에게서
최대한 많은 것을 얻어내야 했다. 그러나 독하기가 쇠심줄
보다 더했다.

적품의 말을 듣고 있던 설찬은 널브러져 있는 세 남자를
바라봤다. 그러고는 곧이어 손을 들어 한 지점을 가리켰다.

"더 이상의 고문은 금한다. 저곳에 구덩이를 파 죄인들을
집어넣어라. 현장을 수습하고 돌아갈 때까지 이 셋을 그곳
에 감금할 것이다. 또한 턱을 으깨어놓도록. 혀를 깨물지
못할 정도로 힘을 빼놓고 입에 물린 재갈을 빼놓아라."

창살이 아니라 구덩이를 파라고 지시한 그는 구덩이의
깊이까지 세세히 일러주었다. 두 사람이 일어서도 빠져나
갈 수 없을 정도의 깊이여야 하며, 주변으로 아무것도 두르

지 말라 이르니 곧이어 화랑들이 일사분란하게 움직였다.

"구덩이는 어이하여 파라고 하셨습니까? 유일하게 살아 있는 증인들인데 설마 생매장이라도 하시려는 겁니까?"

"그럴 리 있느냐."

"허면요?"

"앞, 뒤, 옆 모두 훤히 뚫려 있는 곳에서는 저들을 감시하기가 오히려 더욱 어렵다. 더군다나 좁은 장소에 주변으로 아무도 없다는 인식이 들면 아무리 찹쌀로 입을 붙여놨다 할지라도 신음이라도 흘리지 않겠느냐. 그것을 듣기 위해서는 우리도 숨어 있을 곳이 필요하다."

설찬의 말에 단희가 주먹을 내리쳤다. 과연 그러했다. 혀를 깨물 수 없을 정도로만 턱에 힘을 빼놓고 신음할 수 있을 정도로 놓아두면 신음이 곧 말이 될 수 있을 것이다. 또한 저들끼리 있다는 인식을 심어준다면 적어도 작당하려 속살거리는 소리라도 들을 수 있을지도 모른다.

"과연 혜안慧眼이십니다, 설찬랑."

"이유는 모르지만 지금 저들은 겁에 질려 있다. 죽음보다도 두려워하는 것이 있다는 말이다. 그 두려움이 고통마저 잊게 하는 것이겠지."

"두려움이라……."

"한데 너는 아까 어디를 그리 바삐 돌아다닌 것이냐. 고신할 적에도 보이지 않더니."

점령지 조사를 위하여 다시 그들의 촌락으로 들어서던 설찬이 단희를 돌아보며 물었다. 한창 고신 중에도 보이지 않더니 고신이 끝날 때쯤 다시 모습을 보인 그녀였다. 설찬은 화랑을 시켜 찾아오려 했지만 단희가 무엇을 하든, 어디에 있든 분명 그 걸음에는 이유가 있을 것이므로 굳이 재촉하지는 않았다.

　"먼저 촌락을 살펴보고 오는 길입니다. 아무래도 찜찜한 것이, 직접 보지 않으면 성미가 풀리지 않아서요."

　"뭔가 찾은 것이냐?"

　"둘러본 것이 있기는 하나 아직 조금 더 알아봐야 할 것 같습니다."

　"지금 말할 수는 없는 것이냐?"

　그의 물음에 단희가 도리어 그를 동그란 눈을 크게 뜨고 바라봤다. 왜 그런 눈으로 보느냐는 듯 설찬의 눈썹 한쪽이 치켜 올라갔다.

　"어찌 그런 것을 묻고 그러십니까. 제가 당신께 하지 못할 말, 숨겨야 할 말이 있겠습니까. 궁금하면 물으시고, 듣고 싶으면 요청하십시오. 저 또한 설찬랑에게 항상 그러하지 않습니까?"

　그녀는 항상 그에게 솔직했다. 숨기려 하지 않았고, 발칙할 만큼 당돌했다. 생각해보니 그녀의 말이 맞았다. 하루 종일 원치 않는 피 냄새로 굳어 있던 설찬의 굳은 어깨에서 힘이 빠졌다.

단희가 대수롭지 않다는 듯, 오히려 그런 말을 하는 당신이 이상하다는 듯 말한 그 한마디가 그의 마음을 편안하게 만들어주었다. 당신께 무엇도 숨길 게 없다는, 나의 진실은 온전히 당신 것이라는 그녀의 말이…….

한마디 말도 이리 사랑스러우니, 그가 어찌 그녀를 사랑하지 않고 배길 수 있겠는가. 설찬은 걸음을 멈추고 단희를 내려다봤다. 뒤따라오던 화랑들도 풍월주의 걸음에 맞춰 자리에 멈춰 섰다. 갑자기 걸음을 멈추게 된 단희가 의아한 눈초리로 그를 올려다봤다. 설찬이 그녀를 향해 몸을 숙였다. 멀찍이 뒤따르는 화랑들을 의식한 듯 그의 목소리가 낮았다. 동굴에 들어선 듯 낮고 고요하게 울리는 그의 목소리가 그녀의 척추를 따라 흘러내렸다.

"왕경으로 돌아가면 내 너에게 매일 밤 찾아갈 것이다. 너에게 듣고 싶은 목소리가 있으니, 네 말마따나 나는 가감 없이 요청할 것이다."

그는 눈짓으로 웃으며 먼저 발걸음을 재촉했다. 당황하여 멈춰 서 있던 단희가 귓가를 움켜쥐며 중얼거렸다.

"뭐라고 하시는 거래, 진짜."

그의 말을 되새기던 단희의 입꼬리가 슬그머니 올라갔다.

참으로 오래간만에 내전이 분주했다. 당나라에서 오는

사신단이 벌써 한강 유역을 넘었단다. 사흘이면 이곳 왕경에 당도할 그들을 맞이하기 위하여 궁녀들은 쉴 새 없이 뛰어다녀야 했다. 뿐만이랴? 일개 마지기에서부터, 침방나인, 수라간 나인 할 것 없이 정신없이 바쁜 나날이었다. 아랫것들의 사정과는 다르게 윗님들의 생활은 여전히 유유자적이었다. 대청소를 한다고 다시 허리띠를 졸라맨 태후궁 상궁 나인은 땀을 뻘뻘 흘리고 있건만, 그네들의 주인인 소지 태후는 황룡사 목탑 아래 합장하며 고요한 기운에 함빡 빠져들고 있었다.

소란한 나라 분위기와는 다른 한적한 바람이 태후의 머리카락을 지분거리고는 이내 멀어졌다.

"무슨 염원을 빌고 계신 겁니까?"

문득 굵직한 목소리가 그녀의 고요한 묵상을 훼방하며 나타났다. 태후의 감은 눈꺼풀이 느릿하게 올라가더니 나비처럼 나긋한 몸놀림으로 뒤를 돌아봤다.

"한창 바쁜 와중에 예까지 어찌 오셨습니까. 어미를 보러 오신 겁니까?"

금수가 놓인 간편한 쪽색 포를 걸친 태흥제 장천이었다. 분주한 월성을 피해 마실을 나온 것인지 그의 옷차림은 참으로 간소했다. 선이 굵고 아름다운 얼굴에 호방한 미소가 올라왔다. 한 걸음 떨어져 있던 그가 태후의 곁으로 성큼 다가섰다.

"요즘 들어 모후께 안부 여쭙기가 여간 어려운 게 아닙니다. 무슨 연유인지 모르지만 왕좌 위의 저보다 모후께서 더욱 바쁘신 듯합니다."

인사를 건네듯 가벼운 말투였지만 어감이 예사롭지 않았다. 그의 낯은 여전히 웃는 상이었다.

"그럴 리가요. 설마 대제보다 이 어미가 더 바쁘겠습니까."

태후는 인자한 어미의 미소로 장천을 바라봤다. 그러자 장천이 사뭇 진중하게 어미를 내려다봤다. 그의 키가 워낙 훤칠한지라 본의 아니게 어미를 내려다보는 꼴이었다.

"모후의 건강이 염려되어 하는 말입니다. 마음 쓰실 일이 있다면 모두 저에게 맡기십시오. 보료 위에 편히 누워 그저 지켜보시기만 하면 됩니다."

"어미를 벌써 그리 꼬부랑 할머니 취급 하시는 겝니까? 아직 그리 몸 사릴 정도는 아닙니다."

"하하! 이런, 그렇게 들리신 겁니까? 아무렴요. 누가 어머니를 할머니로 생각하겠습니다. 아직도 이리 아름답고 싱그러우신데."

장천의 말이 기분 좋다는 듯 소지 태후는 눈초리를 휘며 저 멀리 어디쯤을 바라봤다. 막연한 그녀의 시선을 따라 장천도 한눈에 왕경이 보이는 허공 어딘가를 바라봤다.

"전회 숙모님은 잘 지내시는지요?"

장천의 입에서 뜻밖의 이름이 나왔다. 웃음을 매달고 있던 태후의 입매가 순간 멈칫하고 굳었다. 석탑을 지나 쌍문 머리 나무로 향하는 공기가 순간 얼어붙었다. 두 쪽으로 갈라진 용의 머리 형상을 한 나무의 웅장함 아래 둥그스름한 회백색 자연석이 두 사람을 기다리고 있었다. 널따란 바위 위를 손수 정리해주며 장천이 소지 태후를 향해 자리를 권했다. 태후는 깨끗한 바위 위에 엉덩이를 붙이고, 그녀 옆으로 그늘을 만들고 있는 커다란 아들을 올려다봤다.

"알고 있었던 겝니까?"

"두문현 지역이 온천으로 유명하지요. 또한 사흘령 대장군의 권속 아래 있는 사문현 지역과 근접해 있기도 하고요."

달포 전 소지 태후의 몸이 미령하여 실직으로 요양을 다녀왔다. 허나 그것은 대외적으로 알려진 행궁이고 실상 그녀가 다녀온 곳은 두문현이라는 곳이었다. 아무에게도 말하지 않고 아무에게도 알리지 말라 단단히 일렀건만, 황제는 황제인지라 보이지 않는 곳에 밀정을 심어놓았으리라. 태후는 이제 아들에게서 뼛속까지 황제의 기운이 느껴지는 듯해 그것이 퍽 흡족함과 동시에, 어느새 자신까지도 그의 감시 안에 있다는 생각에 영 고깝기도 했다. 어미의 마음과 태후의 마음이 오묘하게 그녀를 괴롭혔다.

태후는 복잡함이 얽힌 얼굴로 장천을 향해 눈을 흘겼다.

"어미의 요양길이 염려되셨습니까?"

"모후의 안위는 저에게 가장 우선되는 사항입니다. 아시지 않습니까?"

고귀한 아드님의 달콤한 언행에 태후는 그저 픽 웃어 보이고 말았다.

두문현 지역은 고구려의 접경과 그리 멀지 않은 곳으로, 신라의 수도 왕경과는 거리가 꽤 되는 곳이었다. 그곳 물이 맑고 깨끗하여 음기를 보충하는 데 탁월하며, 며칠 동안 몸을 담그고 있으면 안 들어서던 아이도 들어선다는 신령한 온천이었다. 아이를 바라는 여인네들과 얼굴빛을 맑게 하고 싶은 아낙네들이 많이 찾으며 이름을 떨치고는 있지만, 거리가 거리인지라 왕경에서 그곳을 찾아가기란 쉬운 길이 아니었다.

"대외적으로는 실직으로 행궁한 것으로 되어 있지요. 어미 나이가 나이인지라 그곳까지 온천 간다 하면 조잘거릴 아랫것들 입이 꺼림칙해서 말이지요."

"대외적으로는 말이죠."

장천은 날숨을 쉬듯 가볍게 말하고 쓰윽 고개를 돌려 태후를 바라봤다.

"하지만 실질적으로 그곳에 간 연유가 무엇입니까? 어이하여 아무도 모르게 전희 숙모님을 만나신 겁니까. 이제 와서 저에게 비밀이라도 만드시려는 겁니까, 모후?"

장천의 말에 소지 태후는 말없이 고개를 저었다. 비밀이라니, 당치도 않았다. 더군다나 고구려를 사이에 두고 황제

46

인 아들과 비밀을 만든다는 것은 곧 제에 대한 도전이자 황권을 위협하는 일이었다. 다른 누구도 아닌 소지 태후, 그녀가 한다면 말이다.

"어미를 믿지 못하십니까?"

태후의 목소리는 얇지만 힘이 있었다. 조용하지만 낭랑했으며, 아름답지만 가시가 있었다. 그러나 그 잔잔하면서도 위협적인 어미의 목소리에도 제의 기세는 수그러들지 않았다. 그는 신국 신라의 황제였고, 이처럼 위대하고 아름다운 태후의 아들이었다. 장천은 여유로운 낯으로 어미를 바라보며 웃었다.

"모후, 믿음이라는 것은 바위처럼 단단하다가도 마른 모래처럼 바스라지기 쉽습니다. 금수강산도 변하는 것을, 인간은 얼마나 쉽게 변하겠습니까? 믿음을 주는 것도, 믿음을 가지는 것도 서로를 부단히 다독여줘야 하는 성가시고 귀찮은 작업이지요."

어린 줄만 알았는데 이제는 어엿한 군주이시라. 소지 태후는 장천의 말에 한껏 웃음을 터트렸다. 청아한 그녀의 웃음소리가 그 영험하다는 황룡사 쌍문 머리 나무 아래 낭랑하게 울려 퍼졌다.

"옳습니다. 그래요, 쉬이 믿지 마세요. 그대의 자리는 그런 자리여야만 해요. 충신이라고 이름 높아도 언제 뒤돌아설지 모르니까요. 허나, 아드님……."

웃음기를 거둔 소지 태후가 맑은 눈빛으로 장천을 돌아
봤다.

"아드님께서 나를 믿거나 믿지 않으셔도 어미는 그대의
편입니다. 언제나 그리고 앞으로도 말입니다."

붓으로 그린 듯 그녀의 한쪽 입꼬리가 매끄럽게 올라갔
다. 태후는 열 폭 소매에서 비단 천 하나를 꺼내 들었다.

"어미는 이것을 받으러 갔던 것입니다."

그리고 태후는 그것을 장천에게 내밀었다.

*

막사 안으로 들어선 단희는 조금 전 나무 집에서 발견한
주머니 하나를 들어 올렸다. 그것은 단희의 손바닥을 조금
넘는 크기의 줌치였는데 모양이 조금 이상했다. 시중에서
흔히 볼 수 있는 줌치는 모양이 동그랗고 입구에 끈을 덧댄
것인데, 이것은 삐뚤어진 항아리 모양이었다.

'이게 뭐지?'

이리저리 살펴보던 그녀가 단단히 막혀 있는 입구의 끈
을 풀었다. 딱히 무언가 잡히는 것이 없어 아무것도 들어
있지 않을 것이라 생각했건만 막상 들여다보니 깜짝 놀랄
무언가가 들어 있었다.

"에구머니나, 이게 다 뭐래?"

줌치를 탈탈 털어 안에 있는 것을 꺼내 본 단희의 고운 이마가 절로 찌푸려졌다. 의심에 찬 눈동자가 손바닥 안으로 떨어진 무언가를 노려봤다.

"머리카락?"

그 안에는 명주실처럼 고운 검은 머리카락이 놓여 있었다. 겨우 새끼손가락을 조금 벗어난 길이의 땋은 머리카락은 창포를 먹인 것인지 풀리지도 않은 채 그 모습을 유지하고 있었다.

"근데 형님, 우리 여기서 뭐하는 겁니까?"

"쉿! 조용히 하거라."

땅바닥에 납작 엎드려 귀를 쫑긋 세우고 있던 요함이 입가로 손을 가져가며 구시렁거리는 사헌에게 주의를 줬다. 그러자 툭 튀어나와 있던 사헌의 입이 쏙 들어갔다.

"우린 지금 죄인을 감시하고 있는 것이다."

모기 소리만큼 낮아진 목소리로 요함이 사헌에게 다시 한 번 일러주었다. 하지만 실상 사헌이 그것을 모르고 물은 것은 아니었다. 다만 그들의 꼬락서니가 영 볼썽사나웠기에 볼멘소리가 물음으로 튀어나왔을 뿐이다.

"꼭 이렇게 엎드려서 지켜봐야 합니까?"

사헌의 말에 요함의 양옆으로 포진하고 있던 다른 화랑들도 일제히 고개를 주억거렸다.

'끄응.'

흙이 묻어 지저분해진 우삼부 화랑들의 얼굴을 보고 있
자니 요함의 입에서 절로 끙 소리가 났다. 그는 뻣뻣하게
굳은 목을 돌려 뒤를 돌아봤다. 그의 눈 아래로 바닥에 납
작 엎드려 있는 화랑들이 보였다. 하나같이 지친 기색이 역
력했다. 흙이 묻은 몰골은 지저분하기까지 했다.

하긴, 어찌 지치지 않을 수 있을까. 날이 아직 더운 데다
그 뙤약볕 아래 벌써 몇 시진째 납작 엎드려 있었다. 사실
상 화랑들이 입을 연 것도 이렇게 납작 엎드리고 나서 처음
이었다. 슬슬 날이 저물 때가 되었는데, 저 죄인들은 여전
히 끙 소리 하나 내지 않고 있었다.

"…… 조금만 더 참거라. 화랑이 되어서 그 정도 참을성
도 없는 것이냐?"

그들을 달래준다면 끝이 없을 것이 자명하기에 요함은
부러 더욱 엄하게 말했다. 그러자 얼굴 가득 피곤함을 보이
던 화랑들도 지친 정신을 추스르며 입을 꾹 다물었다. 따지
고 보면 대화랑이나 되는 요함까지 이렇게 흙바닥에 납작
엎드려 있을 필요는 없었다. 하지만 요함은 굳이 자신이 직
접 그 궂은일을 수행했다. 한 치의 흐트러짐도 없이 자세를
지키며 엎드려 있는 그의 모습을 다시 보니 그렇게 볼썽사
납지 않았다.

'그저 임무를 수행하고 있을 뿐.'

요함은 평소 더없는 한량으로 보이다가도 임무를 수행할 때는 누구보다 빠릿빠릿했다. 평소 눈치를 봐서는 일을 할 때도 요령껏 할 것 같은 그이지만 실상 누구보다 고지식한 사내가 바로 요함이었다

흐트러져 있던 자세를 바로잡으며 사헌이 볼멘소리를 내뱉은 자신의 모습을 부끄러워했다. 비슷한 연배임에도 요함이 대화랑의 자리에 있는 것과 자신이 소화랑의 자리를 지키고 있는 연유가 있었던 것이다. 본의 아니게 스스로의 부족함을 깨달은 사헌은 결연한 눈빛으로 얼굴을 더욱 바닥에 바짝 붙였다. 어려서부터 동경의 대상이자 목표였던 육촌 형님인 요함을 그는 꼭 따라잡고 싶었다. 언제고, 반드시 말이다. 그러려면 작은 임무 하나도 소홀히 하지 않아야 할 것이다.

그렇게 시간이 흘러 황혼이 내려오기 시작했다. 컴컴한 어둠을 대비하기 위하여 뛰어다니는 발소리로 바깥이 소란스러웠다. 그 틈을 타 구덩이 사이로 모래알처럼 껄끄러운 목소리가 희미하게 새어 나왔다.

"…… 죄송합니다."

요함과 그의 화랑들의 귀가 일제히 쫑긋 솟아올랐다.

"죽었어야지, 도망을 치려 하다니……."

"클클…… 그러게 말입니다."

"멍청한 놈!"

"그러는 형님도 죽지 못해 잡혀 있잖수."

"…… 나도 병신이다."

목이 잠겨 한층 낮아진 사내들의 목소리는 음험하였다. 왈칵 솟아오르는 감정을 억제하려는 듯 그들의 말은 참으로 조심스러웠다.

"이제…… 어떻게 될까요?"

"우리가 해야 할 일은 한시라도 빨리 죽는 것뿐이다."

"…… 그거면 되는 겁니까? 그들이…… 그들이, 알고 있을까요?"

"……."

그들? 순간 요함과 사헌의 눈이 마주쳤다. 두 사람이 동시에 같은 단어를 들은 것이다. 불현듯 요함의 가슴이 불안하게 요동쳤다.

산기슭에 남아 있는 피 냄새를 지우고 시체를 수습하니 벌써 사흘이 지나갔다. 화랑들이 부지런히 현장을 정리하는 동안 설찬과 단희는 단서를 찾아다녔다. 첫날, 구덩이 위에서 죽치고 지키고 있던 요함이 들은 대화를 끝으로 죄인들은 다시 입을 다물었다. 마치 입에 풀이라도 바른 듯 먹을 것조차 강렬히 거부했다. 그것이 설찬은 수상했다. 개똥밭에 굴러도 이승이 좋다 하지 않는가? 그런데 왜 저들은 이승을 거부하고 저승으로 가려 하는가.

"소각하고 있는 건가?"

하늘 위로 뿌옇게 올라가는 회색빛 용트림을 보며 설찬이 물었다. 회수할 수 있는 증거를 제외하고 모두 없애버리라 명한 그였다. 설찬의 물음에 적품이 고개를 끄덕이며 나섰다.

"증거품으로 나온 물건은 두 수레뿐이었습니다. 실상 가지고 있는 것들이 별로 없기도 합니다만, 물품을 회수하는 과정에서 화랑들이 격분하고 말았습니다."

"어이하여?"

"수건 하나, 신발 하나 모두 고구려의 그것이었습니다. 심지어 방 안 구석을 장식하고 있던 문양까지 고구려인들이 즐겨 쓴다는 당초 무늬와 연꽃 무늬가 발견되었습니다. 이 해괴한 잔당들이 고구려인들이라는 것이 명명백백하게 드러나고 있으니 화랑들이 분개하고 나선 것입니다."

적품의 말을 조용히 듣고 있던 단희가 눈을 들어 그를 올려다봤다. 그의 말투는 고요했지만 눈빛은 뙤약볕보다 이글거리고 있었다. 숨기지 못한 분노가 일렁이는 것이 그가 말한 '분개하는 화랑'들에 자신도 포함을 시켜야 마땅할 듯했다. 그러나 그와는 의견이 조금 다른 듯 요함이 고개를 젖혔다.

"하지만 조금 이상하지 않습니까?"

머리 위로 천막만 드리운 임시 회의 터 안에 모여든 설찬,

단희, 적품의 시선이 모두 요함에게 쏠렸다. 요함은 목을 다듬고는 제가 하고픈 말을 뱉어냈다.

"증거품이 너무나 노골적이라 수상합니다. 신라 땅에 와서 고구려 복식과 고구려 풍습을 지키고 있다니요."

요함의 말에 단희는 설찬을 바라봤다. 일전에 그의 손을 치료해주면서 설찬에게 들은 말과 동일했다. 두 사람의 생각이 얼추 비슷한 것이리라. 설찬도 그런 단희의 생각을 읽은 것인지 별말 없이 고개를 끄덕였다. 하지만 요함의 말은 아직 끝난 것이 아니었다.

"수상한 점은 그것만이 아닙니다."

"무엇이 또?"

"첫날 그들의 대화 말입니다. 그때는 상흔과 피로로 인해 그런 것이라 생각했는데 되새겨보니 그게 아닌 것 같습니다. 그들의 말투가 영 어눌하고 어색합니다. 능숙하긴 한데, 그게 더 이상합니다. 능숙하다는 것 자체가 말입니다."

요함의 말에 둥글게 둘러앉은 네 사람이 눈을 맞췄다. 과연 그의 말을 듣고 보니 더욱 수상한 무리였다. 또한 그날 죄인들의 입에서 '그들'이라는 말이 나왔다. '그들'은 누구란 말인가? 그 역시도 아직까지 미궁에 남아 있었다.

"저들에 관한 문초는 왕경에 돌아가서 다시 한다. 그때까지 죄인들이 죽지 않도록 각별히 신경 쓰도록."

"죽지 않으려면 먹어야 하건만 도무지 먹지를 않습니다.

입을 벌려 먹을 것을 우겨 넣어도 뱉어내니 말입니다. 이런 죄인들은 처음입니다. 이쪽에서 제발 먹어달라 사정해야 할 판이라니."

"아, 그런 것이라면 죄인들의 코를 막고 먹이세요."

"예?"

갑작스러운 단희의 발언에 적품이 놀라 되물었다. 단희는 생긋 웃으며 스스로 제 코를 집게손가락으로 잡는 시늉을 해 보이며 말했다.

"코를 막으면 입으로 숨을 쉬어야 하지 않습니까? 그때 먹이십시오. 조금 무식한 방법이긴 하지만 죽게 내버려둘 수는 없으니까요."

"좋은 방법이다. 중요한 것은 제 앞으로 죄인들을 끌고 갈 때까지 그들이 살아 있어야 하는 것이다. 무슨 수를 써서라도 그들이 입을 열도록 살펴야 한다."

임시 회의가 끝나고 적품과 요함이 제자리를 찾아 돌아갔다. 그들을 보내고도 설찬과 단희는 자리에 남아 한동안 생각에 골몰했다. 요함의 말을 듣고 나니 더욱 수상한 점이 많은 사내들이었다.

죽으려는 것을 뜯어말리던 순간 설찬을 바라보던 사내의 젖은 눈동자 또한 마음에 걸렸다. 온갖 슬픔과 원망이 가득하던 그 사내의 눈은 무엇을 말하려 했던 것일까? 그 눈빛이 끊임없이 그를 괴롭혔다.

이런저런 생각이 엉킨 실타래처럼 그를 괴롭히고 있을 때, 단희의 머릿속도 설찬의 그것과 별반 다르지 않을 만큼 복잡하게 엉켜 있었다. 이상한 모양의 줌치와 그 안에 담겨 있던 머리카락. 그리고 억양이 이상한 사내들……. 그 모든 것이 어떤 특정한 무언가를 가리키고 있었다. 머릿속에 희미한 그림은 그려지는데 도무지 그것이 무엇인지 감이 잡히지 않았다. 안개 너머에 무언가가 있다는 것을 아는데, 잡을 수가 없다니.

'하아…….'

평소 한숨이라고는 모르는 그녀였지만, 이상하게 가슴이 뜨겁고 무거웠다. 그것을 모두 뱉어내려는 듯 그녀의 입술을 가르고 묵직한 한숨이 새어 나왔다. 그러자 따뜻한 손길이 그녀의 미간에 부드럽게 닿았다.

"무슨 생각을 그리 하는 것이냐."

설찬의 엄지손가락이 슬그머니 단희의 미간을 어루만지고는 떨어졌다. 갑작스러운 접촉에 놀란 단희가 눈을 동그랗게 뜨고 그를 올려다봤다. 그의 다정한 손길만큼이나 따스한 눈동자가 내려다보고 있었다.

"그들이 누구인가에 대해 생각하고 있었죠."

그의 손길이 닿은 미간이 인두로 지진 듯 화끈거렸다. 단희는 조금 놀라서 뒤로 슬쩍 물러섰다. 그러자 설찬의 눈썹한쪽이 스윽 밀려 올라갔다.

"그래서 결론이 났느냐?"

그녀의 물러섬이 마음에 들지 않는다는 듯 그녀의 미간을 쓰다듬던 손이 작은 턱을 잡아당겼다. 사방이 뚫려 있는 환한 대낮임에도 설찬의 손길에는 거침이 없었다.

"아니요, 아직 안개 속에 있습니다."

그녀의 대답을 따라 그녀의 턱에 닿은 손이 움직였다. 설찬의 눈동자가 그의 손가락이 움켜쥐고 있는 작은 턱을 잠시 바라보더니 이내 우물거리는 그녀의 입술에 닿았다. 입술에 닿은 그의 시선이 깊어진다 싶을 때쯤, 그 은밀한 침묵을 참지 못한 단희가 결국 불안한 목소리로 중얼거렸다.

"여기 정체를 알 수 없는 분이 또 계십니다."

"그게 무슨 소리냐?"

"이제까지 제 손길에 정색을 하며 넌더리를 치던 분은 어디 가셨습니까? 아니면, 설찬랑은 원래 이런 분이셨습니까?"

"넌더리라? 내가 언제 넌더리를 쳤다고 그러는 것이냐."

그녀의 말이 끝나기가 무섭게 설찬이 다시 한 번 정색을 하고 나섰다. 자신은 추호도 그런 적 없다는 듯 반듯하고 정갈한 얼굴이 얄미워, 단희는 그를 향해 눈을 흘기고는 고개를 돌려버렸다. 어쩐지 지난날의 외롭고 고단한 외사랑의 시간이 억울해지기 시작했다.

"됐습니다, 이미 지난 일을 말해 뭐하겠습니까. 제 입만 아프지."

"애써 펴줬더니, 왜 또 찌푸리는 게냐."

굳은살이 단단한 그의 손길이 다시 한 번 그녀의 미간을 부드럽게 어루만졌다. 단희는 이번에는 놀라 피하지 않고 그를 빤히 올려다봤다.

"환한 대낮입니다."

그녀의 말을 경청하고 있다는 듯 설찬이 단희를 조용히 응시했다.

"사방이 트여 있는 곳입니다. 지나가는 화랑들이 보이지 않으십니까?"

"하여?"

"하여라니요? 이제 괘념치 않으시는 겁니까? 누가 본다 한들 상관없다, 그런 것입니까?"

눈을 동그랗게 뜨고 따져 묻듯 따박따박 대답하는 단희를 보며 설찬이 웃음을 보였다.

"나는 그저 너의 어두운 미간을 펴주고 싶었을 뿐이다, 단희야."

그는 자주 웃는 사내가 아니었다. 하여 어쩌다 한 번 이렇게 웃어 보일 때면 그렇게 자상해 보일 수가 없었다. 또한 웃을 때면 눈가로 잘게 보이는 주름이 차가워 보이는 인상을 단박에 녹여버렸다. 그래서 단희는 때때로 그가 웃을 때 보이는 눈가 주름에 한없이 가슴이 떨리곤 했다.

"하지만……."

"내가 이곳에서 너에게 입을 맞춘 것도 아닌데 신경 쓸
건 또 무엇이냐?"

단희는 무어라 반박하려던 입을 꾹 다물고 말았다. 그의
말이 맞았다. 그녀 또한 평소답지 않게 날이 서 있었나 보
다. 괜찮다 생각했는데, 괜찮을 리가 없었다. 백 번, 천 번
검을 휘둘러봤다 하지만 처음으로 눈앞에서 흩어지는 핏
방울들 앞에서는 저도 모르게 심장이 울렁거렸다. 애써 의
연한 척했지만 보이지 않는 압박감이 그녀를 짓누르고 있
었던 것이다.

그런 그녀의 날카로워진 심정을 알고 있다는 듯 그는 잘
보여주지 않는 그 귀한 웃음으로 그녀를 다독여줬다. 그의
배려는 이렇듯 요란하지 않고 은근했다. 그러면서도 몸서
리치게 달콤했다. 그의 진심 어린 다정함을 갈구하듯 단희
의 눈동자가 설찬의 검은 눈동자 속을 헤매고 다녔다.

"나는 이제 예전의 내가 아니다. 네가 소중하다는 것에
나는 거리낄 것이 없구나."

그의 목소리가 화랑들이 분주히 뛰어다니는 바깥과는 다
르게 차분하게 울려 퍼졌다. 그 열악한 상황과는 전혀 어울
리지 않게 감미로웠다.

"내가 네 것이고, 너는 내 것이니까."

그리고 그 안의 내용은 그것보다 더 달콤했다.

*

　월성의 북쪽, 임해전臨海殿 안으로 뿔고둥 소리가 높이 울렸다. 그토록 기다리던 당나라 사신단이 월성 안으로 입성하는 소리였다. 높이 솟아오른 임해전 내, 전각 안으로 거나하게 연회상을 차리고 기다리고 있던 태흥제 장천이 저 멀리서 들어오는 붉은 무리에 시선을 고정시켰다. 태양을 상징하는 붉은 포 안으로 주먹 쥔 태흥제의 손이 거칠었다. 얼굴만은 평소와 다름없이 여유롭지만 실상 그의 가슴을 까발려보면 그렇지도 않았다.

　'감히 누가……!'

　유하게 구부려진 그의 선한 눈매 안으로 화를 품은 눈동자만 선연하게 타오르고 있었다. 뻣뻣하게 굳은 턱 선으로 그의 다문 입매가 보였다. 모후에게서 받은 비단이 오른손 소매 안에 곱게 담겨 있었다. 시선은 저 멀리 다가오는 사신단의 무리를 향해 있건만, 그의 정신은 계속해서 모후와의 대화 속을 맴돌고 있었다.

　― 이것이 무엇인지 아시지요?

　― 이것은 백금무당 군사당주의 휘직 아닙니까?

　― 바로 아셨군요.

　― 병부와 관련되어 있는 것을 모를 리가 없지 않습니까? 한데 이것이 어이하여 모후의 손에 있는 것입니까?

60

— 그것이 저도 수상한 겁니다. 이것이 어이하여 전희 부인의 손에 있었을까요? 그 아이의 손에 있었다는 것은 곧 고구려 사흘령 대장군의 손에 있었다는 것이지요.

— 그게 무슨 말입니까, 대체?

— 고구려 안에서 신라인들이 날뛰고 있다고 합니다. 군사를 부를 정도는 아니고, 떠돌아다니며 고을에서 소란을 일으키는 정도라고 하는데 그것을 진압하다가 이것을 발견했다고 하더군요.

— 군사당주는 고작해야 열아홉 명입니다. 그들의 행적은 제가 낱낱이 알고 있거늘, 이 무슨 해괴한…….

— 맞습니다. 해괴한 일입니다. 심상치 않습니다. 이 같은 일이 벌써 4년 전부터 일어나고 있었습니다. 황상, 이 일을 시급하게 조사해야 할 것입니다. 이상한 조짐이 보입니다.

지척으로 다가온 사신단의 검붉은 휘장이 보였다. 장천은 애써 얼굴 위로 웃음을 매달았다. 오늘은 당나라 사신단에 집중해야 한다. 조사는 그의 집사부 지밀들이 처리할 것이니까. 말이 좋아 교류지, 사신단이 오가는 것은 소리 없는 전쟁이나 다름없었다. 정신을 놓고 있다가는 그들에게서 무엇을 빼앗길지 몰랐다.

우우우웅!

다시 한 번 뿔고둥 소리가 묵직하게 전각을 울렸다.

"폐하, 내려가시지요."

그의 곁에 소리 없이 서 있던 보량이 태홍제를 재촉하고 나섰다. 말없이 고개를 끄덕인 장천은 그녀와 발을 맞춰 당나라의 사신단을 맞이하려 계단을 내려섰다. 가마 위에 환히 웃으며 다가오는 사신단의 우두머리, 늙은 너구리 사마탄이 보였다.

당나라 사신단을 맞이하는 연회는 무려 사흘 밤낮으로 계속되었다. 사신단의 장(長)인 사마탄은 워낙에 애주가에다가 여흥을 즐기는 사람이었다. 가지각색의 술을 즐기려고 사신단을 자청한다는 소리까지 들리는 사내였으니, 얼마나 술을 즐길지 감히 짐작 못 할 정도였다. 하지만 장천은 이 당나라 사신을 쉬이 보지 않았다. 물에 술 탄 듯, 술에 물 탄 듯 홀짝홀짝 술을 즐기면서도 쉽사리 틈을 보이지 않았다. 허허 웃으며 계집을 끼고 놀며 그녀들의 젖가슴 안에서 방탕하게 주정을 부리고 소란을 피워도, 처소로 들어갈 때면 항상 멀쩡하게 걸어 들어갔다. 취해도 자신이 통제할 만큼만 마신다는 것이었다.

"이 주령구(酒令具)가 그리워 어찌나 신라에 오고 싶어 혼이 났는지 말입니다."

사마탄이 손안에 잡힌 십육면체의 목각 주령구를 만지작거리며 말했다. 워낙 풍채가 비대한 그였으니, 주령구를 잡은 손까지도 투실투실 살집이 두둑했다.

"먼젓번 방문 때 주령구를 가져가지 않으셨소?"

"에잉, 그게 말입니다. 당나라로 가져가니 주령구가 도통 굴러가지를 않습니다. 제 땅이 아니라고 영 놀 맛이 안 나는가 봅니다. 하하하! 해서, 내 실컷 여기서 굴리다가 가야겠다 이 맘을 먹고 왔습죠."

"그러셨소? 허면 우리 한번 또 굴려봅시다!"

장천 또한 호탕하게 말하며 먼저 주령구를 앞으로 내던졌다. 판 위로 달그락거리는 소리를 내며 내달리던 주령구가 딱 멈춰 섰다. 그 옆으로 늘어서 있던 시비가 서둘러 나와 정면에 보이는 글자를 크게 읽었다.

"자창자음(自唱自飮: 혼자 노래 부르고 혼자 마시기)!"

순간 눈을 크게 뜬 장천이 와하하하 웃으며 무릎을 치고 일어났다.

"좋소, 내 노래 한 구절 뽑으리다."

"와아!"

주제를 찾는 듯 고개를 휘휘 돌리던 장천의 시선이 월지 주변을 맴도는 진귀한 새와 짐승의 무리에 닿았다. 그 안에는 당나라에서 들여온 화려한 공작도, 왜에서 들여온 신기한 파충류도, 또 저 너머 대불림국(大拂臨國: 동로마제국)에서 들여온 이상하게 생긴 네발짐승도 있었다.

새가 날아왔구나. 새가 살아 왔어.

이름 모를 새야, 연유를 모르는 새야.

이곳이 너의 땅이 아니메 엉덩이를 비비고 앉아 있기가 얼마나 번잡스러울꼬.

새야, 새야. 고향이 그립거니와 내 너를 보내주련다.

새야, 새야. 냉큼 돌아가거라.

네 날개를 펴고 그 무거운 몸뚱이를 하늘에 날려 보내라, 꽁지에 불이 따라오기 전에.

큰 소리로 흥을 돋우던 장천이 이내 번쩍 손을 들어 올렸다. 그 안으로 사신단을 위해 빚은 왕궁 법주가 찰랑이고 있었다. 그것을 한입에 털어 넣은 그가 와하하 웃으며 사신단을 바라봤다. 나부대대한 늙은 너구리의 얼굴은 흙빛으로 차갑게 식어 있었다. 장천은 슬쩍 웃으며 고개를 내저었다. 젊은 왕의 얼굴 위로 조롱이 가득했다.

"아니, 왜 그러시오? 내 노래가 마음에 들지 않은 것이오?"

"아, 아닙니다. 하하! 그나저나 마음이 참으로 후덕하십니다. 저 미물들의 마음까지 헤아려 돌려보낼 생각을 다 하시니 말입니다."

"미물이기에 돌아갈 곳을 모르는 것이 아니겠소? 이치를 모르는 것들을 타이르고 얼러주는 것이 석가 부처의 가르침이지요."

"하하하…… 그렇습니까?"

그렇게 두어 번의 술잔이 더 오가고 나서야 욕심껏 엉덩이를 비비고 앉아 있던 사마탄이 끙 소리를 내며 일어났다. 사흘 동안 지칠 줄 모르고 마셔대던 연회 자리가 그제야 작파되었다. 이틀이 넘어서부터는 체력이 아니라 정신력 싸움이었다. 장천은 핑글핑글 도는 머리를 부여잡고 인상을 썼다. 사라지는 사신단의 뒤꽁무니를 보는 그의 표정이 심란했다.

"폐하, 의원을 부를까요?"

　그를 보좌하는 구내관이 슬그머니 입을 열었다. 워낙에 강골이지만 사흘 동안 황제의 체력이 많이 떨어졌으리라.

"됐다. 한숨 자고 나면 괜찮아질 터이니 어서 대내로 돌아가자."

"예, 폐하."

"아, 그리고……."

　문득 돌아서던 발걸음을 멈춘 장천이 완전히 사라진 사마탄의 흔적을 지긋이 바라봤다.

"저들에게서 눈을 떼지 마라."

　깊이 고개를 숙이는 것으로 대답을 대신하는 구내관을 보며 장천이 단호히 발걸음을 뗐다. 그의 뒤로 구내관이 한동안 못 박힌 듯 그 자리를 지키며 서 있었다.

　뒤뚱뒤뚱 발걸음을 옮기던 사마탄이 혼잣말을 하듯 툭

내뱉었다.

"전령은?"

그의 옆으로 두엇 남은 호위가 바짝 붙어서며 입을 열었다.

"조금 전 도착했습니다."

"내용은?"

"삼출엽."

사마탄의 인상이 와락 찌푸려졌다. 전령을 기다리려 부러 사흘 밤낮을 끈 연회의 자리였다. 아무리 말술에 애주가라 할지라도 사흘은 그조차 힘에 부쳤다. 체력의 끝에서 좋지 못한 소식까지 겹치니 그동안의 피로가 몰려들었다.

"일단 며칠 더 지켜본다. 모두 들어가 쉬도록."

지시를 내린 그가 자신의 거처로 들어와 머리를 짚었다.

"삼출엽이라……."

이를 또 어찌 해결해야 하나.

"우라질! 다시는 사신단이고 뭐고 하나 봐라. 천금을 줘도 안 한다."

거칠게 중얼거린 그가 털썩 몸을 뉘였다. 그리고 순식간에 드르렁드르렁 코를 골기 시작했다.

*

잠이 오지 않는 새벽이었다. 이것저것 끙끙거리다 보니

벌써 군락은 허무한 재가 되어 무너져 있었다. 깜깜한 새벽이니 보초를 서는 일부만이 까무룩 쏟아지는 잠을 이겨내며 억지 눈을 뜨고 있었다.

타버린 잿더미를 누비던 단희가 이내 발걸음을 돌려 물가를 찾았다. 이왕 이렇게 된 것 시원하게 목간이나 하고 들어가고 싶었다. 몸이 맑아지면 정신도 맑아지지 않을까?

"읏, 차가워."

졸졸졸 흐르는 개울 위로 작은 폭포가 있었다. 그 위로 조금 더 올라가면 물줄기가 여러 갈래로 찢어지는데 그중 하나를 또 잘 타고 올라가면 콸콸 쏟아지는 더 큰 폭포가 나왔다. 개울 안으로 반들반들한 돌멩이들이 보였다. 발바닥으로 돌멩이들을 밟으니 어느새 치마 끝이 물에 젖어 있었다. 거추장스러운 치맛단을 정리해서 무릎까지 끌어올린 단희는 찰박거리는 발 장난을 치며 작은 폭포까지 걸어 올라갔다. 그녀의 허리춤에서 콸콸 쏟아지는 폭포 물이 시원했다. 한 손으로는 치맛단을, 다른 한 손으로는 차가운 물을 한껏 취하던 그녀는 손으로만 느끼는 물 맛이 아쉬웠다.

"조금 더 올라가볼까?"

큰 폭포 앞으로 가면 장대한 못이 있었다. 한쪽에 커다란 바위가 있어 적당히 헤엄치고 쉬기에 좋았다. 며칠 전 우연히 발견한 폭포는 그곳으로 가는 길이 험준하기도 하거니와 중간에 물길이 끊어지는 것처럼 보여 얼핏 보면 그 뒤로 아무것도 없다 착각하게 만들었다.

치마를 끌어 올려 드러난 장딴지 위로 바람이 살갑게 부대꼈다. 물이 닿아 더욱 서늘하고 시원한 느낌이 좋아 단희는 굳이 찰박찰박 소리를 내며 물길로 걸어갔다. 자연이 빚어놓은 돌계단을 차곡차곡 밟아 올라가던 그녀가 문득 앞으로 보이는 큰 못으로 시선을 돌릴 때였다.

"네가 여긴 어찌 온 것이냐?"

물소리보다 더 청명하고 나직한 목소리가 낙뢰처럼 그녀의 귓구멍을 치고 지나갔다. 깜빡 놀란 단희가 눈을 크게 뜨며 그를 바라봤다. 탄탄한 가슴 위로 팔짱을 끼고 선 설찬이 물 안에서 다가오는 그녀를 보고 있었다. 달빛을 받아 눈부시게 아름다운 무신의 몸이 물결 위에서 찰랑거렸다.

깜짝 놀라 그 자리에 굳어 있던 단희는 붕어처럼 뻐끔거리며 말을 잇지 못했다. 그것도 잠시, 그녀의 눈동자는 저도 모르게 설찬의 드러난 맨몸에 고정되어버리고 말았다. 어찌 통제할 수 없는 시선이 그의 탄탄하고 매끈한 몸을 살살이 훑고 있었다.

딱 벌어진 어깨와 적당히 길고 매끈한 팔, 그 안으로 보이는 탄탄한 가슴……. 사내의 맨 가슴을 처음 본 것도 아니건만 설찬의 나신은 어쩐지 숨이 턱 막히도록 매끈하고 아름다웠다. 입이 굳은 것인지, 눈이 먼 것인지 분간이 가지 않을 정도로 단희는 굳어진 그 자세로 그의 몸을 뚫어지게 보고 있었다.

그러자 설찬이 가슴 앞으로 끼고 있던 팔짱을 풀어 품을 활짝 벌렸다. 그의 움직임을 따라 팔과 가슴의 근육이 유연하게 움직였다. 물에 젖어 촉촉한 살결은 달빛을 받아 더욱 적나라하게 반짝거렸다.

"보고 싶으면 가까이 와서 보거라."

놀리려고 한 말인지 설찬의 입가가 비뚜름하게 올라갔다. 그의 어깨 위로 쏟아지는 별빛을 한참이나 보고 있던 단희가 질끈 입술을 깨물었다. 그러고는 천천히 시선을 올려 그를 똑바로 바라보고 말했다.

"정말 그래도 됩니까?"

이번에는 설찬의 입이 굳어지고 말았다.

단희는 조금씩 전진하는 발걸음을 막지 못했다. 물소리에 취한 듯, 달빛에 홀린 듯 설찬에게로 다가가는 발걸음이 무거웠다. 무릎을 넘어 허벅지까지 오기 시작한 물이 그녀의 발걸음을 막아서며 저항하고 있었다. 그럼에도 어째서 발걸음을 멈출 수가 없는 것일까? 어째서 저 사내의 굳은 얼굴이 무섭고도 사랑스러운 것일까?

"자신 있는 것이냐?"

열 보쯤 사이에 두었다. 그의 서늘한 음성과 함께 찰박찰박 흐트러지는 물소리가 멈췄다. 설찬의 반듯한 이마 위로 젖은 머리카락이 흘러내렸다. 그 머리카락을 무심하게 걷어 올린 설찬이 단희를 쏘아봤다. 더 이상 다가오지 말라는 경고를 보내듯 살벌한 눈초리였다.

"이상한 분입니다. 보고 싶으면 가까이 와 보거라 말씀하신 것은 설찬랑이 아니십니까?"

"그래, 하지만 너 정말 가까이 올 자신이 있는 것이냐?"

"그리하지 못할 이유라도 있어야 합니까?"

"그걸 정말 몰라 묻는 것은 아니겠지?"

그의 물음에 이번에는 단희가 입을 다물고 그를 빤히 바라봤다. 달은 은밀하고, 물소리는 조용한데 지금 그곳에는 그와 그녀, 둘만이 전부였다. 그녀가 사랑하는 사내가 숨이 막히도록 아름다운 나신으로 그녀를 보고 있는데 투명한 막이 그와 그녀 앞을 막아서고 있는 듯 전진하는 게 쉽지 않았다. 그녀를 막아선 것은 무엇일까? 아니, 그를 망설이게 하는 것은 무엇일까?

"그곳으로 가면, 무슨 대단한 일이라도 벌어지는 겁니까?"

또랑한 눈에 힘을 주고 앞을 내다봤다. 없다. 투명한 막같은 것은 존재하지 않았다. 다만 그녀의 마음이, 그의 눈빛이 발걸음을 잡아채고 있었던 것이다. 그녀의 대답에 조금 놀랐다는 듯 설찬의 눈빛이 강렬해졌다. 그의 눈을 마주하던 단희가 고집스럽게 턱을 들어 올렸다. 그런 그녀의 자세에서 지지 않겠다는 앙큼한 속내가 엿보였다.

"너는 정말 이상한 계집이구나."

"예?"

돌연 설찬이 굳어 있던 눈매를 풀고 피식 웃음을 보였다. 그의 웃음을 따라 달이 녹아내렸다. 단희의 마음 또한 속절없이 녹아내렸다. 계집의 마음이 쿵덕쿵덕 요동을 치며 녹아내렸다.

"어떤 때는 한없이 야무지고 음전해 보이면서, 또 어떤 때는 사내의 마음을 뒤집어놓는 요녀처럼 당돌하고 앙큼한 것이 보통이 아니야."

"그건……!"

단희는 뭐라 변명해보려고 입을 열었지만 딱히 할 수 있는 말이 없었다. 더군다나 그가 하는 말이 도무지 싫지 않았다. 이상한 계집이라고까지 하는데 기분이 나쁘지가 않다니. 그의 말마따나 자신이 조금 이상한가 싶기까지 한 그녀였다.

"나는 단희 네가 이리도 좋지만……."

그의 입이 열리면서 달빛에 반사된 탄탄한 몸이 움직이기 시작했다. 설찬의 허리 위에서 찰랑이던 물이 조금씩 아래로 내려간다. 그가 그녀에게 다가올수록 그의 모든 것이 가감 없이 드러나기 시작했다.

"또 한없이 무섭기도 하구나."

두 사람이 가까워질수록 물 아래로 숨겨놓았던 그의 몸

의 은밀한 윤곽이 뚜렷해졌다. 천천히 그러나 단호하게 다가오는 그의 걸음에는 거침이 없었다.

너무나 단박에 가까워지는 그의 모습에 단희는 몸을 움찔거리며 뒤로 주춤거렸다. 그 잠시간에도 설찬은 그녀의 지척으로 다가와 있었다. 청명한 물 냄새가 확 끼쳤다. 그 속으로 진한 사내의 향이 그녀를 자극했다. 그 향기는 차가운 물속에 있는 그녀를 단숨에 뜨거운 열기로 달아오르게 했다. 달빛에 어스름하게 비치는 투명한 물이 설찬의 배꼽 아래에 아슬아슬하게 걸쳐 있다는 사실이 단희의 당돌한 걸음을 뒤로 물러서게 만들었다. 아슬아슬하게 드러난 거뭇한 그림자에 그녀는 황급히 시선을 들어 올렸다. 온몸의 피가 얼굴 위로 몰려 뺨이 터질 듯이 화끈거렸다.

"…… 그게 무슨 말이십니까?"

순간적으로 놀라 반걸음 물러났던 그녀가 다시 걸음을 되잡았다. 양 뺨은 붉게 물들이고 꼿꼿한 눈빛을 빛내며 걸음을 다잡았다.

물러서지 않으련다. 그녀의 앞을 막는 것은 없다고 했건만 무엇이 두려워, 또는 무엇이 수줍어 그를 막아서려 하는가? 단희는 절대 설찬에게만은 물러서고 싶지 않았다. 어리석은 고집인지 모르지만 단희는 설찬에게만은 물러나고 싶지 않았다.

설찬이 팔을 뻗어왔다. 한참 동안 물 안에 잠겨 있어 차가울 법도 하건만 단희의 팔에 닿은 그의 손은 화로처럼 뜨거웠다.

"아……!"

그녀를 끌어당기는 강렬한 힘이 느껴졌다. 그의 맨살과 맞닿은 가슴이 쿵 하고 떨어졌다. 떨리는 것인지, 설레는 것인지 모를 전율이 단희의 등줄기를 훑고 지나갔다. 으레 그의 손길이 닿으면 그랬듯이 말이다…….

"내가 너에게 너무 빠져드는 것만 같아, 두렵다는 말이다."

"그건 두려워할 것이 아닌걸요."

단희는 떨리는 목소리로 대꾸했다.

"아니, 네가 몰라서 그런 말을 할 수 있는 것이지. 단희 네가 나의 마음, 이 깊은 곳에 치솟아오르는 어두운 욕심을 정녕 몰라 말할 수 있는 것이다. 네가 사랑스러워지기 시작하면서 너의 모든 것을 속박하고 싶어졌다. 태양 아래 드러난 너의 모든 것을 혼자 차지하고 마음껏 즐기고 싶은 내 마음을 네가 아느냐? 모조리 취하고 모조리 가지고 싶다. 네가 싫다 칭얼대도 절대 놓아주고 싶지 않을 때까지. 그렇게 네 전부를."

물 아래로 밀착한 그의 몸이 그녀의 체온을 넘어섰다. 나지막하고 은밀한 그의 고백이 그의 타들어가는 눈빛과 어우러져, 단희는 녹아내릴 듯이 뜨거워졌다. 그에게 잡힌 팔을 빼낸 그녀가 성큼 그의 허리에 손을 둘렀다. 그녀의 몸짓을 따라 차르르 흐르는 물소리가 방울 소리처럼 영롱했다.

"저는 이미 오래전부터 그런 마음이었습니다."

물기에 젖어 촉촉한 그녀의 목소리는 어느새 설찬의 입술 안으로 빨려 들어갔다. 단숨에 거칠게 내려온 사내의 입술로 인해 짓이겨진 여린 입술에서는 뜨거운 숨이 쉴 새 없이 새어 나왔다. 하지만 그의 말마따나 설찬은 그녀의 숨결조차 모조리 취하겠다는 듯, 그 틈을 허용치 않았다. 몰아쳐 들어오는 그의 혀가, 엉켜 들어가는 서로의 타액이 너무나 섬세해 단희는 정신이 아찔해졌다.

"…… 말해주세요."

희미해지는 정신의 끝을 다잡으며 단희가 간신히 말을 토해냈다. 한 치의 틈도 없이 밀착한 채 그녀의 말은 깃털이 되어 그의 입술을 간질였다. 설찬은 참을 수 없다는 듯, 거칠게 한숨을 내쉬며 느릿하게 되물었다.

"무엇을?"

"당신이 내 것이라는 것을요."

"이미 알고 있는 것 아니더냐."

그의 말대로 그녀의 마음을 알고 있었다. 하지만 그녀는 고집스럽게 눈을 추켜 올리며 그를 재촉했다. 그의 입에서, 저이의 입에서 흐르는 그 말은 꿀처럼 달콤했다.

"나는 네 것이다. 이제 벗어날 수 없어. 네가 내 것이듯……."

동굴 안에서 울리는 소리처럼 낮고 감미로운 목소리였다. 단희의 전신에 전율이 휘몰아쳤다. 부르르 몸을 떠는 그녀를 설찬이 홀쩍 안아 올렸다. 얽히고설켜 이미 완전히 젖어버린 옷이 그녀의 유려한 곡선을 여지없이 드러냈다. 부끄러운 것도 모르고 그녀는 그의 목에 손을 두르고서 더욱 가깝게 밀착했다. 그러자 설찬이 사랑스럽다는 듯 그녀의 이마 위로 입술의 인장을 찍어 내렸다.

물으로 나온 설찬은 나뭇잎이 푹신하게 쌓여 있는 곳에 단희를 눕혔다. 젖은 그녀의 머릿결을 쓸어 넘겨주던 그의 눈빛이 어두워졌다.

"비단 금침 위가 아니라 미안하구나."

그의 말이 무엇을 뜻하는지 알고 있기에 단희는 고개를 가로저었다. 그런 그녀의 뺨에 설찬의 굳은살 단단한 손가락이 닿았다. 아기 새를 쓰다듬듯 조심스러운 손길이지만 그 손은 여전히, 아니 조금 전보다 훨씬 뜨거워져 있었다.

"비단 금침은 지금 우리에게서 너무 멀어요. 지금 이 시간을, 이 순간을 놓치지 말아요."

"가자고 해도……."

그의 고개가 그녀에게로 내려오고 축축한 그의 입술이 그녀의 목덜미를 덮었다. 그가 움직이는 것이 고스란히 단희에게 느껴졌다.

"갈 수가 없구나."

"아……!"

단희가 처음으로 허락한 사내의 손길에 예민하게 반응했다. 대범했던 조금 전과는 다르게 움츠러든 어깨가, 움찔거리며 움직이는 허리가 사내에게 얼마나 야릇하고 사랑스러운지 아는 듯이……. 그녀의 여린 몸짓이 설찬을 더욱 애태우게 만들었다.

그 손끝의 시작은 부드러웠다. 천천히, 어루만지듯 그녀의 허리와 엉덩이를 감싸 쥐었다. 그러나 부끄러움과 쾌락이 차오르기 시작한 단희가 그의 몸에 바싹 붙어버리자 결국 그의 손길 또한 성급해졌다. 나긋한 여인의 몸이 사내의 몸에 부딪히는데 그 어떤 사내가 갈급해지지 않을 수 있을까.

봉긋한 엉덩이를 강하게 움켜쥔 그가 다른 쪽 손을 들어 그녀의 허벅지 아래로 달라붙은 치마를 걷어냈다. 그 안으로 거치적거리는 몇 겹의 천이 더 있었지만 강인한 손길에 연약하게 스러지고 말았다.

"서, 설찬……."

"쉬이!"

허벅지 안쪽 연약한 살에 그의 손이 뻗치자 단희가 부르르 몸을 떨며 본능적으로 허벅지를 움츠렸다. 설찬은 그녀의 젖은 머리카락에, 희붉은 목덜미에, 촉촉한 입술에 몇 번이고 입 맞추며 그녀의 몸에 그를 익숙하게 만들었다.

"으응."

봉긋하게 솟아오른 가슴이 헐떡이며 그에게 밀착되었다. 젖은 천 위에 숨 가쁘게 오르락내리락하는 그 과실을 설찬이 덥석 입에 물었다.

"하악."

자지러지는 숨과 함께 단희의 몸이 활처럼 휘었다. 그와 동시에 설찬이 문을 두드리듯 조심스러웠던 손을 단희의 은밀한 곳으로 가져갔다. 그의 입술은 그녀의 가슴을 한껏 베어 물었고, 그의 손길은 부드럽게 그녀의 수초를 어루만졌다. 단희는 처음 겪어보는 새로운 감각의 홍수에 젖어들었다. 파들파들 떨리는 팔이 설찬의 어깨를 움켜쥐었다. 그녀에게 열리는 새로운 열락의 호수로 그녀를 인도하는 설찬이 미치도록 사랑스러웠다.

마침내 그와 그녀를 가로막은 모든 옷이 벗겨지고 달빛 아래 그녀는 새하얀 나신으로 빛났다. 설찬의 입술은 뜨거웠다. 그의 입술은 섬세하면서도 광포했다. 그녀를 배려해 주는 듯 조심스럽게 다가왔다가도 결국에는 숨을 헐떡이게 만들었다. 달빛 아래로 그녀의 나신이 드러나고 숨 막히게 조여오는 입술에, 친밀한 그 접촉에 몸서리치면서 단희는 그의 손길을 만끽했다.

그리고 마침내 그녀가 어찌할 수 없는 뜨겁고 거센 무언가가 그녀 안으로 밀고 들어올 무렵, 그녀는 그의 입술이 내어주는 쾌락의 절정을 맛보고 말았다. 고통과 아픔을 동반한 쾌락은 그녀를 더욱 새하얗게 태워버렸다. 그의 너른 어깨에 손톱을 세우고, 숨을 쉬지도 못할 만큼 뜨겁게 안아주는 설찬의 품에서 고통은 환희가 되었다.

"설찬, 설찬!"

"나의 아기 새, 나의 단희, 단희야……. 허억!"

그의 드러난 어깨 위로 달이 보였다. 동그랗게 가득 찬 달이 두 사람을 훔쳐보고 있었다. 나뭇가지 사이로 환히 빛나는 달이 물안개처럼 희미했다.

저것이 달인지, 구름인지 구분이 가지 않을 때까지, 달이 설찬의 어깨를 넘어 산 어딘가에 고개를 숨길 때까지 두 사람의 뜨거운 숨결은 계속해서 계곡을 데웠다.

*

"아, 글쎄 제가 하겠습니다."

"아니에요, 내가 하겠습니다."

"왜 이리 고집을 부리실까? 애들 시키면 되는 일인데."

"내가 직접 하고 싶어요. 왜 이렇게 날 못 믿을까? 내가 못 미더워요, 곡사흔랑?"

"원화, 그러시지 말고 제가……."

"어허? 미휼까지 왜 이래?"

이가 빠진 미음 사발 하나가 단희의 손을 거쳤다가 곡사혼에게 갔다. 또 그것을 단희가 뺏어 들였지만 어느새 미휼이 다시 낚아채 갔다. 이미 미지근하게 식어버린 미음 사발의 주인이 이리저리 바뀌는 듯 보였지만 실상 그 미음은 그들이 호송하고 있는 정체불명의 괴한들 것이었다.

"이런 일은 원화가 직접 하지 않으셔도 됩니다!"

곡사혼이 다시 애걸복걸하며 미휼에게서 사발을 뺏어 드는 단희를 말렸다. 두 팔을 벌려 붙잡힌 괴한들에게 다가가려는 단희를 말리고는 있었지만 그녀를 막을 만한 힘이 없다는 것은 그도 알고 그녀도 알고 있었다.

"막지 마세요. 다 그럴 만한 이유가 있어서 그러는 것입니다."

곡사혼과 미휼이 그녀를 걱정하는 마음에 막아서는 것을 단희도 알고 있었다. 하지만 그녀에게는 그녀만의 사정이 있었다.

단희는 그들을 직접 대면하고 싶었다. 그들을 직접 상대해보고 그들의 눈을 보며 그 안에 숨기려고 드는 무언가를 끄집어내고 싶었던 것이다. 때론 어떠한 일들은 직접 겪지 않으면 모르고 지나칠 수 있었다. 단호히 눈을 빛낸 그녀가 곡사혼을 지나쳐 나무 수레 안에 수감되어 있는 괴한들에게 다가갔다.

모진 고초를 겪고 나서 거의 먹지 못한 그들의 모습은 피

골이 상접하여 불쌍하기 짝이 없었다. 뿐만 아니라 피딱지
가 앉은 상처에서는 진물이 흘렀다. 그 상태로 씻지도 못하
여 마구간 안에 있는 듯 그들 주변에서 구린 냄새가 진동했
다. 저도 모르게 코끝을 부여잡고 싶은 것을 애써 참은 단
희가 문창살 앞에 섰다. 그녀 뒤로 미휼이 말없이 따라 나
섰다. 막을 수 없다면 차라리 최선을 다해 도와주는 것이
낫겠다 생각했던 것이다.

"보세요."

단희는 요즘 들어 계속 시름시름 앓고 있는 부엌 할매에
게 말하듯 다정하고 걱정 가득한 목소리를 보였다. 그러나
그녀의 부름에도 쓰러진 그들은 고개 하나 들어 올릴 여력
조차 없는 듯 미동도 보이지 않았다.

미휼을 시켜 문창살을 열고 들어선 그녀가 세 명의 죄인
들 앞에 쭈그려 앉았다. 그들은 지금 왕경으로 돌아가는 참
이었다. 점심을 먹으려 잠시 멈춰 선 중에 그녀가 자신의
밥도 마다하고 그들 곁으로 달려온 것이다. 이미 식어버린
미음을 휘휘 저어 빛깔을 돌려놓으니 미휼이 그들 중 한 사
내를 일으켰다. 사내의 마른 눈꺼풀이 파르르 떨리더니 간
신히 눈동자를 들어 단희를 올려다봤다.

"밥을 가져왔습니다. 드시지요."

"…… 뉘시오?"

버석하게 건조한 목소리에 적대감이 가득했다. 과연 요

함의 말대로 그의 말투에 묘한 이질감이 느껴졌다.

"이 무리의 책임자입니다."

단희의 말이 끝나자마자 사내의 눈이 그녀를 머리끝에서 발끝까지 흘겨봤다. 그러더니 피식 웃음을 흘렸다. 명백한 비웃음이었다.

"…… 웃기는군."

"웃을 힘이 남아 있다니 다행이군요."

단희 또한 빙그레 웃으며 화답했다. 그녀가 조심스럽게 투박한 나무 숟가락에 미음을 크게 떠 그의 입 앞으로 가져갔다.

"억지로 먹이기 전에 입에 넣으시지요."

단희의 재촉에 사내가 다시 비릿한 웃음을 흘렸다. 그러고는 힘없이 고개를 떨어뜨렸다. 먹일 수 있으면 먹여보라는 똥배짱이었다. 그의 오만 방자한 작태에 미휼이 나서려고 했지만 그를 막아선 것은 단희였다.

"보세요. 이봐요, 왜 그리 황천길로 가는 길을 재촉하는 건가요?"

대답해줄 리 없었다. 침묵이 그가 내어줄 수 있는 전부인 것처럼 그는 조용했다. 그의 곁으로 쓰러져 있던 사내 둘이 눈을 떠 두 사람을 바라봤다. 세 사내를 바라보며 단희가 다시 안타깝게 중얼거렸다.

"어차피 현생의 삶은 죽음으로 가는 여행길입니다. 길지도 않은 여생을 왜 그리 재촉하십니까? 연유가 무엇입니까? 당신네 이방인들이 이곳 신라까지 굳이 와서는 말입니다."

그녀의 말에 고개를 떨어뜨린 사내도, 쓰러져 있던 괴한들도 그리고 그녀 곁에 선 미홀과 수레 밖에 초조하게 대기하고 있던 곡사흔도 움찔 놀란 기색을 보였다.

그들이 반응한 것은 단 세 음절의 글자 때문이었다.

'이방인.'

그들이 이곳 신라의 사람이 아니라는 단호한 부정의 말이었다. 단희는 뽀로통 통이 난 얼굴로 계속해서 중얼거렸다. 마치 그들이 듣든 말든 개의치 않겠다는 듯 중얼거리는 말이었지만 사실 단희는 부단히 그들의 반응을 살피고 있는 중이었다.

"얼마나 연습했는지 모르지만 말투가 어색한 것을 모르십니까? 사투리는 아닌 듯하고, 그래도 익숙해 보이는 것이 많이 사용한 티가 나긴 합니다만. 아, 모르겠습니다. 그렇다고 눈에서 적개심을 보이는 것도 아니고 우리에 대해서 무지한 것을 보면 정녕 군을 창설하여 공격할 목적은 아닌 듯한데. 허술한 것도 같고 철저한 것도 같고……. 도대체 정체가 뭡니까?"

그녀의 말이 길어질수록 떨어뜨렸던 사내들의 고개가 올라왔다. 푹 꺼진 볼과 하얗게 말라붙은 입술, 피딱지와 먼지를 뒤집어쓴 지저분한 얼굴에 열이 올라오는 게 보였다.

이글거리는 눈동자에서는 적개심이라고 하기에는 훨씬 뜨겁고 껄쭉한 기운이 일렁였다. 그래, 분노. 그들의 눈에 생생한 분노가 펄떡거리고 있었다. 눈앞에 쭈그려 앉은 그녀를 찢어 죽일 듯 살벌한 눈동자였지만 단희의 말이 걸렸는지 쉬이 말을 뱉지는 않았다.

"좋습니다, 그렇게 반항해보십시오. 우리는 무슨 수를 써서라도 끝까지 당신들을 살려낼 것이니까요. 살아 있는 그 상태로 황제 폐하께 대령할 것입니다. 그곳에 가면 무시무시한 무녀님도 계시고, 무엇이든 자백하게 만드는 고신관님도 계십니다. 아주 무서운 분들이라 이 말입니다."

무릎을 탈탈 털고 일어난 그녀가 들고 있던 미음을 미휼에게 건네주고는 부러 얼굴을 요상하게 찌푸리며 말했다. 어른이 아이를 겁박하듯 귀여운 협박이었지만 그녀의 말에 거짓은 없었다.

"허니, 잘 생각해보세요. 지금 당신들이 당장 어떻게든 죽어보려고 갖은 애를 쓰는 것과 우리들에게 쓸 만한 정보를 주고 당신들에게 필요한 무언가를 취해 가는 것 중에 무엇이 현명한 것인지를 말이에요."

마지막 말은 강세를 주며 단호히 내뱉고는 그대로 뒤를 돌아섰다. 그러다 문득 멈춰 선 그녀가 품에서 무언가를 꺼내 들었다. 일전에 오두막에서 발견한 비단 줌치였다.

"한데, 대체 이게 뭐죠?"

세 사람 중 특정한 누군가를 향해 하는 말이 아닌, 그저 막연히 건네는 말이었다. 한데 단희의 손 아래에 대롱대롱 매달린 붉은 줌치의 등장에 눈에 띄게 당황한 얼굴이 하나 있었다. 목 아래에 큰 점이 있는 남자, 바로 설찬의 주먹을 찢고 죽지 못하게 살려둔 그 남자였다.

"오두막은 모두 불탔다고 했습니다만, 이것은 어쩐지 그냥 태워버릴 수가 없어서 제가 보관하고 있었습니다. 이것을 되돌려 받고 싶으시다면…… 언제든지 기운을 차려 저를 부르세요."

나지막하지만 힘이 실린 목소리로 말한 그녀가 다시 뒤돌아섰다. 그러자 곧이어 힘없이 쓰러져 있던, 목에 점이 있는 사내가 발작하듯 괴성을 내지르기 시작했다.

"으! 으, 으! 으아악! 아악!"

"꺄악!"

어디서 그런 힘이 솟아난 것인지 그들을 속박하고 있던 쇠사슬을 끊을 듯 몸부림치며 사내는 울부짖었다. 막 수레 아래로 내려서려던 단희가 기둥을 잡고 버텼다.

"이 자식!"

"원화! 괜찮으십니까?"

"제압하라!"

보초병들이 말들을 진정시키고 미휼이 몸부림치는 사내를 제압했다. 저 멀리서 그들을 지켜보고 있던 요함과 설찬이 단숨에 그들 곁으로 달려왔다.

"괜찮습니까?"

"아, 예. 괜찮습니다."

잠시 발을 헛디뎌 비틀거렸던 단희가 단단한 땅을 밟고 내려섰다. 놀란 탓인지 지난밤의 달콤한 통증이 다리 사이와 허리를 지나쳐 찌르르 올라왔다. 절로 끙 소리가 올라왔다. 주춤하며 서 있던 그녀가 허리를 부여잡고 잠시 멈춰 섰다.

"단희."

서늘하지만 다정한 목소리가 그녀를 불렀다. 찡그려 감겨 있던 그녀의 눈꺼풀이 사르르 올라갔다. 태산처럼 거대한 그녀의 남자, 설찬이 그곳에 서 있었다. 무표정해 보이는 얼굴이지만 그 안에 박혀 있는 검은 눈동자에 걱정과 염려가 가득했다. 단희는 달려온 그의 팔을 살며시 잡으며 입꼬리를 올려 보였다.

"괜찮습니다. 걱정하지 마세요."

"발을 헛디딘 것은 아니냐? 왜 걷질 못해."

"그게 아니라……."

그녀가 미처 대답을 끝마치기도 전에 호들갑스러운 곡사흔이 먼저 선수를 쳤다. 그녀보다도 더 파리해진 안색이, 마치 이 모든 사태의 책임이 자신에게 있는 것처럼 죄책감이 서린 얼굴이었다. 걱정을 사서 하는 그의 성격이 여실히 드러나는 얼굴이었다.

"다리라도 다치신 것은 아닙니까? 의원을 불러올까요, 풍월주?"

"어서 데려오너라."

"수레를 가져오겠습니다."

잠깐 사이에 참으로 일사분란하게 움직이는 세 사람이었다. 단희는 너무나 요란한 그들의 호들갑에 도리어 다치지 않았다는 사실이 민망해질 지경이었다.

"사내는 기절했나?"

설찬이 미휼의 제압으로 쓰러진 사내를 보며 말했다. 그의 목소리가 대한*의 얼음장처럼 서늘하고 날카로웠다. 사내를 보는 그의 눈빛 또한 시린 그 목소리와 별반 다르지 않았다. 잘 벼린 검날처럼 날카로운 눈동자에 살기가 떠올랐다.

풍월주의 날카로운 문책에 화랑들이 서둘러 고개를 끄덕였다. 좀처럼 화를 내지 않는 분인데 그의 안면에 살기가 가득하니 오금이 저릴 정도로 무서웠다. 차가운 목소리도 예사롭지가 않았다.

"…… 하나만 살아 있어도 상관없다."

그 말인즉 하나는 죽어도 상관없다는 뜻이었다. 설찬의 말이 진심임을 알아챈 단희가 서둘러 그의 팔을 잡아끌었다.

"괜찮습니다, 정말. 제가 비틀거린 것은 저이 때문이 아닙니다."

당황한 단희가 작은 목소리로 속삭였다. 그녀를 빤히 내려다보는 설찬이 믿을 수 없다는 듯 한쪽 눈썹을 추켜세웠다. 작게 한숨을 내쉰 그녀가 주변 화랑들의 눈치를 살피며 설찬에게 귓속말로 소곤거렸다.

"허리가 배겨서 그런 것입니다. 찬 바닥이 무섭긴 무섭네요. 그러니 저이 탓이 아닌 설찬랑 탓이라고요."

새침하게 말한 그녀가 붉어진 얼굴을 돌리고서는 저 멀리 수레를 끌고 오는 곡사흔을 보며 고개를 내저었다. 혹시 몰라 준비한 수레는 두어 사람이 들어가 뒹굴어도 될 정도로 커다랗고 호화스러웠다.

"허면, 내가 책임을 져야겠구나."

불현듯 들리는 목소리가 예사롭지 않았다. 어딘가 서늘해지는 기분을 느끼기도 전에 그녀의 몸이 공중으로 붕 떠오르고 말았다. 너무 놀라 소리도 지르지 못한 그녀가 황급히 고개를 들어 설찬을 바라봤다. 수레를 끌고 오는 곡사흔을 손짓으로 물린 그가 성큼성큼 발을 놀려 자신의 애마 청풍 곁으로 다가갔다.

"내 그럼 왕경으로 돌아갈 때까지 너를 편안하고 무사하게 모셔다 주마."

"예?"

태연자약한 그의 말에 단희가 뜨악하여 되물었지만 그녀

의 말에 되돌아오는 메아리가 없었다. 무표정이라 더욱 천연덕스러운 설찬이 아무렇지 않은 듯 그녀를 자신의 안장 앞으로 앉혔다. 앞으로 남은 여정 사흘 동안 어찌 이이와 말을 나눠 타고 갈 것인지 눈앞이 캄캄한 그녀였다.

*

오늘도 여지없이 왕경에 땅거미가 내려왔다. 하루를 분주히 보낸 이들은 곤하지만 달콤한 여독을 풀기 위해 집으로 들어가는, 하루가 아쉬운 아이들은 향긋한 밥 냄새에 이끌려 하는 수 없이 발걸음을 돌리는 그런 평범한 저녁이었다.

먹이 흐르듯 까맣고 고운 머릿결을 빗어 내리던 취선이 인기척에 고개를 들었다. 그녀를 돌봐주는 시비 모랑이었다.

"미진부공께서 선물을 보내셨습니다."

한두 번이 아닌 듯 담담히 말을 전하는 모랑의 말에 취선이 옅은 한숨을 내쉬었다. 언젠가 누군가 감탄했던 그녀의 길고 가느다란 속눈썹이 짜증스럽게 구겨졌다.

"돌려보내어라. 앞으로 미진부공께서 보내온 선물은 받지도 말고, 들이지도 말거라. 되는대로 바로 들고 온 이를 통해 다시 돌려보내."

"예, 낭주님."

중년의 시비 모랑이 눈치껏 고개를 조아리며 물러났다.

질리지도 않은 듯, 매일같이 선물을 보내오는 미진부에게 취선이 넌더리를 내고 있다는 것은 그녀를 모시는 자라면 모두 다 알고 있는 사실이었다. 심지어 취선은 그가 어떤 귀한 것들을 보냈는지 보지도 않고 궁금해하지도 않았다. 그저 그가 보내왔다는 그것만으로도 싫어하고 멀리했다.

하지만 그런 취선의 허술한 관리가 관계를 더욱 틀어놓을 씨앗이 되리라는 것을 당시 그녀는 미처 알지 못했다.

"이 귀한 것을……."

이번에 미진부가 보내온 선물은 저 멀리 바다를 건너고도 백여 일을 가고 또 가야 한다는 파사국(波斯國: 고대 페르시아)에서 들여온 진주 가루였다. 얼굴에 바르면 천상 선녀처럼 얼굴이 고와지고, 차에 타 먹으면 속에 있는 독기가 빠져나간다는 귀한 것이었다.

비단 천에 한 아름 쌓여 있는 진주 가루를 보며 모랑이 눈을 빛냈다. 그는 침을 꼴깍 삼키며 진주 가루에서 눈을 뗄 줄 몰랐다. 돈으로 바꿔도 어마어마한 가격이 나올 물건이거니와 사고 싶어도 얻을 수 없는 희귀한 것이었다.

'가만있어봐라?'

뚫어지게 물건을 보던 모랑이 잠시 약은 머리를 굴려봤다. 어차피 주인은 이것이 무엇인지도 모른다. 돌려보내나, 돌려보내지 않으나 미진부공은 며칠 후면 다시 선물을 보내올 것이다. 그중 하나쯤 중간에 사라진다 하더라도 아무도 알지 못하리라.

셈을 마친 그녀가 냉큼 자신의 줌치 안으로 진주 가루를 담은 보자기를 집어넣었다. 아름다운 주인 아래서 매번 질투와 부러움을 느끼던 그녀였다. 여자로 태어난 이상 아름다워지고 싶은 욕구는 당연한 것이라 하였다.

"나도 이참에 곱다는 소리 좀 들어보자."

호호 웃으며 모랑이 주변을 살폈다. 총총총 사라지는 그녀의 발걸음이 가벼웠다.

*

하루만 더 가면 계림(鷄林: 경주의 옛 이름 중 하나)에 닿을 것이었다. 조금씩 보이기 시작한 눈에 익숙한 지형에 화랑들의 얼굴빛이 한층 밝아졌다. 마음이 가벼우면 몸도 가벼워지는 법. 그들의 마음결처럼 가벼워진 발걸음이 빨라지니 천지를 울리는 말발굽 소리가 요란해지기 시작했다. 어서, 어서 이 무거운 몸을 누일 뜨뜻하고 아늑한 집으로 돌아가자며 말과 주인이 하나 되어 길을 재촉했다. 그들이 만들어내는 뿌연 흙먼지 사이로 마음과 몸을 넘어 주둥이까지 가벼워진 인물이 하나 있었다.

"내 장담하는데 이번 해가 꺾이기 전에 풍월주의 금입택

(金入宅: 황제가 하사한 저택)에 새 주인이 들어갈 것이야."

"예? 새 주인요? 그것은 금입택인데 어찌 풍월주께서 저택을 바꾸신다⋯⋯."

"아이고, 이 멍청아! 그 말이 아니잖아? 그렇죠, 요함랑?"

"암암, 그렇지. 바깥주인이 아니라 안주인이 새로 들어간다는 말이지."

"예? 안주인요?"

요함의 곁에 참새 떼처럼 모여 있던 화랑들이 펄쩍 놀라 저 멀리 앞서 가고 있는 풍월주를 바라봤다. 신국의 기둥인 신성한 남산처럼 장대하고 압도적인 뒷모습을 경외에 찬 눈으로 바라보던 그네들의 눈동자에 설찬의 발 옆으로 대롱거리는 작은 발이 포착되었다. 작고 소담한 여인의 발이었다.

"지금 설마⋯⋯ 원화를 말씀하시는 겁니까?"

모두가 묻고 싶었지만 차마 입에 담지 못한 말을 소화랑 사헌이 용기 있게 꺼내 물었다. 그의 물음에 요함이 새삼스럽게 휘휘 고개를 내두르며 눈치를 살피듯 연극을 해 보이더니 크게 고개를 주억거렸다.

"암먼! 저, 저 풍월주 곁에 우리 원화 말고 누가 감히 어울리겠느냐? 아니 그러냐?"

"하긴, 그렇습니다. 지혜롭고 아름답고 야무지고! 또 어찌나 다정하신지⋯⋯. 이번에 제 아들놈 첫돌이라고 배냇

저고리도 손수 지어 보내주셨다고 제가 말했던가요? 감격
스러워 입히지도 못하고 고이 접어 모셔놨습니다요."

"벌써 네번째 하는 이야기다, 이놈아."

몇 번이고 생색을 내는 화랑의 말에 사헌이 쯧쯧 혀를 차
며 타박을 주었다. 그러나 자랑하는 화랑의 얼굴이나, 타박
하는 사헌의 얼굴이나 정이 듬뿍 담긴 따뜻함은 똑같은 것
이었다.

"그렇지, 그렇지. 아무리 봐도 저 무뚝뚝한 외골수 무인
을 감당할 분은 우리 원화밖에 없다, 이거지."

"그리고 날이 아직 이리 더운데 저리 붙어 가신다니 말입
니다. 이거 도통 수상한 게 아닙니다."

"원화 몸이 안 좋다고는 하나 저렇게까지 직접적으로……."

"아이고, 그리고 내 이것까지는 말하지 않으려고 했는
데……. 엊그제 저녁에 설찬랑께서 원화의 막사 안으로 들
어갔다는 거 아는가?"

"아, 그랬습니까?"

"그런데요?"

요함의 나풀거리는 주둥이 곁으로 점점 모여드는 머리들
이 많아졌다. 사내나 계집이나 남녀상열지사에는 입과 귀
가 착착 감겨드는 것은 매한가지였다. 조잘대는 입이나 듣
는 귀나 즐겁고 기꺼웠으니 이야기는 점점 적나라해지기
시작했다.

요함이 긴장감을 고조시키는 듯 잠시 입을 다물었다. 그 잠시간의 침묵이 기다리는 이들의 애간장을 태우고 있음을 잘 알고 있는 듯 요함이 뱀처럼 간사한 입을 열었다.

"그런데…… 내가 나오는 모습은 보지 못했다, 이 말이지! 언제 나오셨는가? 밤에? 새벽에? 그 곁으로 보초를 섰던 이는 있던가? 왜 아무도 그 곁으로 없었던 것일까? 응? 나는 모르겠는데, 너는 알겠느냐?"

그의 말과 함께 웅성거림이 짙어졌다. 홍조를 띠우는 얼굴도 보였고, 낄낄 웃는 얼굴도 있었다. 슬금슬금 눈길이 짓궂어진다 싶더니 저들끼리 앞서 가는 수장의 뒤를 흐뭇하게 바라봤다. 아아, 드디어 화주가 들어오는구나. 아니? 원화시니까 화주라 할 수 없나? 그럼 이제 두 분을 뭐라 불러야 한단 말이야? 벌써부터 쑥덕쑥덕 저들끼리 원화와 풍월주의 새 호칭을 가지고 논란이 많았다.

그들 틈바구니로 요함이 흐뭇한 웃음을 보였다. 세상 무서운 것 중 하나가 항설이었다. 그는 이제까지 소문이 사실이 되는 일을 종종 보아왔다. 빼도 박도 못하게 야금야금 풍문을 지배하다 보면 누가 아는가? 진짜 이번 해가 가기 전에 그의 고운 처제가 연지곤지 찍는 모습을 보게 될지? 또 그로 인해 세상 즐거움이라고는 하나 모르는 듯한 풍월주의 저 무거운 어깨가 한결 가벼워질는지도?

이것저것 바라는 점도, 걱정하는 점도 많아 입이 바쁜 요함이었다. 또 혼인하여 살아보니, 살 맞대고 부대끼며 사는 맛이 여간 괜찮은 게 아니었다. 혼자 있을 때는 미처 몰랐던, 누군가를 사랑하고 은애하지 않았을 때는 절대 알 수 없었던 이 따뜻함과 편안함을 그의 주군도 느낄 수 있기를 간절히 바랐다. 그리고 저 두 사람이 하늘이 맺어준 배필임을 추호의 의심도 하지 않았다.

"지는 게 이기는 거랍니다. 그때는, 무조건 져주십시오. 주군."

아무도 몰래 다정한 혼잣말을 중얼거리며 요함은 시시덕 떠들어대는 화랑들을 뒤로하고 설찬의 흑마 청풍의 뒤를 지키며 따랐다.

"간지럽지 않으세요?"

"뭐가 말이냐?"

천연덕스러운 그의 되물음에 단희가 약한 한숨을 내쉬며 말했다.

"뒤통수 말입니다, 뒤통수. 저는 지금 뒤통수가 꽤나 뜨거운데 설찬랑께선 괜찮으신가 보네요?"

"네 뒤에는 내가 있는데 어찌 너의 뒤통수가 뜨겁다는 것이냐? 괜한 걱정이다."

"저들이 수군거리는 소리가 제 귀에까지 다 들릴 지경이거늘 어찌 설찬랑은 이리 태연하실 수 있는 거죠? 그리고 대체 제 말은 어디다 치워놓은 거예요? 아무리 찾아도 나오지 않고, 그 이상한 수레도 없어지고."

입술을 내밀고 불퉁거리던 단희가 다시 한 번 설찬을 채근하며 나섰다. 아무리 물어도 말이 어디 있는지 알려주지 않는 그였다. 감쪽같이 사라져버린 그녀의 미끈한 갈색 말의 행방은 오직 그만 알고 있는 듯 모두를 잡고 물어도 모른다, 고개만 내두를 뿐이었다.

"없앴다."

"예? 그게 무슨 말이에요?"

놀란 단희가 획 고개를 돌려 설찬을 올려다봤다. 순간 설찬의 얼굴이 굳어지는 것이 보였다. 언짢은 듯, 불편한 듯 미간에 힘을 주던 그가 옅은 한숨을 내쉬더니 입을 꾹 다물어버렸다. 왜 그러지? 고개를 갸웃거리던 단희는 꾹 다문 그의 입술을 보며 그를 다시 채근했다.

"설마…… 죽이거나 그런 건 아니죠?"

조심스러운 그녀의 물음에 설찬의 눈썹 한쪽이 스윽 올라갔다.

"단희, 너의 눈에 내가 그리 무책임한 살상을 할 것처럼 비치는 것이냐."

나지막한 그의 물음에 다시 한 번 단희가 팔짝 놀라 고개를 도리질했다. 물론 그의 겉모습이 눈 하나 깜짝 안 하고 칼을 휘두르고 그 칼로 적군의 내장을 도려낼 듯 냉랭하였지만, 설찬은 결코 생명의 무게를 경시하는 사람이 아니었다.

"아니요, 그런 게 아니에요. 하도 감쪽같이 사라져서 그리 물어본 것뿐입니다.

"……."

"그런데 대체 어디에 있는 거죠? 알려주세요."

"알려주랴?"

그걸 지금 나에게 물어 무얼 하나, 어서 알려주지 않고? 단희는 열심히 고개를 끄덕이며 그녀의 뜻을 전했다. 그 호기심이 가득한 동그란 눈이 귀엽다는 듯 설찬이 피식 웃음을 보였다. 그의 고개가 슬쩍 그녀에게로 기울어졌다. 순간 나지막한 목소리가 찌르르 그녀의 귓가를 적셨다.

"지금 여기서 입 맞춰준다면 내 생각 좀 해보겠다."

그의 말이 끝남과 동시에 단희가 크게 숨을 들이켜고 말았다. 놀란 것인지 아찔한 것인지, 그녀의 가슴이 철렁하며 과격하게 내려앉았다. 요즘 들어 자주 혈맥이 불안정해지고 머리가 어지러운 것이 필히 왕경으로 돌아가면 보약 한 채 지어 먹어야 할 판이었다.

단희는 어서 대답해보라는 듯 얄미운 웃음을 보이는 설찬을 잠시 노려봤다. 설찬은 그녀의 당황하는 모습을 즐기는 것이 틀림없었다. 크게 소리 내어 웃지는 않았지만 그의 눈동자에 즐거움이 가득했다. 야살스러운 분. 단희는 어쩐지 그에게 지기 싫어 부러 고개를 크게 내저었다.

"됐습니다, 살아 있는 것 같으니…… 뭐 그거면 됐습니다."

"포기가 빠르구나."

"설찬랑을 믿으니까요."

"죽였냐고 물을 때는 언제고."

"어머, 제가요? 아닙니다. 저는 그런 말을 한 적이 없습니다."

"허면 내가 잘못 들었다?"

"예, 잘못 들으셨나 봅니다. 그런 게 틀림없습니다."

맞닿은 등에서 그가 웃는 것이 느껴졌다. 그 느낌이 단희는 이상하게 간지러웠다.

처음에는 둘이 어찌 말을 같이 타고 갈까 걱정이 이만저만이 아니었는데, 이렇듯 서로의 체온을 맞대고 가까이 대화를 나누며 가는 것이 어느덧 썩 나쁘지만은 않은 듯했다. 아니, 막상 다시 생각해보니 왕경으로 돌아간다면 그와 이렇게 밀착하여 보낼 시간도 많지 않았다. 지금은 한 가족과 다름없는 화랑들 틈에 있어 그런 것이지, 돌아간다 하면 이제는 두 사람을 지켜보는 눈이 한둘이 아닐 것이었다. 물론 단희 그녀가 그네들의 시선을 두려워하는 것은 아니었다. 다만 너무 성급한 풍문이 조장된다면 그로 인한 여파가 우려될 뿐이었다. 특히 단희가 설찬을 마음에 품기만 하다 홀로 혼인도 못 하고 남게 될까 봐 우려하는 어머니를 생각한다면 말이다.

반나절만 더 가면 왕경이라 했다. 그렇게 생각하니 이제는 걷는 속도가 아쉬워지는 그녀였다.

'조금 즐기면서 올 것을…….'

괜히 이틀간 안절부절못하며 온 듯했다. 새삼스럽게 애석하고 아쉬워졌지만 가버린 시간은 되돌릴 수 없었다.

'휴.'

아쉬움을 한숨에 담아 짧게 내지른 그녀가 불편하게 굽은 등을 쭉 펴고 고개를 들었다. 말이 움직일 때마다, 그에게 그녀의 엉덩이가 닿을 때마다 움찔움찔 놀라던 것을 그만두었다. 늦은 감이 있지만 반나절만이라도 이 시간을 즐기면서 가고 싶었다.

길 양옆으로 단희의 키를 훌쩍 넘어서는 비비추 밭이 장관이었다. 끝도 없이 펼쳐진 비비추 밭인 이곳을 사람들은 '비비추 고개'라고 불렀다. 왕경에서 그리 멀지 않은 곳으로, 단희 또한 가끔 말을 달려 와본 적이 있는 곳이었다. 이 비비추 고개를 넘어 낮은 동산 하나를 돌아가면 그곳에 바로 왕경 북문이 있었다.

편안히 등을 기대고 옆으로 펼쳐진 자연의 수묵화를 정신없이 감상하던 그녀의 마음결에 흥이 돌았나 보다. 이리보고 저리 보는 눈이 즐거워지니 말의 움직임을 따라 절로 엉덩이가 들썩거렸다.

그러나 그녀의 흥겨움이 설찬의 숨을 턱 막히게 하고 있었다.

"행군을 멈추게 하고 싶은 것이냐?"

"예?"

불현듯 탁하게 내려앉은 설찬의 목소리가 들렸다. 귀를 자극하는 낮고 탁한 그의 음성에 단희가 놀라 슬쩍 고개를 돌려 그를 힐끔거렸다. 눈동자 끝에 걸린 설찬의 얼굴이 딱딱하게 굳어 있었다.

"행군을 멈추게 하고 싶지 않다면 얌전히 좀 있거라. 네가 나를 시험하는 것이 아니라면 말이다."

"그게 무슨 말이신지요?"

순진한 그녀의 물음에 되돌아온 것은 그녀의 엉덩이를 조여오는 그의 허벅지 힘이었다. 아찔할 정도로 강인한 힘이 그녀를 포박했다. 그에게 더욱 바짝 안기게 된 꼴이 돼서야 단희가 맞닿은 어느 한 지점이 뜨겁다는 것을 깨달았다. 그 순간, 그곳만큼이나 그녀의 얼굴이 새빨갛게 달아오르고 말았다. 뜨거워진 그녀의 귓불을 내려다보던 설찬이 만족스럽다는 듯 나른한 웃음을 보였다. 그의 은밀한 목소리가 숨결을 타고 단희의 귓가를 적셨다.

"…… 비비추 밭이 왜 이리 키가 큰 것인지 아느냐?"

"모릅니다."

쿵쿵 뛰는 심장만큼이나 야릇한 헐떡임이 올라왔다. 입술을 깨물던 단희가 고개를 도리질했다.

"헐떡이는 연인들을 숨겨주기 위함이지."

단희의 눈에 비비추 밭이 더 이상 마냥 아름답게만 보이지는 않았다. 어쩐지 흔들흔들 흔들리는 모습이 이제부터 묘하게 야릇하게 느껴질 것만 같은 그녀였다.

6장 아름다운 꽃은 꺾이기 십상이란다

"되돌아오지 않았다?"

되묻는 미진부의 목소리가 단박에 밝아졌다. 옳다구나
싶어 살진 어깨가 절로 덩싯거렸다. 얼씨구나, 좋고나! 드
디어 그 도도한 마음 자락이 움직이려나 보구나! 역시 계
집 후리는 데는 선물만 한 것이 없었다. 비싸고 귀한 것일
수록 계집들은 안달을 한다. 이것 봐라, 저 닿지 않는 절벽
위의 꽃처럼 고고하게 굴던 취선도 앙큼하게 선물을 받아
챙기지 않았나? 이제껏 성의라고 떡이고, 화초고 보낸 것
은 하등 소용이 없었던 것이다.

계집의 용품, 그네들이 죽고 못 사는 보석과 향장품香粧品
을 보내야 했던 것이다!

"좋고나, 좋아! 고 앙큼한 계집이 드디어 마음을 열려나 보구나! 아하하하!"

무릎을 탁 치고 일어선 미진부가 배를 잡고 웃어댔다. 길게 찢어진 눈이 능선처럼 한껏 굽어졌다. 선홍빛 잇몸이 드러날 정도로 파안대소하니, 그의 고르지 못한 치아가 드러났다. 바르고 단정하게 자리 잡지 못한 이빨들이 제각각 제 성미를 이기지 못한 듯 제멋대로였다. 마치 주인의 성정을 그대로 받아 자란 듯 제멋대로인 치아가 더욱 그의 얼굴을 못나고 비루하게 만들었다.

낄낄낄 어깨를 잘게 흔들며 웃어대는 미진부에게 이미 그 파사국 진주 가루를 얻기 위해 애먼 상인들을 잡아 멍석말이를 하며 드잡이를 했던 과거는 뒷전이 되어버렸다. 멀쩡하던 사내를 제대로 걷지 못하게 만들어버리고, 남의 집 쌀독까지 박박 긁어버린 이 황실의 핏줄은 고작 계집 마음 하나 얻겠다며 갖은 횡포를 부렸다. 그에게 당한 사람들의 원성에 귀도 간지럽지 않은지 미진부는 연신 즐거운 웃음이 그득했다. 백성의 눈물을 옥토로 잡아먹고 만들어낸 웃음이렷다.

"좋다! 이 기세를 몰고 가자. 오늘 대불림국 상인들이 들어왔다지? 거기 향갑이 그렇게 기가 막히게 사람 몸과 마음을 녹인다지? 흐흐, 이 계집의 몸도 녹이는지 내 시험해 봐야겠다. 왕야! 너는 그것을 구해 보내라. 값은 얼마를 치러도 좋다."

"예, 가장 좋은 것으로다가 가져다 바치겠습니다."

"암면! 킬킬킬, 멀지 않았다 이거야. 멀지 않았어."

"그럼요, 공자님. 이제 그 계집이 공자님 다리 아래서 설설 기어 다니며 공자님을 뫼실 것입니다요!"

미진부가 가까이 부리는 왕야가 냉큼 그의 말을 받아치며 입안의 혀처럼 살살거렸다. 그의 말에 썩 기분이 좋아졌는지 미진부가 다시 한껏 틀어진 잇몸을 드러내며 웃었다. 제 자신이 웃을 때면 더욱 추하다는 것을 알고 있는 그였기에 어지간하면 잘 웃지 않는 것이 습관이 되어버렸지만, 왕야 앞에서는 마음껏 웃을 수 있었다. 그는 그의 가장 오래된 수족이자, 그가 시키는 것은 무엇이든 하는 남자였으니까. 무엇보다도 그 어여쁜 계집을 취할 날이 얼마 남지 않았으니까! 어찌 미진부가 지금 웃지 않을 수 있을까.

그렇게 미진부는 다시 몇 번이고 취선에게 값비싸고 진귀한 선물을 보냈다. 그럴 때면 취선은 마치 그의 마음을 애태우듯 몇 개는 돌려보내고 또 더러 몇 개는 받아갔다. 지난번 마지막으로 보았을 때 미진부가 그녀에게 밉보인 것이 있는지라 차마 그녀를 찾아가지는 못했다. 고작 비틀거리는 그 어깨에 손 한번 얹었다고 새끼 빼앗긴 여우처럼 사납게 굴었다. 그 곱디고운 얼굴 위로 참지 못한 경멸과 분노가 보이던 그때가 떠올라 미진부는 이를 박박 갈았다.

하지만 그는 그렇게 대범한 사내는 되지 못했다. 그에게 자신감이란 폭력과 함께 오는 것이었다. 폭력을 휘두르지 못할 때의 그는 고양이 앞에 쥐인지라, 남의 눈치 살피기에 여념 없었다. 그는 차마 취선을 휘두르지 못하였으니 그녀의 차가운 눈빛에 뜨끔하여 선물만 보낼 뿐이었다. 그렇게 하루가 멀다 하며 물량 공세를 퍼부은 지도 벌써 아흐레가 넘었다. 미진부는 슬슬 안달이 나기 시작했다. 받기도 하고 돌려보내기도 하는 이 계집의 마음은 도대체 무엇이랴? 취선은 요물이 틀림없었다. 사내의 마음을 이리 제 손안의 장난감처럼 조몰락거리다니!

'이제 그때의 일은 모두 풀린 듯한데…….'

잡힐 듯 말 듯 그녀의 마음이 눈앞에서 아른거리는데 도통 감이 오지 않았다. 결국 미진부는 되돌아온 비단 당혜를 보며 하루를 더 참지 못하고 발걸음을 뗐다.

"낭주님께선 지금 화랑에 계십니다. 화랑들께서 내일 당도한다는 파발이 와서 환영제 준비로 한창 분주하십니다."

취선의 저택으로 발걸음 한 것을 냉큼 돌려 낭문으로 향했다. 이제 곧 있으면 날이 저물 것인데 아무리 바쁘더라도 귀가할 시간은 지키지 않겠는가? 이참에 취선을 자신의 집으로 초대해 술이며 밥이며 한 끼 같이 해볼 요량이었다. 계집이 아무리 그래도 염치가 있지, 선물을 받았으면 웃음이라도 한번 보이지 않겠는가? 인지상정이라는 게 있다면 말이다.

"목욕물을 준비해놓았습니다."

땀에 흠뻑 젖은 취선이 그녀의 내실로 들어서니 모랑이 살갑게 다가와 읍했다. 노곤한 몸을 뜨끈한 목욕물 안에 뉘일 생각을 하니 취선의 눈빛이 한층 누그러졌다. 그녀는 본디 다정한 성격이 되지 못했다. 천성이 그러했고, 자라난 환경이 또한 그렇게 만들었다. 취선의 집안은 본래 신국에 속해 있지 않았다. 그 뿌리를 거슬러 올라가면 가야가 있다. 하지만 취선, 그녀는 태어난 곳도 신라고 자라난 곳도 신라인지라, 가야라고 해봤자 막연하기만 할 뿐 그저 '남의 나라'에 가까운 곳이었다. 그러나 그녀의 아비는 그러하지 못했다. 가야에서 꽤나 장한 귀족 집안이었던 아버지는 이곳 신라에 귀속되고 나서 하급 귀족이 되었다며 분노했다. 가세는 반도 오지 못할 만큼 줄었고, 권세는 발끝으로 떨어졌다. 그 탓을 누구에게도 할 수 없었던 탓에 화풀이는 모조리 어머니에게 돌아갔다.

"이것 봐라! 힘이 없으면 이렇게 추해지는 것이다! 힘! 권력이 있어야 해. 너희들은 모두 귀족가에 시집보낼 것이다! 그것으로라도 아비, 어미를 부양해야 하지 않겠느냐!"

아버지는 입버릇처럼 그녀와 자매들을 향해 그리 말했다. 그리고 그 말을 맹신하듯 취선의 언니들은 매해 하나씩 알지도 못하는, 그러나 힘 있고 늙은 귀족에게로 시집가야 했다. 자신들의 운명을 피하지 못하고 무기력하게 우는 언니들을 보며 취선은 이를 아득바득 갈았다.

왜 자신들의 삶을 아버지가 휘두르시는 건가? 그것은 옳지 못했다. 아니, 그 누구도 아닌 그녀들의 아비는 그리하면 안 되는 것이었다. 무엇 하나 제대로 해준 것 없이 주어진 삶을 원망하며 살던 그였으면서, 어찌 그녀들을 소 팔듯 늙은 영감탱이들에게 팔아치우며 자신의 삶을 개선시키려 하는가? 이해할 수 없었다. 벗어나고 싶었다. 그래서 취선은 그녀에게 굴러온 기회를 냉큼 잡았다.

'원화!'

그것만 된다면 몰락한 집안이라는 치욕도, 그로 인한 아버지의 구타와 욕설도 모두 벗어날 수 있었다. 그리고 무엇보다 내정되어 있던 일흔 살의 늙은 영감에게 자신을 내어주지 않아도 되었다. 지난번 그녀를 보러 들른 그 영감은 대아찬이라 했던가? 다 늙어 축 처진 눈꺼풀 아래 탁하게 번들거리는 회백색 눈동자로 그녀를 훑고 또 훑어보던 사내였다. 마치 상등품을 분별해내듯 몇 번이고 입맛을 다시며 그녀와 그녀의 언니를 번갈아보더니 기어코 더 어린 취선을 택했다.

취선은 그녀 자신이 아직 여물지 않았다는 것을 알고 있었다. 그 영감은 변태가 틀림없었다. 어리고 탱글탱글한 소

106

녀들을 찾아내 끼고 논다는 소문이 장내에 파다했건만, 어찌 아버지만 혼자 모르고 계신 건가!

어린 취선은 이를 악물고 기어코 태후의 눈에 들었다. 아니, 그녀는 애초에 자신 있었다. 그녀가 그 누구보다 아름답다는 것을, 그 누가 봐도 자신은 꽃처럼 어여쁘다는 것을 알고 있었으니까. 집안 그 누구도 그리 미인도 미남도 아니건만 홀로 백작약처럼 어여쁜 그녀였다. 어릴 때부터 그녀를 점찍어둔 사내들이 한둘이 아니라는 것도 알고 있었다. 그러니 그 아름다운 자리 원화에 자신 말고 어울리는 사람은 없을 것이다. 이 왕경 내에, 나아가 신국 내에서 자신보다 고운 이는 없을 테니까.

기어코 원화가 되어 이 집안에서 벗어나리라. 아니, 제 손으로 이 지긋지긋한 몰락의 집안을 일으켜 세우리라 다짐했다. 아름다움은 힘이었고, 그녀는 아름다웠다. 그러므로 그녀는 힘이 있었다.

촤르륵!

따뜻한 물에 잠겨 있던 손을 들어 매끈한 어깨를 훑어 내렸다. 희고 고운 살결, 손에 감기는 매끄러움. 흐릿한 물결 위로 비치는 제 모습을 한동안 멍하니 응시하던 취선이 고개를 들었다. 비록 원화가 되지는 못했지만 그녀는 고귀한 천관녀의 자리에 올랐다. 그토록 그녀를 경시하던 아버지도, 힘없이 울던 어머니도 그리고 너도 우리와 별반 다르지 않을 거라며 동정의 눈빛을 보내던 언니 동생들도 이제 그녀를 쉽게 보지 못했다.

그뿐이랴? 조금만 기다리면 그녀는 이제 황실의 핏줄을 가지게 될 것이다. 비록 두번째 부인이라고는 하나, 그게 대수인가? 고귀한 황실의 일원이 될 수 있는데! 그 핏줄을 내가 잉태할 수 있는데!

요염한 눈동자에 미소가 어렸다. 취선은 새삼 자신의 위치가 마음에 들었다. 지금 이 순간, 이 시간이 무척이나 흡족하였다.

'내가 어쩐 일로 어린 날의 초상에 빠져들었던 겐지…….'

가만히 도리질하던 그녀의 눈에 모랑이 들어왔다. 문득 취선이 그녀의 팔을 들어 올리는 모랑을 보며 말했다.

"너, 예뻐졌구나."

희미한 전등불 아래로 뿌옇게 보이는 모랑의 피부가 희고 고왔다. 촉촉한 피부 결도 탐스러웠고 분홍빛 뺨도 어여뺐다. 그리 어린 나이가 아님에도 부쩍 고와진 모랑의 모습에 취선이 드물게 칭찬의 말이 나왔다.

"그, 그런가요? 요즘 잠을 잘 잤더니."

칭찬이 부끄러운 것인지 모랑이 취선의 시선을 마주하지 못했다. 명주 수건으로 슬슬 취선의 둥근 어깨를 문질러주던 모랑이 허겁지겁 곁에 내려놨던 향유를 들어 올렸다.

"좋은 향유가 들어왔습니다. 한번 맡아보시어요."

들판의 향기처럼 청아하고 맑은 냄새였다. 향기에 취한 듯 취선은 나른한 눈을 감았다. 물에 젖은 속눈썹이 풍성하게 내려왔다. 그 자태를 홀린 듯 바라보던 모랑은 물결에 비친 제 모습을 내려다봤다. 취선만큼은 아니어도 그녀 또한 젊었을 적 꽤나 곱다는 소리를 듣곤 했다. 취선이 황제에게 진상하는 백작약이라면 젊은 날의 그녀는 초가집 아래 소담하게 피어난 들꽃과 같았다. 진주 분이 좋기는 좋은지 그 옛날의 들꽃 같던 자태가 돌아오는 것만 같았다. 사실 말은 하지 않았지만 이 향유 또한 미진부공이 보내온 것이었다. 귀밑에 바르면 하루 종일 은은한 향기가 퍼지는데 그것에 흠뻑 빠진 모랑이 차마 다시 돌려보내지 못했던 것이다.

"집으로 돌아가자. 시간이 늦었구나."

차르르, 물이 떨어지는 소리가 장대했다. 방울방울 아래로 떨어지는 그 물방울마저도 진주처럼 아름다웠다. 흔들리는 호롱불이 물방울 안에 갇혀 있었다. 뚝뚝, 청아하고 은은한 향유의 향기가 취선의 온몸에 흐르고 있었다. 마치 그 향을 두르고 태어난 듯 자연스럽고 아찔한 자태였다. 하지만 이제 같은 향기가 모랑에게서도 흘렀다. 모랑은 어쩐지 제 자신이 취선이 된 것처럼 우쭐해졌다. 그녀 또한 취선만큼이나 곱고 아름다워진 듯 어깨에 힘이 들어갔다. 비록 저 새하얀 나신에 흐르는 물을 닦아주는 존재지만, 그녀 또한 언젠가 이런 값비싸고 귀한 선물을 받는 이가 될 것이다. 모랑은 속으로나마 그렇게 빌고 또 믿었다.

딸각.

취선은 한껏 나른해진 눈을 아래로 내리깔며 걸었다. 그녀는 다른 이와 쉬이 눈을 마주치지 않았다. 눈을 크게 뜨고 주변의 모든 것을 살펴 걷는 단희와 달리 그녀의 눈 아래에는 언제나 속눈썹 그늘이 져 있었다. 그녀의 걸음 곁으로 비단 끌리는 소리가 함께했다. 한껏 차분해진 그녀가 숨소리도 죽이며 선문 내 그녀의 내실로 들어섰다. 자색 물을 들인 등롱을 지나 바깥문을 넘고 중문을 넘어 푹신한 보료가 깔린 의자를 찾아 시선을 돌릴 때였다.

"크흠흠. 와, 왔느냐."

순간 취선은 제 눈을 의심했다. 저 돼지가 여긴 어떻게 들어온 것인가? 경악할 틈도 없이 그녀의 얼굴이 구겨졌다.

"아무리 미진부공이라고 하여도 이곳은 함부로 들어오실 수 있는 곳이 아닙니다."

"함부로라니! 내가 여기서 얼마나 오랜 시간을 기다린 줄 아느냐?"

그녀가 찾고 있던 푹신한 보료 위에서 벌떡 일어난 미진부가 버럭 화를 내며 성큼 다가왔다. 저도 모르게 두어 발자국 뒤로 물러선 취선이 불쾌하다는 듯 시선을 돌리며 읊

조렸다. 미진부가 나가면 저 보료는 당장에 불태워 없애버릴 것이다.

"기다리고 계신 줄은 미처 몰랐습니다만⋯⋯. 허나 이곳은 화랑의 제사를 담당하는 천관녀의 내실입니다. 화랑도 아니신 미진부공께서 어찌 이리 주인의 허락도 없이 들어와 계시는 겁니까."

껄끄러운 목소리와 돌려버린 시선에서 그녀의 불쾌함이 여실히 드러났다. 너 따위는 상대하고 싶지도 않다는 듯, 소리 없이 진저리를 치는 그녀의 모습에 순간 미진부의 두터운 광대가 성을 내며 들썩였다.

"나는 미진부다! 황제의 동복이자 모후의 아들. 내가 가지 못할 곳이 어디 있다는 것이냐! 발칙한 것! 지금 네가 내게 축객령을 내리려는 것이냐!"

"무례하게 들으셨다면 사과하겠습니다."

취선은 간신히 가다듬은 목소리로 말하였다. 저 망나니가 생떼를 부린다면 그 또한 골치 아플 것이었다. 아직 젖어 있는 머리카락 사이로 한기가 밀려왔다. 부르르 몸을 떤 그녀가 냉한 팔을 문질렀다.

"⋯⋯ 목간 다녀온 것이냐?"

순간 미진부의 목소리가 탁하게 가라앉았다. 소름끼치는 불길한 기운에 취선이 시선을 돌려 그를 바라봤다. 언제 그리 가까이 온 것인지 두어 발자국을 사이에 두고 흐릿한 시선으로 그녀를 내려다보고 있었다. 희번덕 빛나는 그의 눈이 젖은 그녀의 목선을, 입술을 샅샅이 살펴보고 있었다. 적나라한 음욕의 시선에 취선은 이를 악다물며 한 발자국 뒤로 물러섰다. 그 옛날, 아버지가 그녀를 팔아버리려 했던 대아찬 그 영감탱이와 같은 눈빛. 치가 떨리게 불쾌하고 역겨운 시선이었다.

"저는 귀가할 참이었습니다. 무슨 일이신지 모르겠지만 이만 돌아가주십시오. 급한 일이 있으시다면 내일 제가……."

"향기가 좋구나."

"……."

"그래, 이 향기를 맡아본 적이 있지."

그리 말하며 미진부가 한걸음 더 가까이 다가왔다. 그가 다가올수록 취선은 뒤로 물러섰다.

"내가 올 줄 알고 이것을 쓴 것이냐? 그런 것이냐?"

"그게 무슨!"

취선은 왈칵 짜증이 솟아올랐다. 당장이라도 그녀에게 손을 뻗을 듯 미진부의 작태가 심상치 않았다. 도대체 저 망나니의 머릿속에는 뭐가 들어 있단 말인가? 이번 당나라 사신단만 가고 나면 그녀는 이제 장현의 부인으로 들어갈 것이었다. 즉, 미진부의 형수가 되는 것이다! 어찌 형님의 여자가 될 사람에게 호시탐탐 욕심을 드러내는 것인가? 틈만 나면 그녀에게 수작을 걸어오는 미진부의 작태는 날이 갈수록 극성이었다.

"저는 공자님께서 오실 줄은 꿈에도 모르고 있었습니다. 또한 이 시간에 공자님께서 들이닥칠 것이라곤 전혀 예상치도 못했고요. 돌아가십시오. 날이 밝으면 아이를 보내겠습니다. 그때 무슨 일인지 다시 말씀해주십시오."

"네년이 지금……."

미진부가 역성을 내며 뭐라 말을 덧붙이기 전에 취선은 더욱 냉랭한 말투로 단호하게 말했다.

"이곳은 선문 안입니다. 더군다나 내일이면 떠나갔던 풍월주와 원화가 돌아오시는 길일이란 말입니다. 무사 귀환을 위한 축연의 자리가 있을 예정인 이 신성한 선문 안에서 공자님께서 이리 소란을 피우시면 아니 되시지요. 모두 몸과 마음을 정갈히 함은 물론이거니와 오늘 밤은 특히나 부정한 것을 멀리해야 할 것입니다. 경건하고 맑은 날이 되어야 한다 이 말입니다."

"지금, 지금 네가 나를 더럽다 말하는 것이냐!"

미진부가 성질을 이기지 못하고 곁에 서 있던 화병을 벽으로 집어 던졌다. 화병이 깨지는 날카로운 소리가 삽시간에 공간을 지배했다. 순간 날카로운 조각 하나가 취선의 목 근처를 스치고 지나갔다. 새하얀 눈밭처럼 투명한 그녀의 목덜미로 주르륵 선홍빛 선이 그어졌다. 그러나 날 선 취선의 신경에는 통증 따위 느낄 여력이 없었다. 매서운 눈을 치켜뜬 그녀가 미진부를 향해 이를 드러냈다.

"약을 탄 술을 먹여 댁으로 끌고 가시려 했던 분이 미진부공이십니다. 그런 분을 제가 어찌 청정하고 맑은 마음으로 볼 수 있겠습니까!"

"약을 탔다니? 내, 내가 언제!"

"싫다는 저를 힘으로 끌고 가셨던 당신이십니다! 그때의 일을 형님께 고하게 하지 마십시오. 다시는 이렇듯 공과 독대하는 일이 없었으면 좋겠습니다."

"네 이년!"

"돌아가주십시오."

한 자, 한 자 힘을 주어 취선이 미진부를 노려봤다. 그래, 사실 몸 따위 얼마든지 헌납할 수 있는 취선이었다. 신국에서 색사色事는 죄가 아니라 신성한 의무였다. 그러나 황실의 일족인 그에게 '바칠 수는' 있을지언정 '빼앗길 수는' 없었다. 그것은 그녀의 고집이자 마지막 자존심이었다. 폭력과 오만으로 그녀를 취하려는 저런 비루한 돼지에게 그녀는 어울리지 않았다. 보석은 어울리는 자에게 가야 한다. 자신 또한 어울리는 자에게 가야 한다고 그녀는 굳게 믿었다. 단 두 번 마주쳤을 뿐이지만 그 다정하고 착한 눈으로 그녀를 바라봐주던 장현을 배신하고 싶지 않았다.

"나를 우롱해도 정도가 있지! 네년이 아무리 형님의 부인으로 내정되어 있다지만 아직 네년이 우리 황실에 들어온 것은 아니다! 그런데 네가! 네가 나를 이리 막 대한단 말이냐! 이 고약한 년! 당장 머리를 박고 네 죄를 뉘우치지 못할까!"

미진부는 온갖 행패를 부리며 길길이 날뛰기 시작했다. 그 소리를 듣고 달려온 화랑들이 그를 곤란한 얼굴로 뜯어 말렸지만 무엄하다며 도리어 그들을 패대기쳤다. 기가 막힐 노릇이었다. 아름다운 칠기 다탁도, 그녀의 내실을 장식해주던 진주 발도 모두 쓰레기처럼 구겨졌다. 애먼 화랑 하나가 그 부러진 다탁 조각에 손가락을 다쳤다. 뚝뚝 흐르는 피를 보면서 취선은 더욱 미진부에게 정나미가 떨어졌다. 그가 가지 않으면 그녀가 나가면 되는 것이다.

냉랭한 눈길로 황폐해져가는 내실을 둘러보던 그녀가 더 볼 것도 없다는 듯 뒤로 돌아섰다. 마치 그가 '저년, 저 방자한 년'이라 내지르는 고함이 들리지 않는다는 듯 조용한 발걸음이었다.

"이럴 거면 내가 보낸 선물을 받아 처먹지나 말지!"

막 내실을 빠져나가려던 발걸음이 우뚝 멈춰 섰다.

"그게 무슨 말입니까?"

없는 사람 취급하던 그녀가 눈살을 찌푸리며 돌아서니 미진부가 단 걸음에 그녀에게 다가왔다. 손을 뻗어 그녀의 턱을 잡으려던 손길이 그 곁에 안절부절못하며 서 있던 왕야에게 잡혔다.

"고정하소서. 제발 고정하소서, 공자님."

벌벌벌 떨며 후일에 치러질 큰일을 막기 위해 늙은 시종이 진땀을 뻘뻘 흘렸다. 그리고 그 곁으로 왕야만큼이나 식은땀을 흘리는 여인네가 하나 더 있었다.

"몰라 묻는 것이냐! 내 보내준 선물을 야금야금 받아 처먹고는 이리 모른 척을 해? 이 도둑년이!"

"저는 공자님께 받은 것이 없습니다."

"이! 이! 거짓부렁을!"

"추호의 거짓도 없습니다."

"하! 이년 봐라?"

불뚝 솟은 핏줄과 벌겋게 올라온 혈색으로 미진부가 취선의 멱살을 잡으려 할 때였다. 그의 팔을 붙잡고 있던 왕야의 찢어진 눈초리가 취선 곁에 선 시비를 예리하게 훑어봤다. 새하얗게 질린 얼굴이 곧 죽을상이었다. 덜덜덜 떨리는 턱을 보고 있자니 왕야의 머리에 순간 불이 탁 켜졌다.

"공자님, 공자님."

당장이라도 취선에게 달려들듯 한 미진부의 어깨를 붙잡은 왕야가 그의 귓가로 작은 소리를 속살거렸다. 미진부에게 속삭이는 왕야의 눈이 취선의 뒤에 선 모랑에게서 떨어질 줄 몰랐다. 그의 눈길을 받은 모랑이 흔들리는 눈동자를 냉큼 내렸다. 꾹 말아 쥔 모랑의 주먹에는 땀이 흥건했다.

"저는 단 한 번도 공자님께서 보내신 선물을 받은 적이 없습니다. 모랑, 그렇지?"

턱을 추켜올린 취선이 다시 한 번 힘주어 말했다. 그 뒤로 달달달 턱을 떨고 있던 모랑이 마른침을 꿀꺽 삼키며 왕야를 바라봤다. 곧 속살거림을 멈추니 미진부의 눈이 모랑에게로 향했다. 그의 날선 눈동자가 희번덕 모랑을 노려봤다. 그 안에 귀신 들린 호랑이라도 사는 듯 괴기하고 매섭기 그지없었다.

모랑은 이제 자신은 죽은 목숨이라고 생각했다. 이렇게 쉬이 들통 나버릴 줄은 꿈에도 몰랐다. 이렇게 허무하게 생을 마감하게 될 거라고 상상도 하지 못했건만, 아름다워지고 싶은 욕심 하나로 목숨을 잃게 생겼다. 다리가 달달달 떨리고 심장이 쿵쿵쿵 뛰어댔다. 온몸의 피가 삽시간에 몇 번이나 솟구쳐 오르는 것만 같았다.

'부처님, 천지신명님, 하늘님 제발 이년 목숨만 살려주십시오. 제발, 제발! 이년 목숨, 한 번만 살려주십시오!'

버석하게 마른 모랑의 입술이 파르르 떨렸다. 막 진주 분을 발랐을 때보다 더욱 새하얘진 얼굴이었다.

"저, 저는……."

크게 침을 삼킨 모랑의 목구멍에서 마른 목소리가 새어 나왔다.

"젠장! 우라질! 으악!"

성을 이기지 못한 미진부가 바닥을 쿵쿵 발로 차며 정자 위로 올라섰다. 그를 따라 들어오던 호희녀 애진이 그 성난 몸짓에 깜짝 놀라 뒤로 한 발 물러섰다. 파르르 떨리는 그 어깨에서 벌써부터 두려움이 그득했다. 오늘 재수가 없어 늦게까지 혼자 나가지 못한 것이 이렇듯 천추의 한이 되는 그녀였다. 그녀가 맞이한 이가 하필이면 호희녀들 사이에서 불한당이라 악평이 자자한 미진부였던 것이었다. 오늘 장사 접어야겠다 생각하며 정색하고 물러섰지만 이미 미진부의 눈에 들어와버린 후였다. 이제 와서 아니 된다 하면 그것도 자신을 우롱한다고 불호령이 떨어질 판이었으니 큰어머니의 서릿발 같은 눈을 보며 어기적어기적 그를 따라나섰다.

"뭐하는 것이냐! 주안상을 들여오지 않고!"

한가득 뇌꼴스러움을 안고 있던 탓에 발걸음이 느렸던 애진을 향해 미진부가 버럭 소리를 질렀다.

"뭐, 뭐하는 것이냐! 어서 상을 들이거라!"

화들짝 놀란 애진이 바깥에 있는 차돌 서방을 향해 소리쳤다. 장정 두 사람이 끙끙거리며 푸짐한 상을 들고 들어섰다. 객주에서도 가장 안쪽, 고위 관직들만 들어설 수 있는 비밀 정자에 엉덩이를 붙인 미진부가 애진이 수저를 놓아주기도 전에 술이 담긴 호리병부터 잡아챘다.

"느려터져가지고는! 에잉!"

"놀라 그런 것일 겝니다, 공자님. 고정하시지요."

"놀랄 게 뭐 있다 놀란단 말이냐? 뭐냐, 네년도 나를 보면 치가 떨리는 게냐?"

씩씩거리는 미진부를 향해 왕야가 곰살맞게 굴었지만 이미 한껏 비틀어져버린 미진부의 성정에 무엇 하나 마음에 드는 것이 없었다. 그리하여 눈을 내리깔고선 얌전히 술을 따르는 애진에게 불똥이 튀었다. 그녀가 들고 있던 술병을 다시 잡아챈 그가 병의 끝으로 그녀의 이마를 툭툭 밀어냈다. 그 치욕스러운 순간을 뭐라 말도 할 수 없는 애진은 질끈 입술을 깨물며 참아내려 했다. 하지만 차가운 호리병이 그녀의 머리 위로 위협적으로 올라갔을 때는 결국 참지 못하고 소리를 내지르고 말았다.

"꺄악!"

"누구 앞이라고 감히 입술을 깨물어! 어! 이년이나 저년이나 다 내가 우습지? 이래서 계집들은 쥐어 패야 한단 말이다! 감히! 감히!"

"고, 고정하시옵소서, 공자님!"

"개 같은 년! 내 가만두지 않을 것이다! 응, 내가 꼭 네년이 내 가랑이 밑에서 설설 기어 다니는 꼴을 보고 말 것이야!"

퍼억!

집어 던진 술병이 미끄러져 애진의 머리를 스치고 지나갔다. 병이 깨질 만큼 세게 맞은 것은 아니지만 아찔한 통증에 순간 눈앞이 캄캄해졌다. 정신을 추스를 틈도 없이 난폭한 손길이 그녀를 후려쳤다. 뺨이고 머리통이고 할 것 없이 쉴 틈 없이 쏟아지는 폭력에 서러움이 복받쳐 올라왔다. 줄줄줄 흐르는 눈물을 닦을 여력도 없이 미진부의 발길질을 피하기에 정신없었다. 둥글게 엎드린 계지의 마른 등이 사내의 발길질에 차여 퍽퍽 둔탁한 소리가 났다.

미진부는 마치 눈앞의 호회녀가 취선이라도 되는 듯 야멸치게 발을 놀렸다. 그의 발아래서 움찔거리는 작은 몸을 보고 있자니 묘한 전율이 일었다. 얼굴을 가리고 납작 엎드린 계집의 모습이 취선의 모습과 겹쳐지기 시작하니 그의 눈에 광기 어린 이채가 감돌기 시작했다. 발등에 감겨드는 계집의 몸에 미진부가 희열을 느낄 때쯤 왕야가 헐레벌떡 그를 뜯어말리기 시작했다.

"아이고 공자님, 이러다 아주 이년 잡겠습니다!"

"이깟 계집 죽인다고 대수냐?"

"그러다 태후마마 귀에 들어가면 불호령이 떨어질 것입니다. 아시지 않습니까? 참으십시오."

"알게 무어냐! 흥!"

왕야의 말에도 잔인하게 번들거리는 미진부의 눈빛은 쉬이 꺼지지 않았다. 미진부의 솥뚜껑 같은 손이 애진의 머리채를 잡아 올리자 그녀의 연약한 고개가 확 꺾여 올라왔다. 이미 까무룩 정신을 잃은 것인지 파르르 떨리는 눈꺼풀 속으로 보이는 눈동자가 희미했다. 그것을 보고 있자니 미진부는 어쩐지 음탕한 욕구가 치솟았다. 꺼지기 직전의 촛불처럼 연약한 여자의 모습이 그를 자극했다. 미진부는 마른 입술을 혀로 핥으며 애진의 앞섶을 거칠게 뜯었다. 얇고 보드라운 호희녀의 옷이 그의 무지막지한 손길에 투두둑 뜯어졌다.

"무, 무슨……."

흐릿한 정신 가운데서도 엄습하는 두려움에 애진이 마른 목구멍으로 꾸역꾸역 말을 이었다.

"흐흐, 돼지도 두드려야 맛있어진다지? 계집도 마찬가지야."

"으윽!"

애진의 몸이 바닥으로 패대기쳐졌다. 그와 동시에 투두둑 소리를 내며 그녀의 옷이 찢어졌다. 덜렁 드러난 앞가슴을 숨기지도 못한 그녀가 벌벌 떨리는 다리로 기어갔다. '어머니, 어머니……' 흐느끼며 불러봤지만 지금 이 순간 그녀를 위해 달려와줄 수 있는 사람은 아무도 없었다.

"이년! 어딜 기어가는 것이냐! 왕야, 이년을 잡아라."

"아이고, 예."

왕야가 흐느끼는 애진을 보며 쯔쯧 혀를 찼다. 애먼 목숨 하나 꺼지겠구나 싶었지만 그렇다고 별수 있나? 그 또한 미진부 앞에서 납작 엎드린 천것일 뿐이니. 왕야의 손이 애진의 양팔을 굳게 잡아 내릴 때였다.

"그만하시지요."

날 선 목소리 하나가 그들을 막아섰다.

"뭐야?"

광기와 폭력으로 번들거리는 미진부의 눈이 소리의 근원
지를 쏘아봤다.

"그 아이는 우리 객점의 가족이자 재산입니다. 나리, 고
정하시고 아이를 놓아주시지요. 제가 그 아이보다 더욱 기
가 막힌 손님을 데리고 왔습니다."

나붓한 눈길, 화려한 삼단 치마, 풍성하게 올린 머리. 그
모두를 갖추고 당당하게 발걸음 한 이는 '비류향'의 여주인
잔월이었다. 애진뿐만 아니라 이곳 호희녀들의 큰어머니
이기도 한 그녀는 잠시 안타까운 눈길로 애진을 바라보더
니 미진부가 서 있는 곁으로 털썩 엉덩이를 붙여 앉았다.

"돌 서방! 당장 애진이를 데리고 가게. 그리고 이곳 상도
다시 들여오고!"

"네년이 지금 나를 막아선 것이냐?"

명령을 내리는 잔월을 향해 미진부가 씨근덕거렸다. 잔
월은 고요하게 웃으며 그를 올려다봤다.

"만나 봬야 할 손님이 계십니다."

"…… 손님?"

상황과 어울리지 않는 그녀의 말에 순간 미진부가 눈살

을 찌푸렸다. 그의 둔한 머리가 예민하게 돌아가려고 하는 그때, 잔월이 다시 바깥을 향해 소리쳤다.

"들어오시지요."

그와 동시에 담을 둘러친 객점의 모퉁이에서 검은 그림자 하나가 불쑥 튀어나왔다. 미진부만큼이나 두터운 몸뚱이의 사내는 어기적거리는 걸음걸이로 가까이 다가왔다. 그의 곁으로 질질 끌려가는 애진이 스쳐 지나갔지만, 사내는 활짝 웃는 얼굴로 미진부를 향해 손을 들어 올릴 뿐 동정이나 안타까움 같은 인간적인 감정은 전혀 보이지 않았다.

"오랜만이오."

"저, 저분은……."

미진부의 고개가 곁에 눌러앉은 잔월을 향해 휙 돌아갔다.

"사마탄공께서 어찌 이곳에……."

미진부는 숨기지 못한 당황스러움으로 잔월과 사마탄을 번갈아가며 바라봤다.

"내 당에서도 귀하다 하는 옥금주를 가져왔소이다. 자, 맛 한번 보십시오."

팽팽히 긴장된 공기 속에서 먼저 입을 연 것은 사마탄이었다. 그는 심복이 비단보에 싸 들고 있던 호리병을 받아서는 비어 있는 미진부의 잔을 가득 채워주었다. 맑은 술과 함께 금싸라기가 쏟아져 흘러내렸다. 달빛과 호롱불에 반사되어 반짝이는 금이 영롱했다.

"정기를 품은 옥을 넣고 정제된 금으로 만든 술이오. 황제 폐하께 하사받은 자만이 마실 수 있는 귀한 술입니다. 우리 폐하께서도 특별한 날에만 찾으시는 명주지요."

"어찌 이런 귀한 술을 저에게……."

미진부는 절로 감읍하며 술을 홀린 듯 바라봤다. 상황과 자리가 기괴하고 꺼림칙했지만 쏟아지는 금싸라기를 바라보고 있자니 순간 당나라 황제에게 간택받은 것처럼 기분이 황홀했다.

"항상 우리 사신단이 오면 열과 성의로 환영해주시는 것을 내 알고 있습니다. 거기에 이리로 시집오신 우리 선화 공주님을 워낙 잘 보살펴주신다는 소문이 당까지도 파다하니 어찌 제가 미진부공을 홀대할 수 있겠습니까?"

그리 말하며 사마탄은 껄껄껄 웃음을 터트렸다. 그의 웃음 사이로 미진부는 금세 순한 양처럼 얼굴을 붉히며 손사래를 쳤다.

"아니, 제가 뭘 한 게 있다고."

"아이고! 당치 않습니다. 선화 공주님께서도 공께서 보내주신 호랑이 가죽을 어찌나 좋아하시던지 저에게 몇 번이고 자랑했습니다. 털이 어찌나 멋스럽고 풍성한지……."

사마탄의 격찬에 미진부는 어쩔 줄 몰라 했다. 사실 사신단이 오면 얼굴만 삐죽이 보이는 것이 다였고, 그의 외숙모뻘인 선화 공주에게도 딱 한 번 새해 인사 겸 선물을 보낸 적이 있을 뿐이었다. 그것도 어쩌다 우연히 손에 들어온 호랑이 가죽을 말이다.

미진부는 겸연쩍게 웃음을 보이며 술을 입에 털어 넣었다. 금이 들어 있어서 그런지 괜히 술이 더 달고 흥그러웠다. 입에 착 감기는 향취를 느끼며 미진부는 언제 저가 계집을 죽일 듯 발로 찼느냐는 듯 후덕한 미소를 지어 보였다.

"허허! 그랬습니까? 그러셨을 줄 알았다면 올겨울에도 따뜻하고 좋은 걸로 하나 보내드릴 것을……."

"하하하! 아닙니다, 아닙니다. 저희가 미진부공에게 선물을 보내야지요."

"바로 이 귀한 옥금주가 선물 아니겠습니까? 하하! 과연 명주입니다. 제 영혼이 다 맑아지는 기분입니다그려."

"그렇습니까? 하하하하!"

꽤나 비슷한 외모와 풍채의 두 사람이 죽이 잘 맞아서 시시덕 웃음을 터트렸다. 그 곁을 잠시간 지키고 있던 잔월이 소리 없이 자리를 떴다. 사마탄이 미진부와 둘만 있기를 바라고 있음을 미리 넌지시 표했던 까닭이다. 또한 매일같이 사람들을 상대하는 일을 하는 그녀의 눈으로 보았을 때, 이 두 사람 사이에 끼어 있어봤자 하등 좋은 일이 없을 것이 자명해 보였다. 서둘러 안채로 들어간 잔월은 힐끔 뒤를 돌아보며 묘하게 씁쓰레한 입맛을 다셨다. 저 두 사람이 사석에서 만난 것 자체가 뭔가 석연치 않았다.

'내 상관할 바는 아니지만…….'

잔월은 찝찌름한 마음을 억지로 거두며 서둘러 쓰러진 애진이 있는 곳으로 발길을 옮겼다.

사마탄은 한동안 계속하여 미진부에게 술을 권하였고 그 또한 홀짝홀짝 잘도 받아 넘겼다. 하지만 워낙 위장이 장대한 두 사람인지라 오가는 주량이 어마어마했다. 그 사이로 돌 서방이 쉴 새 없이 빈 상을 채워줬다. 두 사람이 빨아들이는 양이 어마어마했던지라 결국에는 술독 하나를 통째로 들고 와야 했다.

"한데, 무슨 일로 계집을 개 잡듯 잡은 것입니까?"

미진부가 슬슬 취기가 올라올 때쯤 사마탄이 슬그머니 물어왔다. 기분이 좋아진 미진부는 그의 말에 와락 미간을 찌푸렸다.

"요즈음 계집들이 되바라져서는……. 하여는 계집년들이 문제라 이겁니다. 아니 그렇습니까?

"맞습니다, 계집들이 항상 문제입니다. 얌전히 침상에서 옷 벗을 준비나 하고 있으면 될 것을 말입니다. 바락바락 대들기나 하고 말이죠."

"아주 옳은 말만 하십니다!"

사마탄의 말에 미진부가 낄낄 웃음을 터트렸다 그 웃음을 바라보던 사마탄이 슬쩍 다시 말을 이었다.

"아니, 내 당나라에서도 첩을 하나 들였는데 이게 아주

요물입니다. 첩실로 들어왔으면 얌전히 받아들여야지 어찌나 튕겨대는, 원. 내 애간장을 녹이는 수가 보통이 아닙니다. 첩인데도 고년 손 한번 잡기가 어찌나 힘든지, 그럴 때마다 아주 확 뒤집어엎어버리고 싶지만 또 그게 매력인지라. 어쩌다 보니 본부인보다 그 아이 생각을 더 하게 되더라, 이 말입죠."

"오호?"

미진부는 사마탄의 말에 눈을 반짝였다. 튕겨대는 계집이라니! 그것이 얼마나 사내의 애간장을 녹이는지 너무나도 잘 알고 있는 그였다.

"보통 계집이 아닙니다? 사마탄공의 마음을 그리고 물렁물렁하게 녹여내다니 말입니다. 허허! 내 이곳 신라에서도 그런 계집을 하나 알고 있지요. 아주 여우입니다, 여우. 백년 묵은 백여우! 꼬리가 한 백 개쯤 달려 있는 고얀 것."

"그래요?"

"예, 저도 지금 그 계집 때문에 미치겠습니다. 아주 조였다 풀었다 하는 솜씨가 일품이라……. 생긴 것이 또 천하절색이라, 그 계집 맛 한 번만 봤으면 딱 좋겠는데……. 쩝, 허락을 하지 않는군요. 제기랄."

"천하의 미진부공께서 계집의 허락이 필요한 겁니까?"

사마탄이 도발하듯 슬쩍 운을 떼니 미진부의 미간이 불편하게 꿈틀거렸다.

"…… 사연이 조금 복잡합니다."

"무슨 사연입니까? 내 도와줄 수 있다면 두 손, 두 발 다 합쳐서 도와드리외다."

"그것이…….."

술에 취한 것인지 오늘 하루가 억울했던 탓인지 미진부의 입은 고삐를 놓친 말처럼 주절주절 열심히 떠들어댔다. 그가 어찌나 분하고 서러웠던 것인지 아주 약이 올라 죽을 뻔했다고 말하자 사마탄이 껄껄 웃으며 무릎을 쳐댔다.

"왜 웃으십니까?"

"내 미진부공을 위하여 그 계집을 불러내리다!"

"예? 어떻게…….."

미진부는 깜짝 놀라 사마탄을 바라봤다. 벌써부터 흔들리는 동공이 숨찬 헐떡임을 하고 있었다.

"공을 위한 선물이라 생각하십시오. 조만간 내 그 계집을 침상 위에 올려놓고 공을 부르겠습니다. 장현공의 새 신부가 될 것이라 하지만, 뭐 잘못되면 내가 책임을 지면 될 것 아니겠습니까? 모르고 했다 잡아떼면 그만이니, 공은 나만 믿고 기다리시오."

"그, 그래도…….."

"걱정 마세요. 나만 믿으시오."

사마탄이 가슴을 탕탕 치며 들고 있던 잔을 호쾌하게 털어 넘겼다. 어쩐지 머리가 멍해진 미진부가 떨리는 목소리로 물었다.

"어찌 그렇게까지……. 내 그리 잘해드린 게 없어서……."

속으로는 설마설마하고 있는 미진부였지만, 취선이 침상에 엎드려 있을 생각을 하니 양기가 불뚝불뚝 솟아 마른침이 꼴깍 넘어갔다. 그 앙큼한 년의 머리채를 휘어잡고 신나게 한판 해치운다면 10년 묵은 체증이 다 가라앉을 것만 같았다. 그것을 그리 쉬이 해갈해준다니, 미진부는 어쩐지 수상하고 감읍한 느낌으로 사마탄을 바라봤다.

"공과 가까운 벗이 되고 싶은 나의 작은 정성이라 생각해주오."

사마탄은 살이 흘러내리는 볼을 겨우겨우 끌어올리며 씨익 웃음을 보였다. 작은 눈에 갇힌 그의 눈빛이 음습하게 반짝였다. 비류향의 정자 위로 손톱 같은 달이 구름 뒤에서 빠끔히 모습을 보였다.

같은 시각.

진영에서 살짝 벗어나 비비추 밭으로 말을 달려 되돌아온 두 사람이 한껏 바람에 취해 있었다.

"아!"

풀과 흙에 취해 바람결을 따라 비비추 밭을 내달리던 단희가 손가락 끝에 따끔한 통증을 느끼며 멈춰 섰다. 끙 소리를 내며 쓰린 새끼손가락을 들어 올리니 빨갛고 길게 세로로 그어진 상처가 하나 보였다. 그녀를 따라 비비추 밭을 천천히 걷던 설찬이 한달음에 달려왔다.

"무슨 일이냐?"

"손을 살짝 베였습니다."

"어디 보자."

"괜찮습니다. 피가 살짝 나는 것뿐이라."

괜찮다며 뒤로 빼려는 그녀의 손을 잡고 설찬이 인상을 찌푸렸다. 그녀의 말마따나 깊은 상처는 아니고 그저 피부만 살짝 베인 것뿐이었다.

"아무것도 없는 곳에서 상처를 만들어내다니, 그것도 능력이면 능력이로구나."

"그러게 말입니다."

걱정이 가득한 눈빛과는 다르게 설찬의 입술에서 한숨이 새어 나왔다. 단희는 괜히 민망했던지라 슬쩍 웃음을 보이고는 손가락을 내려다봤다. 비뚜름하게 그어진 빨간 상처가 마치 실 가닥처럼 보였다.

'빨간 실.'

문득 희미한 기억 속에서 제와 나눈 이야기가 떠올랐다. 빨간 실로 인연을 맺어준다던 월하노인이 있다던가. 연인들의 사랑을 이어주려 그 노인이 얼마나 고되게 돌아다니는지.

'우리의 인연도 월하노인의 손길에 스쳐 지나간 것인가.'

따끔거리는 통증에도 어쩐지 웃음이 나오는 그녀였다. 홀로 배시시 미소를 짓고 있자니 설찬의 눈총이 따끔했다.

"빨간 실처럼 보이지 않으십니까?"

"……."

무슨 말을 하느냐는 듯 설찬이 그녀를 지그시 바라봤다. 단희는 어쩐지 지금 이 순간이 감격에 겨워 따끔한 통증도 잊고 손을 뻗어 그의 품 안으로 팔을 벌려 파고들었다. 설찬의 향이 몰려들었다. 뜨겁고 단단한 그의 품에 뺨을 기댄 그녀가, 비비추들이 엿듣기라도 하는 양 작은 목소리로 속삭였다.

"예전에 제와 칠교놀이를 한 적이 있습니다. 그때 도해가 바로 월하노인이었지요. 인연을 맺어주려 구부정한 노인이 바삐 돌아다닐 생각을 하니 안쓰럽기도 하고 웃음이 났습니다. 그때 저는 제께 이리 고했습니다."

쿵쿵 뛰는 그의 가슴이 느껴졌다. 그도 그녀만큼 심장이 떨리고 있구나. 말로는 설명하지 못할 벅찬 감정이 왈칵 밀려 올라왔다.

"저의 약지는 이미 정해져 있다고……."

단희가 고개를 들고 설찬을 바라봤다. 그녀의 얼굴을 보고 있자니 설찬은 사랑스러움을 참을 수가 없었다. 지금 입맞추지 않으면 딱 죽을 만큼 사랑스러운 미소였다. 단희가, 이 아이가 이 사랑스러움으로 그를 죽이려 하고 있었다.

세상에서 가장 달콤한 살인이리라. 그의 심장을 죽이고, 그의 모든 정신을 말살시키고도 기꺼워지게 만드는 마력이리라.

설찬을 잡고 있는 이 온기도, 미소도, 그 무엇 하나 누구와도 나누고 싶지 않을 만큼 탐스럽고 또 탐스러웠다. 어쩐지 숨이 턱 막혀오는 통에 설찬은 서둘러 단희의 입술을 취했다. 그를 숨 쉬게 하는 것은 단희였다. 틀에 잡혀 딱 막힌 그의 인생에 오직 단희만이 그를 기쁘게 하였다.

살포시 웃는 얼굴 위로 설찬이 다가왔다. 겹쳐지는 두 입술 사이는 한 치의 틈도 없을 만큼 딱 맞았다. 설찬의 입술이 그녀의 입술을 부드럽게 빨아 올렸다.

스르르 흔들리는 비비추들의 소리가 신성하고 경건했다. 풀이 움직이는데 청아한 물소리가 들리는 것만 같았다. 한숨처럼 새어 나오는 신음을 삼키며 단희가 떨어지는 설찬의 앞자락을 움켜쥐었다.

"이렇게나 행복해도 되는지 모르겠습니다."

"나는 아직 너를 위해 해준 게 없다. 그런 소리 하지 말거라."

"아닙니다, 지금만 해도 너무 행복해서 무서울 지경인걸요."

문득 설찬의 어깨가 굳어졌다. 품 안에 꼭 들어오는 여린 어깨를 그가 잠시 떼어냈다. 어리둥절한 그녀의 얼굴을 다

부진 손으로 슬쩍 쓰다듬어준 그가 품에서 작은 단도를 꺼내 들었다. 곧이어 이어진 그의 행동에 단희가 헉 소리를 내며 경악했다.

"무슨 짓이에요!"

잘 벼려진 단도로 설찬은 제 손가락에 상처를 냈다. 그녀의 상처처럼 길고 가늘게 이어진 상처에서 주르륵 피가 흘러내렸다. 놀란 단희가 그의 손을 들어 올리니 설찬이 강한 힘으로 그녀를 끌어안았다. 휘청거리는 허리에 손을 두르고 그녀의 상처와 그의 상처가 맞닿을 만큼 손을 꼭 붙들어 잡았다. 곧이어 그의 빨간 피와 그녀의 상처 난 손가락이 엉켜들었다.

"너와 나는 이렇게 이어졌다. 나의 피는 실이 되어 네 손에 감겨 있을 것이고, 너의 피 또한 지워지지 않는 영혼의 끈으로 나에게 감겨 있을 것이다. 나의 약지는 이제 백 년이고 천 년이고 너의 것이다. 내 지금 당장 줄 것이 내 약지밖에 없구나."

단희의 시선이 홀린 듯 손가락에 멈췄다. 맞닿은 새끼손가락은 마치 서로를 감싸 안은 듯 보였다. 저이가, 그토록 둔하고 차가운 저이가 백 년, 아니 천 년 가약을 맹세하다니……. 가슴이 쿵쿵 떨렸다. 무섭게 휘몰아치는 감격에 어쩐지 가슴이 불안했다. 불안할 만큼 행복했다.

"돌아가면 내 바로 너를 맞이할 준비를 할 것이다."

"그게 무슨……."

"너와 함께 잠이 들고, 너와 함께 깨어나고 싶다. 너와 함께하지 못하는 시간이 아까워서 참을 수가 없구나."

"설찬랑……."

"나에게, 와줄 테냐?"

무뚝뚝하기로 신라 최고로 치는 그로서는 최선의 고백이었다. 잔뜩 굳어 있는 그의 얼굴 위로 긴장감이 보였다. 뜨거워지는 눈시울을 감추려 단희는 뽀얗게 웃어 보였다. 구름 위로 간신히 형태만 보이는 손톱 같은 달로 인해 어두운 밤이었다. 그 속에서 유독 단희의 환한 미소만 햇빛처럼 찬란했다.

"제가 더 행복하게 만들어드릴 것입니다."

단희는 대답 대신 그리 말하며 그의 품으로 더욱 깊이 파고들었다. 소리 없는 웃음이 진동이 되어 그녀의 뺨을 간질였다.

"내가 할 소리를……."

그렇게 말하며 설찬은 그녀의 어깨를 더욱 힘주어 끌어안았다.

누구에게도 어떠한 상황에서도 이 어깨를, 이 미소를 놓지 않을 것이었다.

설찬은 낭창하게 휘감기는 단희를 품에 넣고 스스로에게 다시 한 번 맹세했다. 형형하게 빛나는 그의 눈이 달을 노

려봤다. 스스로도 알지 못했던 소유욕과 집착에 소스라치
게 놀라면서도 굳이 그것을 억제하려 하지 않았다. 오히려
이 격동치는 감정이 전율이 일 만큼 짜릿하고 즐겁기까지
했다.

끝없이, 한없이 사랑하겠다. 그 마음을 담아 설찬은 다시
한 번 끝나지 않을 입맞춤을 퍼부었다. 애타는 연인들을 숨
겨준다는 비비추만이 쉴 새 없이 흔들렸다. 서로 다른 마
음, 다른 형태의 격동이 요동치는 새벽이었다.

*

자개를 늘어뜨려 움직일 때면 차랑차랑 맑은 소리가 나
는 머리꽂이였다. 물방울의 그것처럼 갸름하고 단아한 자
태의 작은 자개들이 단희의 머리를 장식하며 얹어졌다. 뿌
옇게 그녀의 얼굴을 비추고 있는 동경銅鏡으로 그 자개들을
멍하니 바라보던 단희의 의식이 더듬더듬 며칠 전 밤으로
돌아갔다.

'너와 나는 이렇게 이어졌다. 나의 피는 실이 되어 네 손
에 감겨 있을 것이고, 너의 피 또한 지워지지 않는 영혼의
끈으로 나에게 감겨 있을 것이다. 나의 약지는 이제 백 년
이고 천 년이고 너의 것이다.'

바위처럼 단단하고 얼음처럼 차가운 사내의 입에서 여름

날의 단비처럼 달콤한 말이 나왔다. 이토록 황홀한 고백이 어디에 더 있을 수 있을까? 마치 더 이상은 참을 수 없다는 듯, 참고 참다가 끝끝내 터트리고 말았다는 듯한 그 얼굴이 더욱 그 순간을 황홀하게 만들어주었다.

설찬은 변했다. 단희는 그것을 피부에서부터 생생이 느낄 수 있었다. 지난날의 설움을 보상이라도 해주겠다는 듯, 설찬은 단희를 사랑한다 인지한 순간부터 세상에서 가장 행복한 여자로 만들어주었다. 어디에 있어도 그는 그녀를 바라보고 있었고, 어떤 순간에도 그녀를 원한다는 그 끈질긴 눈빛으로 애걸복걸하고 있었다. 그녀를 만지는 손끝, 스치는 눈동자, 무뚝뚝한 입매, 숨바꼭질하듯 피어난 조용한 미소에 모두 그녀를 향한 애정이 들어 있었다.

"손을 들어주시어요."

푸른 실과 금빛 실로 청아한 문양이 자수 넣어진 표가 단희의 어깨 위로 걸쳐졌다. 새파란 하늘만큼이나 신묘하고 아름다운 푸른색 의상이 단희를 더욱 아름답게 만들어줬다. 푸름은 인간의 색이 아니었다. 그것은 오직 자연에서만 나오는 색이었고, 하늘과 땅이 빚어내는 색이었으니 그 푸른빛에 싸인 그녀 또한 하늘에서 빚어낸 창조물처럼 아름다웠다.

사랑하는 사람의 고백을 귓가에 담고, 그의 눈빛을 되새기며 푸른 의상에 감싸인 단희는 오늘 유독 아름다웠다.

그녀를 치장하고 있던 봉옥화들도 눈을 비비며 새삼 그 옛날 못난 호박처럼 볼품없던 그 여아가 맞나 제 눈을 의심해야 했다.

"부제입니다. 들어가도 되겠습니까?"

치장이 모두 끝났을 때쯤 환웅이 문을 두드렸다. 서둘러 마무리를 끝낸 봉옥화들이 알아서 총총 자리를 물렀다. 단희의 곁을 지키던 사람이 봉옥화에서 환웅으로 바뀌었다. 환웅은 오랜만에 마주하는 사촌 동생을 보며 따스하게 웃어 보였다.

"예쁘구나."

"과찬이십니다."

수줍게 웃어 보이며 볼을 붉히니 마치 한 송이 복사꽃 같은 자태였다. 환웅은 하하 웃으며 짓궂은 한마디를 덧붙였다.

"만물이 가장 아름다울 때는 사랑에 빠질 때라지. 봄과 사랑에 빠진 새싹이나 겨울과 사랑에 빠진 동백처럼 말이지."

"그렇다면 저는 항상 아름다웠네요."

"음?"

의외의 말에 환웅이 고개를 갸웃거렸다. 배시시 웃은 단희가 자리에서 일어나 꽁꽁 닫혀 있는 창문가로 향했다. 그녀가 걸을 때마다 차랑차랑 자개 부딪히는 소리가 울렸다. 푸드득, 슬쩍 힘을 주어 문을 여니 오각 창이 부드럽게 열리고 가을에 접어드는 바람이 살랑 들어왔다. 그 다정한 바람 속에 파묻힌 단희가 환웅을 돌아보며 말했다.

"저는 항상 사랑하고 있었으니까요. 그이를 처음 만난 그 순간부터 지금까지 항상 말이에요."

환웅이 손바닥을 탁 내리쳤다. 그러고는 이내 하하하 크게 웃으며 어깨를 들썩였다.

"이런, 그렇구나. 내 그것을 간과하고 있었다. 그러고 보면 너는 항상 어여쁘고 사랑스러웠지. 네가 어여쁜 것이 하루 이틀 일도 아닌데 내 새삼스럽게 그것을 말하였구나."

"이상하십니다. 오라버니는 항상 언니들이 아닌 저에게 어여쁘다, 아름다운 눈이다 칭찬을 해주셨지요."

"내 눈엔 그리 보이는 것을 어쩌겠느냐. 미령도 요령도 예쁘지만, 단희 너 또한 사랑스럽고 어여쁘기만 한 것을."

"하여튼 오라버니는 저를 너무 좋아하십니다."

환웅의 칭찬이 쑥스러운 듯 단희가 고개를 돌려 바깥을 바라봤다. 낮은 담장 너머로 붉은 휘장이 펄럭거리고 있었다.

"폐하와 당의 사신단이 모두 이곳으로 오시는 겁니까?"

"그렇단다."

"그저 무사 귀환을 축하하는 작은 신제神祭일 뿐이거늘. 참석하는 이들이 너무 화려합니다."

"제께서도 너와 풍월주가 무사히 돌아온 것이 기껍고 좋으신 것이다."

"그런가요……."

단희는 겸연쩍은 듯 잠시 입술을 깨물었다. 그러다 문득 황급히 떠오른 무언가에 화들짝 놀라며 환웅을 올려다봤다.

"아! 그 셋은 어떻게 되었습니까?"

"모두가 소란한 틈을 타 선문 안의 옥사로 옮겨놓았단다."

"경비는요?"

"너무 거나하게 지키고 있으면 도리어 눈총을 사기 쉽다. 해서 그 앞을 지키는 화랑은 둘밖에 없단다. 하지만……."

"둘요?"

금세 미간을 찌푸리며 심각해지는 사촌 동생의 얼굴에 환웅이 고개를 털었다. 돌아온 지 얼마나 되었다고 또 사서 걱정을 하고 있었다.

"걱정하지 말거라. 내 보이지 않는 곳으로 몇 겹으로 둘러쳐놓았으니까. 오늘은 너와 풍월주가 무탈하게 돌아온 것을 즐기기만 하거라. 이제 나머지는 나의 몫이니까."

따뜻하기만 한 오라비의 말에 걱정을 지우지 못한 단희가 애써 웃음을 보였다. 단희의 시선이 힐끔 그녀의 작은 동경 아래 서랍에 머물렀다. 그곳에 곱게 개켜져 있을 비단 줌치가 단희의 눈에 선하게 보였다.

천관녀의 제례복은 언제나 흰빛깔이 옳다. 그 흰빛에 경사로운 일이 있을 때면 금수를, 용맹과 승리를 기원할 때면 붉은 수를, 상서로움을 축연할 때면 푸른 수를 놓는다. 오

늘 취선의 허리띠에는 금수가 빼곡하게 놓여 있었다. 원래
대로라면 푸른 수가 놓인 허리띠를 매는 것이 옳지만 오늘
을 위하여 폐하께서 특별히 황금 박이 가득한 허리띠를 내
려주셨다. 그들의 귀환이 폐하께 경사라는 뜻이었다.

　취선은 팔을 들어 모랑이 그녀의 허리에 띠를 두르는 것
을 도와주었다. 모랑은 얌전히 눈을 내리깐 채 입을 꾹 다
물고 있었다.

"모랑과 내가 함께한 지도 벌써 다섯 해가 다 되어가네."

"예, 예?"

　적막 속에서 불쑥 튀어나온 취선의 목소리에 모랑이 소
스라치게 놀라며 물러났다. 허리띠를 정리해주던 마른 손
이 순간 덜덜 떨렸다. 그런 모랑을 본 것인지 보지 못한 것
인지 취선은 덤덤하게 말을 이었다.

"시간이 벌써 그렇게나 되었어."

"……."

"그런데 모랑, 네 나이가 몇이더라?"

"서, 서른셋입니다."

"그래, 서른셋…… 생각보단 젊네."

　그렇게 말하며 취선이 허공을 응시하던 눈을 돌려 모랑
을 바라봤다. 길고 또렷한 눈매 사이로 검은 눈동자가 예
리하게 모랑을 직시했다. 그 눈빛에 얼기라도 한 듯 모랑은
꼼짝없이 굳어버리고 말았다. 그 무거운 침묵과 날카로운

공기를 도저히 참을 수가 없었다.

"바, 방울신을 가져오겠습니다."

그렇게 모랑은 피해버렸다. 주인을 속이고, 그녀를 질투한 제 마음속의 추악한 빛을 감추고 싶었다. 손바닥으로 가린 하늘처럼 순간의 모면으로 간신히 붙어 있는 그녀의 목숨이 저 투명한 눈동자에 베일 것만 같았다. 허겁지겁 방을 나선 모랑의 뒤로 침묵만 무겁게 가라앉았다. 모랑이 사라진 문간을 응시하던 취선의 떨떠름한 혼잣말이 둥실 떠올랐다.

"다섯 해 동안 나는 네 나이도 몰랐구나."

하 수상해 보이는 모랑의 모습에서 있는지 없는지도 몰랐던 서운함이 떠올랐다. 화랑에 들어와서 오직 한 사람, 모랑만이 처음부터 끝까지 그녀 곁에 있었다. 적당히 그녀의 환심을 사보려 수작을 부리던 사내들 말고, 그저 곁에 붙어 있는 이는 모랑밖에 없었다. 친구라 부를 수도 없고, 동지라고 할 수도 없는 이였지만 누군가 곁에 있다는 것 자체만으로도 적막함을 없앨 수 있었다. 그래, 모랑은 그녀에게 고독이라는 잡귀를 없애주는 부적과도 같은 존재였다.

그런데 요 며칠 께름칙한 적막함과 고독함이 취선을 갉아대고 있었다. 미진부, 그자가 와서 행패를 부린 그때부터…….

"하여튼 하등 도움이 안 되는 작자야."

미진부의 역겨운 얼굴이 떠오르자 입맛이 소태같이 썼다.

취선은 와락 인상을 찌푸리며 지끈거리는 미간을 짚었다.

— 제가 잘못 보냈습니다. 그런 것 같습니다.

모랑의 귓가로 사내의 목소리가 웅웅거렸다. 미진부가 온갖 행패와 난동을 부리던 그날 밤의 메아리였다.

— 뭐라고요?

— 공자님, 제 실수입니다. 제가 죽일 놈입니다! 저를 벌하십시오. 아이고! 제가 그것이 되돌아온 것을 모르고 있었습니다. 멍청하게도 말이지요!

— 크흠흠, 그래? 왕야 네놈의 실수란 말이냐?

— 예, 예! 제 불찰이자 실수입니다. 아이고, 이런 정신머리를 봤나.

미진부가 부리는 왕야라는 작자가 대뜸 앞으로 나서 그리 말하였다. 그럴 리 없건만, 자신의 실수라며 취선 낭주는 아무것도 받으신 게 없다며 호들갑을 떨어댔다.

그럴 리가 없었다. 그자는 거짓을 고하고 있었다. 그 귀한 진주 분도, 향유도, 향갑도 모두 모랑이 가져갔다. 바깥에서 구하려고 해도 구할 수 없는 그 귀한 것들이 어찌 그들에게 다시 돌아갈 수 있단 말인가? 허나 이유는 알 수 없었지만 그 왕야라는 작자가 모랑의 목숨을 살려준 꼴이었다. 아니, 그녀의 목숨 줄을 틀어쥔 꼴이라고나 할까.

"거기."

취선의 방을 나와 바깥 회랑을 빙빙 돌던 모랑의 발걸음이 우뚝 멈춰 섰다. 아니 그래도 해쓱해진 그녀의 안색이 죽은 자의 그것처럼 삽시간에 파리해졌다.

"나랑 할 이야기가 있을 것 같은데?"

소리가 난 쪽으로 뒤돌아본 모랑의 동공이 눈에 띄게 줄어들었다.

"나, 나리."

덜덜 떨리는 그녀의 턱이 멈추지 않았다. 겁에 질린 모랑의 눈동자에 사내가 하나 박혀 있었다. 그녀가 훔쳐낸 진주분을 들고 선 채 그녀를 기다리고 있는 왕야라는 사내가.

"왕족의 물품을 훔치는 자는 그 자리에서 즉결 처분이라는 것을 아는가?"

성큼성큼 다가오는 중년 사내의 말에 모랑의 심장이 다시 덜커덕 내려앉았다. 시도 때도 없이 죽음의 기세가 그녀를 쥐었다 폈다 반복했다. 숨 쉴 틈조차 없이 매 순간이 고역이었다. 식은땀이 흥건한 손바닥으로 치맛자락을 움켜쥔 모랑이 주춤 뒤로 물러섰다.

"저, 저는 아무것도 훔친…… 꺅!"

더듬거리며 서툰 변명을 쏟아내는 모랑의 머리채를 왕야의 거친 손길이 잡아챘다.

"거짓말을 하면 능멸 죄가 추가되는 것도 아는가?"

"나, 나리…… 왜, 왜 이러시는……."

"왜? 정말 몰라 묻는 것이냐?"

"저, 저는…….."

모랑은 뒤집히려는 눈꺼풀을 다잡으며 거세게 도리질했다. 죽고 싶지 않았다. 억새풀처럼 질긴 목숨 줄을 결코 놓고 싶지 않았다. 이 삶이 다 뭐라고, 이 모진 생의 연이 뭐라고 그녀는 이렇게까지 살고 싶은 걸까. 새까맣고 질척한 죽음이 무서웠다. 이유도 필요 없었다. 그저, 그것이 무섭고 싫어서 모랑은 끝끝내 거짓말을 토해냈다.

"모릅니다! 모, 모릅니다! 사, 살려주십시오. 살려주십시오!"

"하하! 이년 봐라?"

왕야는 모랑의 머리채를 잡고 으슥한 곳으로 질질 끌고 갔다. 서늘하리만치 적막한 뒷담은 낮은 산을 끼고 있어서 더욱 한적했다. 그 외롭고 냉랭한 그늘 아래로 끌려가는 내내 모랑은 악악 소리를 질러댔다. 모랑이 목이 터져라 소리를 지르자 놀란 왕야가 거칠게 그녀를 제압하려 들었다. 그의 주인이 미천한 하인들에게 하듯 왕야 또한 퍽퍽 그녀를 내리치며 발길질과 욕설로 모랑의 입을 막으려 했다.

"입 다물어, 좀. 입!"

매서운 손찌검이 그녀의 머리통을 몇 번이나 후려치고 나서야 모랑은 입을 다물었다. 그 난리에도 누구 하나 와 보는 사람이 없었다. 허면 이것은 필히 누군가 밖을 지키고 있다는 뜻이었다.

"이년아! 내 너를 살리려 하는 것이지, 죽이려 하는 것이 아니다!"

"모릅니다! 몰라요! 아악!"

"가만히 좀, 조용히 좀 있어! 말만 잘 들으면 네 목숨도 무사하고 네년이 훔친 것들에 대한 죄도 묻지 않을 것이니."

"모릅…… 예?"

아니 이게 무슨 말인가? 뜨거운 눈물을 줄줄 흘리며 버둥거리던 모랑이 딱 멈춰 서서 왕야를 올려다봤다. 그의 주인과는 다르게 삐쩍 마른 중년의 사내가 튀어나온 눈을 부라리며 입가로 손을 가져갔다.

"살려주겠다 이 말이다. 살려주겠다고! 네년 목숨도, 네년의 가족들도 모두 살려주겠다. 그까짓 진주 분과 향갑 쯤이야 우리 공자님께는 별거 아니니."

"그, 그게 참말이십니까?"

눈물이 줄줄 흐르는 뺨을 손으로 야무지게 닦으며 모랑이 왕야의 바짓가랑이를 잡고 늘어졌다. 맞다, 그깟 진주 분이 뭐 대수라고 이년 목숨을 가져가겠는가? 미진부공은 너그러운 분일 것이다. 그녀의 목숨 따위는 개의치 않는 그런 분일 것이다. 모랑의 머릿속에 돼지 같던 미진부의 얼굴이 불현 인자한 생불의 모습과 겹쳐지기 시작했다. 세상에 없는 너그러움이었다.

"허니, 내 말을 잘 들어라."

왕야가 모랑의 귀때기를 잡아 올리며 조심스럽게 속살거렸다.

"공자님께서 너의 죄를 아무것도 묻지 않겠다 하셨다. 얼마나 너그러운 처사냐? 그뿐이랴? 어리석은 네년이 저지른 죄를 네 주인께 일러바치지도 않았다. 미륵불도 이만큼이나 너그럽지 못하실 것이야."

"예, 예! 암요, 암요. 생불이십니다. 살아 계신 부처님이셔요. 너그럽고 인자하십니다!"

"그렇지?"

왕야가 히죽 웃으며 낄낄 웃음을 터트렸다. 제가 말하고, 제 귀로 들어도 참으로 웃기다는 듯 어깨를 잠시 들썩이던 그가 크흠흠 목을 가다듬더니 다시 목소리를 낮췄다. 아무도 엿듣는 사람이 없고, 엿보는 사람도 없는데도 그의 목소리는 낮고 은밀했다.

"그래, 너도 이제 우리 공자님의 고귀한 성품과 인자함을 잘 알았을 테니…… 그에 보답해야 하지 않겠니?"

"시, 시키시기만 하면 뭐든 하겠습니다요."

모랑은 제 입으로 무슨 말을 지껄이는지도 모르고 연신 고개를 끄덕였다. 그녀는 눈물을 쏟아낸 얼굴이 홧홧하고 수분이 빠져나간 머리가 띵했다. 뒷일을 생각할 겨를도 없었고 그럴 수 있는 재주도 없었다. 그녀는 무조건 납작 엎드리며 왕야의 말을 받들었다.

"별거 아니야. 그저 네 주인에게 가서 말 하나만 전해주면 되는 거야. 그거면 네 죄도, 네 죗값도 씻은 듯이 사라지는 거지."

"마, 말요? 무슨……."

취선을 들먹거리자 그제야 아둔한 모랑의 머리에도 은근한 경보음이 울리기 시작했다. 제 잘못은 잘못이지만…… 그녀의 주인인 취선은 어이하여 얽히는 것인가. 묘한 위화감에 모랑이 웅크려드니 왕야가 그녀를 협박하듯 크고 부리부리한 눈을 부라리며 욕지거리를 해댔다.

"우라질 년! 말 하나 전하는 것이 네 목숨보다 중요하다 이것이냐? 정신 차려, 이년아! 넌 죽을 수도 있어!"

그의 말에 모랑이 화들짝 놀라며 다시 움츠러들었다. 그래, 뭐 잘못하는 것도 아니고 말만 전하는 것뿐인데…… 무슨 일이야 생기랴.

"제가 뭐라고 전해드려야 합니까?"

꿀꺽 숨을 고른 모랑이 흔들리는 눈빛으로 왕야를 올려다봤다. 별일 없을 것이다. 고작 말 하나 전하는 것뿐이니까…….

"별거 아니다. 내일 밤, 해가 지면 북천 근처 화월당에 있는 신목이 두 동강 났다고, 천관녀를 필요로 한다고 그렇게만 전하면 되는 것이야."

아무 일도 없을 것이니까…….

천관녀가 발을 옮겨 춤을 출 때마다 딸랑딸랑 방울 소리
가 선문 안으로 고요하게 울려 퍼졌다. 새하얀 그녀의 옷깃
이 뜨거운 태양을 가득 담아내고 천지의 신명한 기운을 모
아 화랑도의 수장들에게 축언을 내릴 때면, 천지는 고요를
잡아먹은 듯 장중한 침묵에 사로잡혔다.

지나치게 화려하지도, 지나치게 소박하지도 않은 신제였
다. 무사 귀환을 위한 축연의 자리에 어울리는 즐겁고 소박
한 자리는, 천관녀의 축무로 시작하여 화랑들의 검무로 끝
을 맺었다. 본디 화랑들과 상선들만 자리했을 제사는 황제
는 물론 그의 형제들과 당나라 사신단까지 가득한 화려한
연회가 되어버렸다.

태흥제 장천은 벗이 돌아온 것이 즐거운지 풍월주와 원
화를 가까이 불러들여 밤새도록 치하하고 기뻐하였다. 그
는 원체 흥이 많고 화통한 성격인지라 기쁨을 숨기지 아니
하였고, 몇 번이고 웃음을 보이며 어깨를 들썩였다.

황제가 웃음을 보이면 잔이 올라간다는 뜻이었다. 잔이
올라가면 응당 목 뒤로 그것을 넘겨야 하는 것이 밑에 있는
자들의 원칙이었다. 단희 또한 다르지 않았다. 무엇보다 그
녀와 설찬을 위한 자리인데 그것을 마다할 이유도, 염치도
없었다. 또 그렇게 하고 싶지도 않았다.

그래서 양껏 마셔버린 게 화근이었다. 한 잔, 두 잔 달구나, 달아 하며 마신 것이 어느새 그녀의 발걸음을 잡아먹어 버렸다. 비틀비틀 갈지자로 휘어지려는 걸음을 억세게 다잡으며 하늘을 올려다보니 달이 흐릿하게 젖어 있었다. 그녀의 귓가로 풍악 소리가 멀어졌다가 가까워졌다가를 반복했다.

"다쳤느냐?"

아무도 모르게 잠시 빠져나왔다 했는데 어느새 그녀의 뒤로 인기척이 따라왔다. 그녀를 따라 나오려다 붙잡혀버린 설찬이 나올 거라 생각하고 있었거늘, 목소리의 주인공은 설찬이 아니었다.

"폐하를 뵙습니다, 천세 천세……."

서둘러 예를 올리려는 단희의 팔꿈치를 부여잡은 장천이 쯧 혀를 차며 그녀를 일으켜 세웠다.

"천세까지 살아 무엇하라고."

"만수무강하셔야지 않겠습니까."

"삶과 죽음은 돌고 도는 것이다. 이승이 있으면 저승도 있는 것이고, 저승이 있다면 다시 이승으로 올 수도 있는 것 아니겠느냐."

"예에, 그렇지요."

성큼 다가온 장천이 돌무더기에 걸터앉은 단희의 곁에 섰다. 어찌 신국의 황제께서 거느리는 시종 하나 없이 몰래 나오셨는가, 잠시 머리를 굴려보던 단희가 이내 술에 젖은 머리로 생각하기를 포기하고 다시 하늘을 올려다봤다.

"무엇을 보고 있느냐?"

"하늘을 보고 있습니다."

"시커먼 밤하늘에서 무엇이 볼 게 있다고 보고 있는 것이냐?"

"새카맣기에 저 하늘의 별이 더욱 빛나지 않습니까? 해가 강렬했던 한낮에는 결코 볼 수 없는 밤하늘의 빛이지요."

"내 너의 말을 듣다 보니 여간 미안하지 않을 수 없겠구나."

"폐하께서요?"

놀란 듯 그를 올려보는 단희의 눈을 들여다보며 장천이 짐짓 근엄한 목소리로 말했다.

"영웅은 난세에 나오는 법인데, 짐이 부족하여 세상이 평안하니 영웅이 빛날 어둠을 주지 못하였구나. 허허! 이 부족한 황제를 어찌하면 좋을꼬."

일부러 그런 듯 가슴을 치며 통탄하는 모양새가 과장되어 있었다. 쯔쯧 혀를 차며 진정 애석하다는 듯 얼굴을 구기는 장천을 보며 단희는 웃지 않을 수가 없었다. 숨죽인 웃음이 그녀의 어깨를 타고 들썩이니, 장천이 흐뭇한 얼굴로 바라보았다. 자신감이 충만한 제의 눈동자는 어두운 밤에도 강렬하게 반짝거렸다.

"다친 곳은 없느냐?"

"무탈하게 돌아왔습니다."

"대견하구나."

잠시 말을 멈춘 장천이 그를 올려다보고 있는 단희의 뺨으로 손을 가져갔다. 보드라운 살결이 그의 손안에 감겼고, 잠시 놀란 듯 눈을 크게 뜬 단희의 얼굴은 황제의 가슴을 간질였다.

"하지만 애석하기도 하구나……."

신의 자손이라 일컬어지는 황제의 손길을 피할 생각 따위는 감히 할 수 없었다. 하지만 아무리 황제의 손길일지언정, 설찬이 아닌 다른 사내의 손길에 가슴이 불안하게 들썩이는 것까지는 어쩔 수가 없었다. 설찬 이외의 사람에게는 마음도, 몸도, 심지어 잠시간의 온기마저도 나눌 수가 없는 그녀였다. 이 세상에서 그녀와 온기를 나눌 수 있는 존재는 오직 설찬뿐이었다. 오로지 설찬만이 그녀의 남자였고, 그녀의 반쪽이었다.

하지만 황제가 누군가. 다른 말이 필요치 않은 존재였다. 신라에서 가장 절대적인 남자, 누구에게도 제재당하지 않는 사내였다. 그것이 당연한 존재인 것이다.

"손톱만큼도 다쳐서 오지 않았으니 내 너를 이번 기회에는 놓아줘야 한다는 것이…… 어찌 이리 애석하고 아쉬운지."

"…… 정말 죽을힘을 다해 무사히 돌아왔습니다."

단희는 불편한 마음을 부드럽게 돌려 말하며 슬쩍 고개

를 내렸다. 폐하께서 그녀를 아끼심을 누구보다 잘 알고 있었다. 숨기는 법이라고는 모르는 분이니 알고 싶지 않아도 저절로 알게 되어 있었다. 하지만 그녀는 황제의 마음에 기꺼울 수가 없었다. 그를 모시고, 그의 마음에 기뻐해야 하는 것이 응당 옳은 일이지만, 이미 오래전에 주인을 만나버린 심장은 감히 황제조차도 받아들일 수 없다고 단호하게 말하고 있었다.

"취한 것은 신체일 뿐, 영혼까지 술이 닿지 못했구나."

그녀의 완곡한 거절의 뜻에 장천이 피식 웃음을 흘렸다. 그를 거부할 수 있는 여자는 이 세상에 오직 단희밖에 없을 것이다. 한 번도 아니오, 두 번도 아니오, 매번 아니라며 부드럽게 웃어 보이는 이 작은 여자에게 장천 또한 매번 목마름을 느꼈다.

"폐하."

장천과 단희 사이로 잠시간이 침묵이 맴돌았다. 그런 침묵 사이로 묵직한 저음이 불현듯 두 사람 사이를 가르고 날아들었다. 설찬이었다.

"오, 설찬. 언제 온 것이냐. 이리 가까이 오너라."

멀찍이 떨어진 곳에서 설찬이 두 사람을 직시하고 있었다. 반가운 마음에 돌아선 단희는 순간 움찔 물러나야 했다. 그의 눈길이 심상치 않았다. 나른한 듯 무관심한 얼굴과 적당히 힘 있는 걸음걸이는 여전했지만 스치듯 마주친 눈동자가 냉랭하고 차가웠다.

갑자기 왜? 의문을 가질 틈도 없이 설찬이 장천의 곁으로 성큼 다가와 딱딱하게 굳은 얼굴로 말을 이었다.

"모두 놀라 사라진 폐하를 찾고 있습니다."

"하하! 내 사라지는 솜씨가 일품이지? 이 아둔한 것들이 연회라고 어찌 황제가 사라지는 것도 모를 수가 있는지 말이야. 이래서는 짐이 쥐도 새도 모르게 죽어도 뒤늦게 '폐하, 폐하!'만 외쳐댈 테지. 쯧쯧, 평화가 긴장을 잡아먹었다. 아니 그러냐?"

"휘렴에게 따라오지 말라 단단히 이르셨다 들었습니다. 호위를 보는 자에게 따르지 말라 하시다니……. 그러다 정녕 신변에 위협이라도 있으면 어찌하셨을 뻔했습니까?"

"여기, 원화가 있지 않나. 응? 하하하! 내 그리 말했다 하더라고 저 나무 위로 휘렴이 있다는 것을 모르지 않는다."

"폐하."

그에게는 귀찮기만 한 잔소리를 이어가려는 설찬을 향해 손을 내저어 보인 장천이 단희에게 불쑥 말했다.

"이런 목석같은 남자는 이제 버리거라. 목석도 이보다는 말랑하겠다. 쯧쯧, 검은 신국 제일이나 무뚝뚝하기 또한 신국 제일인 이런 사내가 뭐가 좋다 그러는 것이냐."

장천의 핀잔 아닌 핀잔에 단희가 웃으며 설찬을 올려다봤다. 그녀의 눈동자에 넘쳐흐르는 애정이 가득했다.

"그렇게 딱딱하기만 한 분도 아니던걸요."

오가는 눈빛이 부드럽게 얽혀들었다. 아무 말도 하지 않았건만 눈을 떼지 못하는 두 남녀 사이의 공기가 애틋했다. 순간 장천의 눈썹이 비틀어져 내려갔다. 이게 대체 무슨 일인가? 철옹성같이 단단하기만 하던 설찬의 마음 벽이 무너지기라도 한 것인가? 순간적으로 묘한 불쾌함을 느낀 장천이 두 사람을 향해 뭐라 말을 던지려던 찰나였다.

"폐하, 연회를 파하셔야 할 것 같습니다."

한참이나 멀리 떨어져서 시립하고 있던 내관이 총총총 뛰어오며 말을 전했다.

"사마탄공께서 취해 쓰러지셨습니다."

"뭐라?"

장천은 열었던 입을 다물어야 했다. 쓴 물이 한 바가지가 올라왔지만, 그것을 따져 묻지 못한 채 서둘러 발을 돌렸다. 그 천덕꾸러기 당나라 사신이 어쩐 일로 취해 쓰러졌단 말인가. 달게 올라왔던 술이 어느새 토악질이 날 만큼 쓰고 비릿했다. 뒤로 남겨둔 단희와 설찬 또한 목에 걸린 가시처럼 계속 거슬렸다.

용포 자락 휘날리며 장천이 사라진 그곳에 설찬이 들어섰다. 성큼성큼 다가온 그가 주저 없이 단희의 옆으로 자리를 잡고 앉았다. 그런 그를 슬쩍 흘겨보며 단희가 은근한 목소리로 물었다.

"폐하께서 저리 서둘러 돌아가시는데 저희도 뒤따라야
하지 않겠습니까?"

설찬의 무심한 눈초리가 스윽 그녀를 내려다보더니 아무
말도 없이 한동안 얼굴 위를 맴돌았다. 소리도 없이 고요한
눈동자가 적나라하게 그녀의 얼굴을 쓰다듬고 또 쓰다듬
었다. 태홍제 장천의 눈에 자신감과 오만이 적당히 버무려
져 있다면, 설찬의 눈동자에서는 차분하지만 올곧은 힘이
느껴졌다.

"설찬랑의 눈이 저는 참으로 좋습니다."

단희는 손을 올려 설찬의 얼굴을 감싸 쥐었다. 작고 하
얀 손이지만 굳은살이 단단히 박여 차마 곱다 말할 수 없
는 손, 그러나 설찬에게는 비단처럼 보드랍고 따뜻한 제 여
인의 손이었다. 달큼한 술이 적당히 오른 단희가 먼저 과감
히 눈을 내리깔았다. 설찬의 손길이 차가워진 뺨에 닿더니
그의 고개가 서서히 다가왔다. 그가 다가오는 긴장감에 한
번 더 취하며 단희는 뜨거운 입술에 한껏 빠져들었다. 보드
라운 꽃잎 같은 단희의 입술을 가르고 뜨거운 혀가 소유권
을 주장했다. 그녀의 혀를 휘감고 치열을 살뜰히 쓰다듬으
며 정신을 새하얗게 불태우고 있었다. 거칠고 다급한 손길
이 야들야들한 치맛자락에 덮인 그녀의 허리를 거세게 틀
어쥐며 다른 손은 그녀의 가슴을 부드럽게 쓰다듬었다.

"아아……."

단희는 숨을 몰아쉬며 단단한 근육이 느껴지는 설찬의 가슴을 밀어냈다. 그러나 그녀의 사내는 언제나 그렇듯 시작하면 끝낼 줄을 몰랐다. 설찬은 손가락에 힘을 주어 뾰족하게 솟아오른 그녀의 유실을 손끝으로 간질였다. 짜릿한 전율이 그녀의 허리를 튕기게 만들었다.

"무슨 이야기를 나눈 것이냐."

"무슨……."

단희가 숨을 헐떡이며 설찬의 단단한 팔에 매달리며 물었다. 그러자 한층 그녀를 거세게 끌어안은 설찬이 낮은 짐승의 울음처럼 거칠게 속삭였다.

"…… 정다워 보이더군."

그의 입술이 그녀의 귓가를 핥고 깨물었다. 귓가를 적시는 습기 어린 소리가 더없이 야릇하게 그녀를 적셨다. 술기운에 더욱 뜨거워진 몸을 가누지 못한 단희가 설찬의 가슴에 머리를 기대고 쾌락에 몸을 떨었다. 그의 손이 치마 아래 탄탄하고 매끄러운 허벅지를 쓰다듬더니 슬금슬금 위로 올라왔다. 성마른 그의 손길처럼 목마른 단희의 신음 소리가 한적한 후원을 메웠다.

"무슨 대화를 했는지 모두 실토해야 할 것이야."

"숨길 만한…… 흐웃."

"중요한 것은 그게 아니다."

아카시아 꿀을 빨아 먹듯 한참이나 제 입안에 머금고 있던 그녀의 목덜미를 놓아주며 설찬이 말했다. 그 따끔하고 야릇한 여운에 몸을 떨던 단희가 눈을 동그랗게 떴다.

"그저 너의 모든 것이 내 것이라는 게, 그게 중요한 것이다. 잠시간의 공백도 없이 모두……."

그리 말하며 설찬은 조용히 그녀를 일으켜 세웠다. 가늘게 휘청거리는 단희를 끌어안은 설찬은 다시 한 번 깊게 그녀의 숨결을 빨아들였다.

"어서 가자꾸나."

재촉하는 그의 걸음에 그녀에 대한 목마름이 가득했다.

볕이 따사롭고 나뭇잎 냄새가 진하게 배어 있어 바람 좋은 날이었다. 저녁을 먹고 으레 몸이 무거워지려 할 때쯤이면 취선은 산책을 나가곤 했다. 낭문 주위를 휘휘 돌거나 남천이나 남산 부근까지 선선히 걷다 오고는 했는데, 오늘은 경로를 조금 달리했다.

"이쪽입니다, 낭주님."

땀이 흐르려는 이마를, 수가 놓인 명주 수건으로 살포시 누른 취선이 고개를 끄덕였다. 북천 화월당 신목에 일이 생겼다 하니 가보지 않을 수가 없었다. 하늘의 계시를 받들고 신성한 기운을 전해주는 천관녀로서의 지위도 그러하였지만 북천 화월당의 당주는 취선에게 무척이나 잘 하는 사람이었다.

화월당은 민가의 사람들이나, 귀족들의 꿈이 흉흉하거나, 근래에 좋지 못한 일이 생긴다거나, 길일이 필요한 날에 들르는 곳이었다. 국가기관은 아니지만 민심을 다독이고, 또 제법 신통방통하다 하여 나라에서도 모르는 척 눈을 감아주었다.

"번개가 내리쳤다고?"

"예?"

반월성을 넘어 북천으로 들어서는 다리 위에서 문득 취선이 물었다. 앞서 걷고 있던 모랑이 화들짝 놀라 뒤돌아보았지만 곧이어 눈을 내리깔고서는 그저 고개만 열심히 주억거렸다. 그 모습이 똥 마려운 강아지처럼 초조하고 불안정해 보였지만, 취선은 그저 모랑 또한 불길한 소식에 초조해 그러려니 생각하며 넘어갔다.

'화월당의 신목이라면……. 천 년을 넘게 버티고 서 있었다던 그 나무가 어찌 두 동강이 났다는 말인가? 무슨 좋지 못한 일이 생기려고.'

취선은 모랑을 따라 걸으면서도 머릿속은 온통 신목에 대한 걱정뿐이었다. 사실 천관녀라는 이름 앞에서 취선은 그리 영험하지도, 신묘하지도 못한 존재였다. 다만 하늘을 향한 지속적이고 꾸준한 기도와 경건한 바람으로 이제는 제법 그 '영기'라는 것이 느껴지기 시작했을 뿐이다. 그런 의미에서 화월당의 신목은 특별했다.

고목의 뿌리는 어지간한 장정의 허리통만큼 두껍고 단단했으며 그 튼튼한 뿌리가 어디 하나 치우치지 않고 고르게 내려져 있었다. 천 년이나 살아 있었다고 전해지는 만큼 거대하고 신묘한 나무의 줄기는 다섯 장정이 활짝 품을 벌리고 끌어안아도 다 품에 담지 못할 만큼 장대했으니, 그 크기와 위용이 대단한 나무였다. 이제 막 영기를 느끼기 시작한 취선 또한 그 나무에서 흘러나오는 영험한 기운에 번번이 압도당할 정도였건만…… 어떻게 그런 나무가 두 쪽이 날 수 있는 것인가? 제 눈으로 똑똑히 확인하지 않으면 믿을 수가 없는 취선이었다.

취선은 골똘히 생각하며 걷다 보니 낯설어지는 주변 풍광을 눈치채지 못했다. 그저 모랑의 치마 끝자락을 보며 낯선 길인지 익숙한 길인지도 모른 채 막연히 걷고 있었다. 모랑은 가끔씩 뒤를 힐끔힐끔 돌아보며 길가에 뿌리박혀 있는 노란 나무 말뚝을 따라 걸었다. 다리 건너 말뚝을 따라 조금 걷다 보면 작은 별채가 하나 있을 것이라 했다. 그곳에 찬을 마련해놓고 미진공이 조용히 취선과 이야기를 나누고 싶어 한다 했다.

화월당에서 그리 멀지 않은 곳이었으나 대나무 밭을 빙 둘러 가야 하는 외딴 장소였다. 불안하게 쿵쿵 뛰는 그녀의 심장에 대답하듯 멀리 회색 기와가 보이기 시작했다.

'괜찮아, 괜찮아. 다 잘될 거야. 나도 예전처럼 그저 낭주

님을 뫼시며 살 것이고, 진주 분이고 향갑이고 다 돌려보냈
으니……. 아무런 증거도 없고. 그래그래, 설마 미진부공께
서 낭주님께 무슨 험한 일을 벌이실 분도 아니니……. 암,
괜찮을 것이야.'

꿀꺽 침을 삼킨 모랑은 조금 더 발에 힘을 주어 속도를
높였다. 마치 두 사람을 기다리고 있었다는 듯 건물의 문이
열려 있었다.

"모랑?"

취선은 지척에 보이는 외딴집을 보고는 홀로 떨어져 있
던 정신을 추스르며 모랑을 불렀다. 취선의 의심스러운 시
선이 활짝 열려 있는 대문간 앞을 쏘아보며 모랑에게 대답
을 채근했다.

"예? 예?"

"여기가 어딘가?"

"다, 당주님께서 보통 일이 아니라며 따로 뵙자며…….
우선 이곳으로 모셔 오라 하셔서…… 그게…….'"

"그래?"

잠시 의심의 빛을 보이던 취선은 한참을 서서 대문과 모
랑을 번갈아 쏘아봤다. 꺼끌꺼끌한 목 뒤로 억지로 침을 삼
켜 넣은 모랑이 도통 움직이려 하지 않는 취선의 발을 내려
다보며 슬그머니 말을 이었다.

"신목에 관한 일이 잘못 퍼지면 민가에 포, 폭동이 일어

날 수 있다고……. 그래서 지금 화월당은 폐쇄해놓은 상태라 합니다. 다, 당주님께서 은밀히 이곳으로 부른 연유도 아무도 알지 못하게 함이라며……."

모랑의 말을 잠자코 듣고 있던 취선이 가느다랗게 떨리는 속눈썹을 들어 회색 기와를 올려다봤다. 그리 크지도 작지도 않은 별당은 어쩐지 조금 으스스한 기운이 가득했는데, 오히려 그것이 모랑이 전해준 처참한 소식에 부합하는 듯 보였다. 잠시 마음속으로 여러 가지 생각을 해보던 취선은 이내 떨어지지 않는 발걸음을 뗐다.

"그래, 그렇겠지. 어서 들어가보자꾸나, 그럼."

요즘 들어 자꾸만 마음 한구석으로 먼지가 쌓여 있는 듯 불편하고 찜찜했다. 취선은 그 먼지의 산 위에 다시 한 번 회색빛 불편함을 덮어 올리며 육중한 나무 틈 안으로 빨려 들어갔다.

"여기는……?"

초조함 발걸음을 옮기던 모랑이나, 근심과 걱정에 주변을 둘러보지 못한 취선이나 눈치채지 못하고 있었지만, 사실 그들의 뒤를 따르던 그림자 하나가 있었다.

"여기는 예전에 폐가였던 곳인데?"

멀찌감치 떨어진 커다란 나무 위에서 대문 안으로 들어가는 두 여인의 모습을 보고 있던 사내가 근심스럽게 중얼거렸다. 멀리 떨어진 두 사람을 보기 위해 나무 위로 올라

갔지만 이미 대문 안으로 사라져버렸으니 그 작은 그림자
마저 보이지 않았다. 찌푸린 이마 위로 깊이 팬 주름이 사
내의 단정하고 깨끗한 얼굴 위로 어질러졌다. 주름을 차마
펴지 못하고 한참이나 초조하게 닫힌 대문을 응시하는 사
내는 바로 천언부의 윤이었다. 취선을 제외하고 천언부의
중심 수장이 된 그가 이렇듯 나무를 타고 올라 천관녀의 뒤
를 쫓았다는 것이 조금 우스꽝스러운 일이었다. 그러나 윤
은 며칠 전 우연히 목도한 이상한 장면이 마음에 걸려 요
며칠 계속해서 취선의 뒤를 몰래 따라다니고 있던 터였다.

햇볕에 말린 멸치처럼 삐쩍 마르고, 눈은 개구리처럼 툭
튀어나와 기분 나쁜 인상의 그 사내는 분명 황실의 망나니
전군 미진부의 수족이었다. 몇 번이고 취선을 쫓아다니며
괴롭힌 전적이 있는 사내였으니, 윤이 그를 못 알아볼 리
없었다. 그런데 그 작자의 수족이 어떻게 화랑 안으로 들어
와 모랑을 꾀어냈다는 것인가? 수상하기 짝이 없는 조합이
었고, 몹시도 찝찝한 장면이었다.

"대체 누구를 만나러 이곳으로 오신 것인가⋯⋯."

윤은 차마 발걸음이 떨어지지 않았다. 아니, 정확히 말하
면 당장 저 안으로 달려가 무슨 일이 벌어지고 있는지, 혹
여 취선 낭주가, 천관녀가 그저 개인적인 만남을 위해 나온
것인지 확인하고 싶어 미칠 것만 같은 게 바른 말이었다.
윤은 바싹바싹 타들어가는 입술을 질끈 깨물었다. 가까이

다가가보려 마음을 먹은 그가 훌쩍 나무 아래로 뛰어내리려는 참이었다. 소란스러운 목소리가 윤이 올라타 있는 나무 옆, 흙길을 따라 올라왔다.

"하여튼 상을 차려줘야 숟가락을 들지, 이 멍청한 놈."

뒤룩뒤룩 살진 궁둥이를 씰룩거리며 헉헉 숨을 몰아쉬는 이는 다름 아닌 당나라의 사마탄이었다. 항상 끌고 다니는 수하 셋을 앞에 두고 그가 숨을 몰아쉬며 걸어오고 있었다. 흠칫 놀란 윤이 나무 뒤로 조용히 몸을 숨기며 사마탄을 지켜보았다. 문득문득 주변을 살피며 걷는 모양새가 수상하기 짝이 없었다.

"그래서 지금 삼출엽은 화랑 내부에 있다 이것인가?"

"예, 나리. 미진부공이 오늘 그 정확한 위치를 알아봐주신다 하였으니 일단은 가보셔야지요."

"색에 눈이 먼 돼지 같으니라고. 쯧!"

"저가 뭘 팔아먹고 있는지도 모를 겁니다."

"킬킬! 고작 계집 한번 따먹겠다고 나라를 팔아먹어? 그런 것도 황손이라고…… 킬킬."

"아이고, 저기 보입니다. 저만큼 고쳐놓는다고 인부들 여럿 잡았습니다."

"에잉, 뭐 만날 사람 잡는 일만 하느냐. 그러다 재수 옴 붙는데……. 아이고, 나라만큼이나 저택도 참 코딱지만 하구나."

쿵쿵쿵 땅을 저미는 발소리가 멀어질수록 윤의 얼굴은

회색빛이 되어갔다. 당나라 사신은 왜 여기에 있는 것인가? 그리고 화랑 내부에 있는 것이 도대체 무엇이란 말인가? 그리고 무엇보다도…….

'고작 계집 한번 따먹겠다고…….'

순간 윤의 머리 위로 붉은 번개가 휘몰아쳤다.

'낭주님이 위험해!'

심장이 갈린 듯이 뻐근하게 저려왔다. 동시에 핏줄이 붉어져 올라올 만큼 꽉 쥔 손이 바들바들 떨렸다. 심상치 않은 일이 벌어지려 함이 틀림없었다. 그리고 그 질척한 어둠의 재물로 천관녀가…… 취선 낭주가 간택된 것이다.

윤은 서둘러 나무에서 내려왔다. 가슴이 터질 만큼 거세게 박동함과 동시에 그의 머리는 북풍한설에 부딪힌 것처럼 차가워졌다. 윤의 재량으로는 해결할 수 없는 문제였다. 그는 서둘러 발을 놀리며 생각할 수 있는 가장 강인한 사내를 떠올렸다.

"풍월주!"

'제발, 도와주십시오.'

저택의 내부는 조금 어둡고 색이 짙었다. 이른 가을의 단풍처럼 울긋불긋 칠해진 단청과 회랑의 기둥이 색이 맞지 않고 어딘가 조급한 기운을 풍겼다. 취선은 조심조심 안쪽으로 발을 들이며 주변을 자세히 살피려고 애썼다. 평소 그리 섬세한 성격은 되지 못했지만, 지금은 이상하게 온몸의 감각이 바짝 긴장하며 일어섰다. 툭, 뭔가 발치에 걸려 굴러갔다. 힐끔 내려다보니 지는 때를 잊고 아직까지 피어 있던 금빛 수국이 굴러다니고 있었다.

조금 눈에 익은 색인가 싶었는데 가만 생각해보니 그녀가 화랑들의 무사 귀환을 위한 축하연에서 입는 금빛 의복과 색이 비슷했다. 취선은 말없이, 머리가 굴러다니고 있는 듯이 보이는 수국꽃을 집어 들었다. 잘게 달린 꽃잎들이 아직 파릇파릇 생기가 넘쳤다.

"이쪽으로 오시지요."

불현듯 여자의 목소리가 회랑 끝에서 들려왔다. 취선은 조용히 고개를 들어 소리가 들리는 쪽을 바라봤고, 모랑은 화들짝 놀라며 안절부절못하였다. 수수하고 단정한 차림의 늙은 여종 하나가 머리를 조아리며 그녀들을 기다리고 있었다.

"뉘신지요?"

취선이 물었지만 여종은 그저, "기다리고 계십니다"라는 말과 함께 뒤를 돌아 걸어갔다.

누가? 라고 취선은 반문하고 싶었다. 하지만 이내 그것이 바보 같은 질문임을 깨닫고 순순히 발을 옮겼다. 화월당의 신주가 조금 엉뚱한 구석이 있음을 알고 있었으니, 이런 오묘한 분위기의 별당을 지어놓고 살고 있는 것도 이해가 될

법했다. 문득 회랑을 걷다 보니 곳곳에 취선이 들고 있는 것과 같은 수국이 떨어져 있는 것이 보였다. 마치 이 푸른 꽃을 따라오라는 듯 길게, 길게, 이어져 있었다.

마침내 꼭꼭 걸어 잠근 문 앞에 당도했다. 어쩐 일인지 모랑은 지나치리만큼 입을 꾹 다물고 찍소리 하나 내지 않고 있었다. 그러나 취선은 무겁고 쾌쾌한 공기와 그 사이로 느껴지는 야릇한 위화감에 취해 미처 모랑의 변화까지는 잡아내지 못하고 말았다.

"이곳입니다. 그럼 저는 이만⋯⋯."

늙은 여종은 그렇게 말하며 뒤도 돌아보지 않고 사라졌다. 저 멀리 모서리 안으로 사라지는 여종을 힐끔 바라보며 취선은 덤덤히 문을 열어젖혔다. 드르륵, 문이 열리니 희미한 거문고 소리가 들려왔다.

주인의 고약한 취향인 것인지 문 안으로 몇 번의 중문이 겹쳐져 있었는데, 그 안쪽에 있는 무언가가 얼마나 소중한 것인지 꼭꼭 숨겨놓으려 난리였다. 세번째 문이 열리고 드디어 마지막인가 싶은 문 하나를 남겨두니 흐릿한 그림자 하나가 슬쩍 흔들렸다. 그 순간 취선의 가슴이 철렁 내려앉았다.

화월당의 신주는 호리호리하고 마른 체형이었다. 누가 보더라도 적당하고 날렵해 보이는 체형인데 희미한 그림자로 보이는 것은 그게 아니었다. 거대하고 두터운 인영이

떡하니 가운데에 자리 잡고 있는 것이었다.

"이게 무슨…… 모랑?"

취선이 다급하게 모랑을 부르며 뒤를 돌아봤지만 그녀 뒤를 졸졸 따라오던 모랑은 더 이상 보이지 않았다. 분명 방으로 들어올 때까지만 해도 같이하고 있었거늘 어느새 그녀는 흔적도 없이 사라져버린 것이다.

취선은 꺼끌꺼끌한 목구멍 뒤로 마른침을 삼켰다. 만근 추를 달아놓은 듯 무거워진 발걸음이 떨어지지 않았다. 어디서 들려오는지 모를 거문고 가락이 그녀의 팽팽하게 당겨진 정신을 자근자근 자극하고 있었다. 불규칙하게 뛰는 맥박도, 불쾌함과 불안함에 붉어진 얼굴도, 불끈 쥔 주먹도 모두 그녀가 지금 매우 불안정한 상태라는 것을 알려주고 있었다.

'멍청하기는!'

아무것도 확인해보지 않고 모랑의 뒤만 졸졸 따라온 제 자신이 그렇게 한심스러워졌다. 그와 동시에 끝을 알 수 없는 배신감과 분노가 치밀어 올랐다. 설마 모랑이 그녀를 이런 시궁창으로 밀어 넣을 줄이야! 몇 년을 곁에 둔 단 하나의 심복이었는데, 어찌 모랑이 그녀를 배신한단 말인가! 부글부글 끓는 열화 때문인지, 사늘하게 내려앉은 가슴 때문인지 취선의 이마 위로 송골송골 마른땀이 올라왔다.

"들어오지 않고 뭐하는가."

날카로워진 신경을 뚫고 묘하게 익숙한, 그렇지만 거북한 목소리가 들려왔다.

"제가 들어갈 곳이 아닌 듯하여 들어가지 않고 있습니다."

"허허!"

웃음소리가 들리더니 불현듯 우르르 사람들이 몰려들었다. 깜짝 놀란 취선이 움츠러들며 자리를 피하려고 했지만 문을 지키는 장정이 셋이요, 해괴한 검은 천을 들고 들어선 여종이 다섯이었다. 모든 일은 순식간에 벌어졌다. 나른한 햇살이 아직 들어갈 시간이 아닌데 순식간에 내실 전체가 어둑해졌다. 볕이 들어오는 문이란 문은 모두 검은 장막이 두 겹씩 둘러쳐졌고, 그 캄캄해진 내실을 밝히는 것은 흐릿한 연등 하나뿐이었다.

"멍청한 계집이 네 인생을 망쳤구나. 한데 어떡하나? 지금 네가 갈 곳이라곤……"

드르륵 문이 열렸다. 희미한 연등불이 닿지 않아 오직 거대한 그림자만 희미하게 보일 뿐이었다. 하지만 보지 않아도 취선은 알 수 있었다. 이 소름끼치는 감각, 불쾌하고 역겨운 기운은 오직 그 작자뿐이었다.

"이곳이 유일한걸?"

빛이 지워진 내실 안에 비대한 사내의 존재감은 더욱 거대하고 장대했다. 움츠러들고 싶지 않건만 취선은 뒷걸음질 치는 자신의 발걸음을 잡지 못했다.

"다가오지 마십시오."

"허면 네년이 이리 올 것이냐? 옳지, 그래! 네가 이리 오면 내 아주 부드럽게 대해줄 의향도 있다."

어둠속에서 사내는 뭐가 그리 즐거운지 클클클 웃음을 흘렸다. 한 발짝, 한 발짝 먹이에게 접근하는 괴수처럼 느릿하고 여유롭게 사내는 다가왔다. 그런데 그 순간이었다.

"내 기다리라 하지 않았습니까?"

불현듯 낯선 목소리가 들리더니 드르륵 문이 열렸다. 순간 어둠에 익숙해진 눈에 햇빛이 따갑게 휘몰아치며 그녀는 질끈 눈을 감았다가 떠야 했다. 그 사이로 순식간에 덩치가 산만 한 사내 둘이 그녀가 들어온 문을 단단히 붙잡으며 들어왔다.

"이리 일의 순서를 뒤집어버리시면 어떡합니까? 쯔쯧, 성질이 급하면 아무것도 이루지 못합니다."

"아이고, 오셨습니까? 내 차마 군침이 자꾸 떨어져서 참을 수가 없었습니다."

"뭐, 이해는 합니다. 계집이 낭창낭창한 것이 사내깨나 후리게 생겼더군요."

"이예, 이예. 그렇지요!"

'누구?'

눈을 비비며 가까이 다가오는 목소리의 주인공을 살피려 노력했다. 최대한 연등 가까이 붙어 있던 취선은 가까워진 사내의 얼굴에 신음성을 삼키고 말았다.

'어찌, 어찌…… 사마탄 저자가 이곳에…….'

팽팽하게 날 선 공기로 세 명의 시선이 뭉쳤다. 기괴한 거문고 가락이 세 사람의 주위를 훑으며 돌아다녔고, 그 소리가 마치 쇠사슬처럼 취선을 꽁꽁 조여오고 있었다. 조가비처럼 입을 꾹 다물고 있던 취선이 갈라지려는 목소리를 최대한 다잡으며 말문을 열었다.

"사마탄공께서 어찌 이곳에……."

"멀리서 보았을 때도 감탄을 금치 못했는데 가까이서 보니 낭창한 자태가 정말 선녀 같구려. 공께서 정신 못 차리는 이유를 알겠습니다. 내 그냥 내어주기 아까울 정도야."

"하하하! 이러시기 있습니까? 이러시면 제가 애써 알아온 '그것'을 드리기가 아쉬워집니다, 사마탄공?"

"아이쿠! 그래서야 쓰겠소?"

작지 않은 방에 황소처럼 위협적인 사내가 총 여섯, 그 사이로 힘없는 어린 양처럼 작은 취선이 있었다.

"자, 그럼 어디 한번……."

둔탁한 발소리가 가까워졌다. 취선은 연등불 곁에 바짝 붙어 품 안 어딘가에 넣어놓은 단도 하나를 애타게 찾았다. 하지만 떨리는 손길에 꽁꽁 싸매놓은 단도는 도통 잡히지 않았다.

"잠깐, 기다리시오."

"어허, 왜 그러십니까?"

"삼출엽의 위치."

"아아! 그건 옆방에 지도로 그려놓았습니다."

'삼출엽?'

취선은 정신없는 와중에도 그들의 나누는 이상한 대화가 신경이 쓰였다. 마른땀이 이마 위로 흥건히 올랐지만 그 와중에도 '삼출엽'이라는 단어를 꾹꾹 눌러 담았다. 저들끼리의 대화가 끝났는지 흐릿하게 보이던 사마탄의 그림자가 멀어지는 게 느껴졌다.

"아참! 들리는 말로는 원화가 그때 이상한 걸 주웠다고 하더군요. 그 원화라는 계집이 머리가 비상한 것이 보통이 아니라 하니…… 삼출엽에 관한 것을 다 파악할 수도 있습니다. 조심하시오, 사마탄공."

"원화? 화랑의 원화 말이오?"

"그렇소, 내 할 말은 이게 다입니다."

서둘러 말을 끊은 사내는 성급한 발걸음을 놀려 취선의 곁으로 다가왔다. 취선은 그제야 홀린 듯 그들의 대화를 엿듣고 있던 정신을 추스르고 뒤로 물러섰다. 뭐라 작은 소리로 몇 마디 더 씨불이던 사마탄의 목소리가 멀어졌다. 탁탁, 문이 닫히는 소리가 들렸지만 아무것도 보이지 않으니 무엇 하나 성급하게 판단할 수가 없었다.

몇 걸음 가지 못했는데 등 뒤로 벽이 막혀 있었다. 턱, 막히는 소리와 함께 절망과 비참함이 몰아쳤다. 이를 질끈 깨물었지만 달달달 떨리는 다리는 어쩔 수 없었다. 부정하려해도 그녀는 지금 한낱 먹잇감에 불과했다.

"내가 이날을 얼마나 기다렸는지……."

"가까이 오지 마! 죽여버릴 거야!"

"얼마든지!"

"가까이 오지 말란 말이다!"

다급한 손으로 더듬더듬 품 안의 단도를 찾았지만 아무것도 없었다. 아무것도! 그 순간 더운 김이 훅 그녀의 얼굴을 덮쳤다. 역겨운 입 냄새가 코끝을 스쳐 지나가고 그 순간부터 취선의 자지러지는 비명 소리가 검은 방 안을 덮쳤다. 하지만 그곳에 그녀를 구해줄 수 있는 사람은 아무도 없었다.

*

"이 가을에 웬 수국이……?"

가벼운 옷차림에 죽통주와 고소한 기름붙이가 들어 있는 보따리를 들고 가던 단희가 우뚝 발을 멈췄다. 무척이나 오랜만에 스승님을 만나러 남산 자락으로 가는 길이었다. 산등성이 입구 부근에 다 지고 없어져야 할 노란 수국 몇 송이가 덩그러니 피어 있었다. 그 모양새가 신기하고 어여뻐

172

꽃망울을 쓰다듬으려 손을 뻗을 때였다.

"어머?"

손끝만 살짝 스쳤을 뿐인데 동그스름한 꽃망울이 툭 떨어져버렸다. 칙칙한 흙바닥 사이로 홀로 아름답게 피어 있던 꽃이 바닥으로 데굴데굴 굴러갔다. 단희는 저 때문에 잘 붙어 있던 꽃이 떨어졌나 싶어 마음이 좋지 않았다. 해서 조심스럽게 떨어진 꽃을 주워 들고 여린 꽃잎에 묻은 흙을 탈탈 털어내 고이 보따리 안에 집어넣었다.

"스승님 뵈러 같이 가자꾸나."

혼잣말을 중얼거리듯 보따리를 다독이던 단희가 다시 가벼운 발걸음을 뗐다. 오랜만에 오르는 남산은 여전히 맑고 청명한 공기로 그녀를 맞아주고 있었다.

단희가 나들이 가듯 스승을 만나러 남산을 오르던 그 시각, 그녀를 보러 바깥으로 귀한 걸음을 옮겨온 이가 한 명 있었다.

"어찌 이런 누추한 곳엘 다……."

"단정하고 소담한 저택이 마치 미랑환 자네와 같이 보기 좋은 집이로고."

"몸 둘 바를 모르겠습니다. 다 부인의 살뜰한 보살핌 덕분이지요."

"그렇군, 소춘 부인이 내조하는 솜씨가 신국 제일이란 소문이 파다하긴 하지."

"과찬이십니다."

작은 정원을 둘러보며 미랑환과 두런두런 덕담을 나누던 장천이 슬쩍 고개를 돌려 별채를 살폈다. 월성에 비하면 턱없이 작고 좁은 저택이지만 정갈한 정원에 그 안으로 둘러쳐진 작은 돌담이라든지, 바람 소리가 시원한 대나무 숲이 사람의 마음을 평안케 하는 집이었다. 크게 숨을 들이켜 이 곳저곳을 둘러보던 장천이 미랑환을 돌아보며 본론을 꺼냈다.

"단희는 어디 갔는가? 보이질 않는군. 오늘은 화랑에 가는 날도 아니라 들었는데."

"아! 단희 말씀이십니까. 제 여식은 지금 스승을 찾아뵙겠다며 아침나절부터 자리를 비운지라……. 송구하옵니다."

"쯧, 자네가 송구할 게 뭐 있겠는가. 잠행 나온 길에 들이닥친 짐의 탓이지."

호탕하게 웃으며 말했지만 장천의 시선은 여전히 느릿하게 별채 주변을 맴돌고 있었다. 한참을 맴도는 제의 시선에 미랑환이 모르는 척 고개를 조아렸다. 무슨 일인지는 모르겠지만 제께서 단희를 친히 보러 오셨다니……. 마음이 좋지 않았다. 황제의 눈에 띈 여식의 운명을 모든 아비들이 반기는 것은 아니었으니.

"차가 준비되었습니다. 정자로 드시겠습니까?"

"아, 그래. 가지."

가만히 길을 내어주는 미랑환과 함께 걷던 장천이 불현듯 우뚝 멈춰 섰다. 명명백백하게 단희의 방이 틀림없는 그곳에 잠시 발걸음을 세운 그가 순간 눈을 빛내며 터벅터벅 별채로 올라섰다. 놀란 미랑환이 감히 그를 올려다봤지만 누구도 제를 말릴 수는 없었다. 태흥제는 신라의 주인이요, 신국의 하늘이었으니.

　"그래, 그 아이의 향이 가득하구나."

　장천은 볕이 잘 들고 아기자기하게 꾸며진 방 안을 휘 둘러보며 흐뭇하게 웃어 보였다. 본래는 두 언니와 함께 나눠 쓰던 방이었으니 꽤나 널찍하고 쾌적하였다. 서탁 위에 놓인 책도, 방 한구석에 놓여 있는 뜨개 바구니도, 멋스러운 화폭도 하나하나 눈여겨보던 제의 시선이 침상 옆에 놓여 있는 작은 탁상에 닿았다. 반질반질 윤이 나는 탁상은 먼지 하나 없이 깨끗했는데 그 위에 놓인 것이 유독 눈에 밝히는 장천이었다.

　"말린 야래향이로군. 흔치 않은 꽃인데……."

　말린 꽃잎에 빳빳하게 풀을 먹여 흰 종이 위에 붙여 놓은 모양에 정성이 가득했다. 아직도 축축한 땅에 뿌리를 내린 그것처럼 꽃에서는 마르지 않은 향기까지 느껴졌으니, 단희가 이것을 얼마나 애지중지하는지 그대로 드러났다. 순간 장천은 장난기가 치솟았다. 매번 척척 되바라진 답을 내놓으며 한 번도 지려 들지 않는 그 얼굴에 당황스러움을 칠해주고 싶었다. 하여 그는 말린 야래향을 소매에 곱게 집어 넣었다.

"이보게, 이찬."

"예, 폐하."

장천은 더 이상 볼일이 남아 있지 않다는 듯 휙 돌아 방을 나왔다. 얌전히 그를 따르던 미랑환이 불안한 눈빛으로 휑한 탁상 위를 힐끔거렸다.

"찾고 싶은 것이 있다면 언제든 짐을 찾아오라고 단희에게 전해주게."

"…… 예, 폐하."

"아, 저곳인가?"

호기롭게 눈을 반짝이던 장천이 휘적휘적 정자로 향하였다. 단희를 보지 못한 것은 아쉽지만 당황해할 그녀의 얼굴을 떠올리는 것은 아쉬움을 덮을 만큼 달콤한 일이었다. 장천은 모락모락 김이 올라오는 차를 음미하며 아쉬움을 삼켰다.

쾅!

비대한 몸에 미끄러져 쓰러지는 취선의 머리가 단단한 무엇에 부딪혔다. 순간 머리가 찢어지는 고통으로 눈앞에 섬광이 스쳐 지나갔다. 번쩍하고 사라지는 그 빛이 눈앞을 스쳐 지나가는 순간, 취선은 꾹꾹 눌러놓았던 눈물이 핑 돌고 말았다.

언어맞은 머리가 아팠다. 머릿속에서 종이라도 치는 듯 지잉 지잉 울리는 통증도, 찢어진 상처도 아팠다. 하지만 그 무엇보다도 아픈 것은 그녀의 가슴이었다. 원통하고 비참했다. 왜 자신이 일개 가축처럼 맞고 쓰러져야 하는 것인지, 이딴 작자의 손에 희롱당해야 하는지. 취선은 온몸의 털이 곤두서는 것과 같은 끔찍한 비통함에 잠기고 말았다.

"왜 반항하지 않지? 응?"

온몸으로 거세게 반항하던 취선이 갑자기 모든 움직임을 멈추니 미진부 또한 난폭한 손놀림을 멈추었다. 그의 손가락이 보드라운 취선의 뺨을 훑고 목덜미를 움켜잡았다. 순간 줄어든 숨구멍에 놀란 입이 헉하고 벌어졌다.

"반항하라고, 반항을! 그래야 네년 따먹는 재미가 더 커지지 않겠어?"

"……"

취선은 미진부의 더러운 언어에 끝끝내 답하지 않았다. 이미 반쯤 찢긴 상체가 덜렁 드러난 옷에서 한기가 몰려들었다. 어깨에 닿는 쓰라린 공기가 넝마가 되어 너덜거리는 그녀의 자존심을 한층 짓이겨놓았다. 이딴 작자에게 쓰러졌다는 것이, 그 손이 그녀의 몸을 더듬고 있다는 것이 끔찍하게 싫었다.

"뭐야? 포기한 것이냐? 벌써 포기하면 어쩌라고. 이렇게 쉬운 년인 줄 알았으면 내 그리 안달하지 않았어. 감히 내가 그리 공을 들였는데 나를 무시해? 나를, 나를 무시하고 형님에게 간다고? 어! 그렇게는 안 되지!"

혼자 말하고 혼자 흥분한 미진부가 으아악! 괴성을 지르며 다시 취선의 머리채를 잡았다. 퍽퍽 내려치는 손길에는 온정이 없었다. 취선은 두 손으로 머리를 감싸 쥐고 맹렬한 고통 속에 잠식되었다. 이를 악물고 신음을 삼키려 하니 비명도 나오지 않았다.

'구해줘.'

'누가?'

'글쎄……'

'누가 날 구해주지?'

더 이상 아픔이 아픔으로 느껴지지 않을 때쯤 그녀는 불현듯 끔찍한 순간에조차 생각나는 사람이 아무도 없다는 것을 깨달았다. 머릿속을 스치고 지나가는 몇 명의 얼굴이 떠올랐지만 이 고통과 비참함을 어루만져줄 이는 그 속에 아무도 없었다.

"…… 흐읍!"

넝마처럼 밟히고 짓이겨져 힘없이 축 쳐진 취선을 느낀 것인지 미진부가 무차별하게 휘둘러대던 손바닥을 내려놨다. 그러고는 이내 허겁지겁 그녀의 옷을 마저 찢어내기 시작했다. 부욱, 부욱 찢어지는 저 소리는 내 허물의 소리가

178

아니리라. 결코 나의 잘못이 아니리라.

취선은 습윤하게 젖어 있는 눈을 가만히 감았다. 이름 모를 들꽃 조각처럼 흔들리는 여린 몸뚱이는 이미 제 것이 아니었다. 그토록 아름답다 칭송받는 이 얼굴, 이 몸뚱이는 지금 이 순간 그녀의 것이 아니었다.

왜 내 삶은 항상 이토록 비참해야 하는 것인가? 왜! 왜! 내 것인데, 내 삶인데 왜 항상 휘둘려야 하는 것인가!

취선의 분노는 미진부의 손이 그녀의 아래 속고의를 벗겨낼 때쯤 절정에 치달았다. 이를 악물고 눈을 질끈 감아도, 통증에 감각이 무뎌져도, 허겁지겁 벗어버린 바짓단 사이로 덜렁 드러난 저 흉측한 양물을 그녀의 보드랍고 연약한 그곳으로 받아들이기는 차마 하지 못할 것 같았다. 토악질이 날 만큼 역겨웠다.

"허억, 허…… 헉!"

더운 숨을 몰아쉬며 홀로 한껏 흥분해버린 미진부가 막 그녀의 마지막 반항을 물리치고 사타구니를 밀어붙이려던 그때였다. 뜨겁고 끔직한 그것이 그녀의 여린 살갗에 닿는 그 찰나, 취선은 혀를 깨물었다. 왈칵, 피비린내가 올라왔다.

'너 같은 것에게 내어줄 바엔 죽고 말 것이다!'

순간적인 고통에 움츠러든 이를 다시 한 번 악다물려고 하는 그때였다.

"멈추시오!"

콰앙!

몇 겹의 문이 뚫리는 소리와 함께 빛이 쏟아졌다. 높고 푸른 가을의 햇살이 문을 박차고 들어서는 두 사내의 어깨 위로 산란하게 퍼져 있었다. 순간 눈을 뜰 수도 없는 그 찬란함에 취선은 파르르 떨리는 눈꺼풀을 감았다. 힘이 다한 나비처럼 느릿하게 그녀의 속눈썹이 말려 올라갈 때쯤 그녀를 압박하고 있던 거대한 몸이 떨어져 나갔다.

괴성을 지르며 무엄하다 호통을 내지르는 미진부를 누군가 제압하는 소리가 들렸다. 깜빡깜빡 눈을 떠봤지만, 취선의 눈은 아무것도 인지하지 못했다. 그리고 그 순간.

"괜찮으십니까?"

차가운 공기에 드러난 그녀의 몸을 덮는 거대한 천이 느껴졌다. 비단이었는지 순간 차가웠다가 금세 따뜻해졌다. 힘없이 축 처진 그녀의 어깨를 들어 올린 누군가가 그녀를 내려다봤다.

"당신은……."

"혀를 깨문 것입니까? 말하지 마십시오! 의원을, 당장 어서 의원을!"

"당신은……."

그의 얼굴이 얼룩 하나 없는 새하얀 백지 같다고, 취선은 생각했다. 팽팽했던 정신 줄이 순간 느슨해지면서 눈가가 떨려왔다. 까무룩 멀어지는 모든 감각들을 뒤로하고, 취선은 하얗게 질린 얼굴 가득 그녀보다 더욱 슬프고 아련한 눈을 보며 난생처음으로 누군가의 얼굴이 눈물겹도록 반갑게 느꼈다.

*

요 며칠, 선문 안으로 묘한 긴장감이 감돌고 있었다. 단희는 발치에서 펄럭거리는 치맛자락을 보며 멍하니 생각에 잠겨 걸었다. 이틀 전 남산으로 스승을 만나러 갔을 때 태흥제께서 행차하셨다는 이야기를 들었을 때만 해도 대경할 것이었다. 그런데 제께서 그녀의 야래향을 가져가셨다니! 설마 제께서 그녀와 설찬의 사이를 눈치채기라도 하셨다는 것일까? 어찌 콕 집어 그것을 가져갔단 말인가. 허면, 왜 제께서는 아무 말도 하지 않는 것인가? 사실, 그렇게 대수롭지 않은 일…….

"그럴 리가 없지."

설찬은 풍월주였고, 미래의 병부령이 확실한 사내였다. 또한 단희는 원화였으며, 그녀의 아비는 이찬 미랑환이었다. 이것은 엄연한 세력과 세력의 결합인데 황실에서, 제께서 대수롭지 않은 일로 여길 리가 없었다.

'되찾고 싶으면 짐을 찾아오라.'

못 갈 것은 없었다. 다만 아직 찜찜함이 남아 있어 하루 더 생각할 말미를 갖는 것뿐이었다. 허고, 지금 단희의 마음에 걸리는 것은 그뿐만이 아니었다.

'분명 무슨 일이 있는 것 같은데……'

설찬이 이상했다. 이상하기보다 뭔가 골몰할 만한 일이 생긴 것 같았다. 워낙 과묵한 사내임을 알고 있었지만, 그녀와는 많은 대화를 나누려 노력했다. 한데 그런 그가 어제부터 묘하게 입을 다물고 있었다. 할 말이 많은 눈으로 그녀를 바라보다가는 망설이는 듯한 표정을 지으며 입을 꾹 다물어버렸다. 그 복잡하고 미묘한 눈동자라든지, 괴로움이 한껏 짙은 그 얼굴을 보며 단희는 굳이 그에게 말하라고 채근하지 않았다.

다만 그의 새끼손가락에 빨간 실을 둘러주었다. 비비추밭에서 그가 격렬하게 내질렀던 그날의 맹세, 그날의 고백을 믿겠다는 의미였다. 설찬은 한동안 새끼손가락의 빨간실을 바라보더니 그녀를 꼭 끌어안아주었다. 그녀의 귓가에 그의 힘찬 고동 소리가 들렸다. 그녀는 그 심장의 소리를 믿기로 했다.

"오셨습니까."

먼저 와서 기다리고 있던 미휼이 한달음에 달려와 단희를 반겨주었다. 며칠 정신없었던 탓에 두 사람은 무척이나 오랜만에 인사를 나눴다.

"어때? 아직도 조가비처럼 입을 다물고 있어?"

"예, 하지만 조금 체념한 듯 반항이 줄었습니다."

"그래?"

단희는 반색하며 서둘러 지하 감옥으로 내려갔다. 겉으로 보기에 그곳은 전혀 감옥 같지 않았다. 오히려 주변으로 정갈한 돌담이라든지 소담한 화단 같은 것이 잘 가꿔져 누군가의 사옥에 가까워 보였다. 하지만 그곳은 엄연히 선문에 은밀히 마련된 지하 감옥이었다. 설찬의 바로 윗대 풍월주 상선 이사달이 혹여 몰라 아무도 몰래 마련한 이 지하 감옥을 아는 이는 화랑 중에서도 단 몇뿐이었다.

지하 감옥이라고는 하여도 위로 창이 뚫려 있는 탓에 내부가 환했다. 단희는 푹신한 의자에 앉아 있는 세 괴한을 보며 웃음을 흘렸다. 귀족들이 쓸 법한 널찍하고 편안한 의자에 깨끗하고 따뜻한 옷을 입고 햇살 아래 앉아 있는 모습이 참으로 볼만했다.

"죄인이라고 보기엔 어려운 감이 있네요."

홀쩍 들어선 그녀가 마치 오래전부터 알고 지낸 사이처럼 친근하게 말을 붙였다. 멍하니 탁자를 응시하고 있던 세 개의 시선이 그녀에게로 쏠렸다.

"다들 입을 열 준비는 되셨는지요?"

단희가 그들 곁으로 자리를 잡고 앉아 말을 걸었지만 역시나 돌아오는 것은 침묵뿐이었다. 그녀 곁으로 미휼이 다가왔다. 지난번처럼 혹여나 흥분하는 일이 생길까 우려하는 마음에서였다.

"미휼, 오늘 산보는 시킨 거야?"

"예, 낭주님. 낮것을 먹기 전에 다녀왔습니다."

"그럼 이따 저녁을 먹고 나서 한 번 더 다녀와. 저녁 바람이 시원하고 좋더라."

"예."

얌전히 대답한 미휼이 복종하듯 고개를 숙여 보였다.

"왜, 우리에게……."

두 사람이 대화하는 것을 보고 있던 사내 하나가 문득 입을 열었다. 낯설고 거친 그 목소리에 단희의 표정이 단박에 밝아졌다.

"드디어 입을 좀 여는 것입니까?"

"…… 우리는 죄인이 아니오? 한데 왜 우리에게 이런."

그는 뭐라 단어를 찾기 어려운 것인지 그렇게 말하며 입을 닫았다. 끝까지 다 듣지 않아도 그가 하고 싶은 말이 무엇인지를 아는 단희가 생긋 웃음을 보였다.

"죄인이라……. 어떤 죄를 지으셨습니까?"

"……."

"우리는 아직 그대들의 아무것도 모릅니다. 죄인인지, 또는 그저 선량한 백성인지. 한데 당신들이 우리를 보고 혀를 깨물고 죽으려 했습니다. 그 연유가 무엇일까. 왜? 어째서? 아무리 생각해도 알 수가 없습니다. 하여 우리는 들어야만

184

합니다."

단희의 눈이 반짝였다. 그녀의 그 투명한 눈을 마주하고 있던 사내의 어깨가 흠칫 떨렸다.

"바로 당신들에게서요."

다정한 음성과는 다르게 그녀의 말투가 날카로웠다.

"낭주님."

미휼의 목소리가 돌아가려 채비하는 단희의 발걸음을 잡아챘다. 이번 원정에 들어간 녹미를 조사하러 가려던 단희가 뒤를 돌아 미휼을 쳐다봤다.

"왜?"

"저, 그게……."

단희가 보았을 때 미휼은 참 알기 쉬운 사내였다. 묵직하고 과묵한 것이 어딘가 모르게 설찬과 비슷한 면이 있지만 설찬보다는 조금 더 유하고 부드러운 사내였다. 미휼은 조금 더 자기 감정을 숨기는 데 미숙했고, 또 그 감정을 드러내고 있다는 것조차 잘 모를 만큼 순진하기도 했다.

단희는 미휼의 얼굴을 빤히 바라봤다. 그는 잠시 그녀의 눈을 마주하더니 두 사람이 빠져나온 지하 감옥을 힐끔 쳐다봤다. 곤란한 듯 입술을 깨물었고, 고요하게 가라앉은 두 눈에는 슬쩍슬쩍 참지 못한 호기심이 엿보였다.

"왜 저들에게 이리 잘해주냐고?"

해서 단희가 먼저 입을 열었다. 미휼이 던지고자 하는 질문은 분명 이것이리라. 그녀는 후후 웃으며 종종 들고 다니는 간식 주머니를 열었다. 오늘 어머니는 아침부터 밤을 구우시더니 그녀의 주머니에 이렇게 곱게 챙겨 넣어주었다. 동글동글, 노릇노릇하게 구워진 밤 하나를 꺼낸 단희가 그것을 미휼의 손에 건넸다. 갑작스러운 그녀의 행동에 당황한 미휼이 손바닥 위에 올려진 알밤과 그녀를 번갈아 쳐다봤다.

"밤이 제 속살을 내보이는 때가 언제인 줄 알아?"

"예?"

"단단한 껍질을 깨고, 이 속살을 보이는 때 말이야."

"……."

주머니에서 밤 하나를 꺼내 든 그녀가 제 입에 쏘옥 집어넣으며 맛있게 오물거렸다. 새카맣게 탄 부분 하나 없이 고소한 밤의 풍미가 일품이었다.

"따뜻한 불 속에서 은근히 익히는 거야. 그럼 어느 순간 또각! 하고 제 껍질을 깨고 나오지. 차가운 것은 결코 스스로 속살을 내보이게 하지 못해. 사람을 녹이는 것은 따뜻함이야. 미휼, 나는 그렇게 생각해."

단희는 손에 쥐고 있던 군밤을 미휼의 손에 건넸다. 미휼의 두 손 가득 노릇한 밤이 찼다. 익힌 지 한참이 되었을 것 같은데, 그의 손안으로 밤의 온기가 느껴지는 것만 같았다.

미휼은 단희가 떠나고도 한동안 두 손 가득한 군밤을 말 없이 바라보고만 있었다.

*

취선이 지잉, 울리는 고통에 눈을 떴을 때는 이미 하루하고도 반나절이 더 지난 때였다. 무거운 몸을 억지로 깨워 자리에 앉으니, 청명한 새소리가 들려왔다. 눈이 곧 소리를 쫓아가니 창문틀에 작은 새 한 마리가 자리 잡고 앉아서는 종알종알 주둥이를 놀려대는 게 보였다. 취선은 멍한 눈으로 잠시 오색 빛이 반짝거리는 작은 새를 바라보며 주위를 살폈다.

'여기는 어딜까.'

그녀의 거처는 아니었다. 볕이 잘 들고 단정하게 꾸며진 저택은 오랜 시간 주인의 손때를 탄 고풍스러운 가구들로 가득했다. 느릿한 고갯짓으로 휘 방 안을 둘러보던 그녀가 다시 창문틀로 시선을 돌렸다. 취선이 방 안을 둘러보듯, 작은 새는 그녀를 보며 특유의 앙증맞은 고갯짓을 갸웃갸웃해 보였다. 평소라면 피식 웃음이라도 나왔을 그 광경에 아무런 감흥이 들지 않았다. 취선은 그저 창밖으로 보이는 감나무를 바라보듯 건조한 눈으로 새를 바라봤다. 곧 번개가 치듯 지난밤의 잔상이 머리를 스치고 지나갔다. 불현듯

한기가 휘몰아치며 그녀의 여린 살갗으로 오소소 소름이
돋았다.

"미진부……."

으드득, 이가 갈렸다. 그와 동시에 찢겨진 혀에서 통증이
몰려왔다. 미진부라는 이름을 담자마자 역한 피 냄새가 몰
려오며 헛구역질이 쏟아지기 시작했다. 텅 빈 위에 헛헛한
바람만 토해내며 취선은 파르르 떨리는 몸을 감싸 안았다.

미진부는 그녀를 범하지는 못했다. 옷이 찢겨 나가고, 머
리가 터지고, 그 더러운 입술을 그녀의 몸 곳곳에 비벼댔지
만 기어코 그 버러지 같은 양물을 그녀 안으로 들이지는 못
했다. 그 결정적 순간에 정말 기적처럼 나타난 이가 있었으
니까.

"깨어나셨군요."

그의 얼굴을 떠올리기 무섭게 문이 열리며 햇빛 냄새가 몰
아쳤다. 흥분한 듯 조금 높아진 목소리로, 그럼에도 불구하
고 낮고 따스한 목소리로 한걸음에 그녀 곁으로 다가왔다.

"……."

"입안의 상처가 아직 아물지 못했으니 무리하여 말을 하
실 필요는 없습니다. 아, 식힌 쌀죽을 조금 가져왔습니다.
전복을 넣은 영양 죽이니 원기 회복에 좋을 듯하여……."

윤. 파아찬 박서환의 셋째 아들, 박윤. 그리고 천언부 대
화랑 박윤. 그녀의 나신을 감싸 안고 측은한 눈을 빛내던

그 사내 윤······.

윤은 취선이 잠시 무슨 말을 하려 입을 들썩이는 것을 보고 고개를 내저었다. 그 모습에 취선도 곧바로 입을 다물고 그가 가져온 새하얀 죽을 바라봤다. 그녀의 눈이 새하얀 질그릇에 고정되어 있으니, 윤이 곧 그것을 그녀의 무릎 위로 살포시 놓아주었다.

"충격이 심하여 몸의 장기가 제 기능을 제대로 유지하지 못하고 있다 하더군요. 입안의 상처도 그렇거니와 타박상 또한 회복이 느릴 수 있으니 보양에 신경 쓰라, 의원이 아주 단단히 말하고 갔습니다. 죽을 다 드시면 곧 과일을 들라 하겠습니다. 잘게 다진 과일로 즙을 내어 쉽게 마실 수 있게 만들었으니 드시는 데 무리는 없으실 것입니다. 아, 혹여 좋아하는 과일이 따로 있습니까? 어떤 과일이라도 괜찮으니 말씀하시면 꼭 구해드리겠습니다. 혹여 과일이 아니더라도 필요한 것은 무엇이든 말씀해주십시오."

이 사내가 원래 이리 말이 많았던가.

목소리에서도 체온을 느낄 수 있다면 윤의 목소리는 사람의 피부와 무척 흡사한 그런 온도일 것만 같았다. 취선은 조곤조곤 그러나 쉴 새 없이 쏟아지는 말을 한 귀로 듣고 한 귀로 흘리며 그저 멍하니 그녀의 무릎 위에 놓인 그릇을 바라봤다.

윤은 그런 취선을 안타까운 얼굴로 마주하며 그녀가 혹

여 나쁜 생각을 할 수 없게, 또는 시린 마음의 감정에 취하지 않게 끊임없이 입을 놀렸다. 저조차도 이리 주절대는 것이 어색하고 낯설었지만, 혼이 빠져나간 듯 텅 빈 얼굴로 앉아 있는 취선을 보고 있자니 제 영혼이라도 불어넣어주고 싶은 것이 그의 심정이었다.

"아, 요즈음 이아(梨兒: 배)가 아주 맛있다고 하더군요. 현곡면에 계신 저희 숙모님께서 이번에 금색리(金色梨: 금배)가 아주 좋다며……."

"됐습니다."

가라앉은 목소리가 힘겹게 취선의 목에서 빠져나왔다. 쥐어짜듯 낮은 목소리는 시리게 공중에서 맴돌다가 윤의 귓가에 정확히 안착되었다.

"예?"

그러나 윤은 순간 저가 들은 말을 잘 인지하지 못하고 바보같이 되묻고 말았다. 마치 환청처럼 순식간에 사라지는 목소리도 그렇거니와 취선의 시선 또한 새하얀 질그릇에 얼음처럼 고정되어 있었기 때문이다.

"감사하지만 아무것도 먹고 싶은 것이 없습니다. 옷을…… 옷만 마련해주신다면 당장 거처로……."

어찌나 독하게 깨물었는지 상처가 한 치나 된다 했다. 그 위로 쓴 약을 바르고 한나절이나 지났으니 입이 소태처럼 쓸 것이다. 이제 막 아물기 시작한 상처는 말을 할수록 벌어질 것이 분명한데, 취선은 그 아픔과 쓴맛을 목 뒤로 삼키며 아무렇지 않다는 듯 말을 했다. 윤은 순간 울컥 치솟는 감정을 주체하지 못하고 자리에서 벌떡 일어나고 말았다. 그의 갑작스러운 행동에 취선의 마른 어깨가 순간적으로 움찔 떨렸지만 그녀의 고개는 여전히 새하얀 그릇에 고정되어 있었다. 알을 깨고 나온 아기 새처럼 힘없는 그 떨림에 윤의 마음이 미어졌다.

"더 이상의 이야기는 입안의 상처가 모두 아물면 듣겠습니다. 당신은 천관녀이자 천언부의 수장입니다. 그 상태로, 그 모습으로 왕경을 돌아다니다간 무슨 말이 만들어질지 아십니까? 저는 당신을 보좌할 의무를 가지고 있고, 권리도 가지고 있습니다. 다 아물 때까지 의복은 내어줄 수 없습니다."

윤이 단호하게 말을 끝내자 그제야 취선의 고개가 슬그머니 돌아가 그를 올려다보았다. 길고 깊은 눈매를 가진 사내는 엄격한 눈으로 그녀를 내려다보았다. 바깥의 업무보다는 내실에서 처리해야 하는 일이 많은 천언부의 사내는 도자기처럼 매끄럽고 하얀 피부를 가지고 있었지만, 단호한 턱 선이라든지 장대한 골격으로 인해 글만 끼고 도는 서생 같은 느낌은 아니었다.

남자가 어찌 이리 깨끗한 느낌을 가질 수 있을까.

취선은 잠시 그의 모습을 시야 안으로 깊게 새겨 넣었다.

쓰러지기 직전, 취선의 머릿속으로 이 사내에 대한 맹렬한 잔상이 새겨졌다. 그 잔상과 지금의 모습이 크게 다르지 않았다. 햇살 냄새가 진동하는 따스하고도 따스한 생명체.

취선은 그를 올려다보던 시선을 느릿하게 거두었다.

"마음대로 하십시오."

그녀와는 철저하게 다른 양지의 존재.

"…… 감사합니다."

냉랭히 고개를 돌린 취선이 다시 질그릇으로 공허한 시선을 던지니, 윤은 푸르스름하게 웃으며 자리에 앉았다. 그는 그녀가 그것을 모두 없앨 때까지 자리를 뜰 생각이 없는 듯, 그릇과 그녀를 번갈아 보며 다시 이야기를 털어놓기 시작했다.

"사실 이곳은 저의 사가입니다. 누추할지 모르나 집처럼 편안히 계셨으면 좋겠습니다. 부모님께 낭주님에 관한 이야기는 하지 않았습니다. 다만 풍월주께서 다녀가셨으니, 화랑의 일이라는 것만 짐작하고 계실 거라 생각합니다. 하하, 사실 어머님께서는 워낙 바깥출입이 없으신 분이라 낭주님이 원화가 아니냐며 슬쩍 물어오기도 하셨습니다만……."

표정 없이 윤의 이야기를 듣고 있던 취선이 순간 번쩍 고개를 들었다. 갑작스러운 그녀의 행동에 윤 또한 말을 멈추고 놀란 눈으로 그녀를 바라봤다.

"원화……!"

취선의 머릿속이 원화라는 단어로 소란해졌다. 질척한 불안과 찝찝함이 가슴 한구석을 찌르고 쥐어짜더니 기어코 미간을 찌푸리게 만들었다. 안개가 낀 듯 희미한 기억 속을 헤집고 원화라는 단어 하나가 선명하게 떠올랐다. 바로 그때였다.

'아참! 들리는 말로는 원화가 그때 이상한 걸 주웠다고 하더군요. 그 원화라는 계집이 머리가 비상한 것이 보통이 아니라 하니……. 삼출엽에 관한 것을 다 파악할 수도 있습니다. 조심하시오, 사마탄공.'

'원화……? 화랑의 원화 말이오?'

어째서인지 그들의 대화가 선명하게 떠올랐다. 삼출엽과 원화. 느낌이 좋지 않았다. 미진부와 사마탄.

와장창, 요란한 소리를 내며 죽이 담긴 그릇이 떨어졌다. 몸을 돌린 취선이 손을 뻗으며 다급하게 외쳤다.

"푸, 풍월주를……! 원화를 만나야 합니다."

"예?"

선명하게 피어오르는 분노와 막연한 불안감에 흙빛으로 변한 안색을 한 취선이 덥석 윤의 옷자락을 잡아챘다. 깡마른 손가락이 파르르 떨리더니 윤의 앞섶을 온 힘을 다해 흔들었다.

"어서요!"

새하얗게 질린 입술을 질끈 깨물며 소리치는 취선의 목소리에 멍해 있던 정신을 추스르며 윤이 고개를 끄덕였다.

"지금 당장 가보겠습니다."

윤은 당장 일어나 밖으로 나갔다. 달려가는 그의 뒷모습을 보며 취선은 이를 악다물었다. 형형히 빛나는 그녀의 눈동자는 푸르게 올라오는 독기로 시리게 번들거리고 있었다.

'네놈들의 뜻대로 흘러가게 두지 않을 것이야!'

7장 달이 지켜보고 있단다

설찬이 월궁에 들자마자 여종은 그를 끌고 마구간으로
향하게 했다. 폐하께서 그곳에서 기다리고 계신다 말하니
그는 군소리 없이 따라 들어갔다. 남당을 돌고 돌아 길고
고풍스러운 회랑을 거쳐 앉은뱅이 수풀로 꾸며진 작은 화
원을 끼고 들어가니, 어지간한 저택과 규모가 비슷한 마구
간이 나왔다.

"오늘은 좀 달리고 싶구나."

장천은 웃으며 먼저 털이 하얀 말 위에 올랐다. 곧이어 설
찬이 탈 말이 나타났다. 안타깝게도 설찬의 애마 청풍은 아
니었지만, 궁에서 으뜸가는 적마赤馬가 그를 기다리며 등을

보이고 있었다. 설찬이 붉은 말 위에 올라타니 장천은 곧바로 발을 굴려 말을 재촉했다.

미리 말해놓은 것인지, 장천이 모습을 보이자마자 바깥으로 향하는 문이 시원하게 열렸다. 궁의 북동쪽으로 나가다 보면 거북이 등을 닮은 모양의 작은 동산인 거복산이 나왔다. 궁의 소유지인 그곳은 산세가 그리 높지 않지만 넓고 완만하게 퍼져 있어 가끔 나와 바람을 쐬기에 좋은 장소였다.

말 한마디 없이 한참을 달리고 달려 왕경이 한눈에 내려다보이는 지점까지 당도했을 때, 마침내 장천과 설찬이 말을 멈췄다. 잠시 숨을 고르고 멀리 내다보이는 가지각색의 지붕들과 잘 정비된 노란 흙길을 보던 장천이 먼저 입을 열었다.

"동복同腹이라고는 하나 형제라 부르는 것이 부끄럽군."

그가 말하는 동복이 누구인지 말 안 하여도 충분히 알 수 있었다. 설찬은 저 멀리 보이는 월궁 터 안에서 뾰족하게 솟아오른 태후전의 아치에 시선을 고정하며 입을 뗐다.

"태후마마께서는 알고 계신지요?"

"모후께서 미진부를 불러 엄히 문책하셨다. 너도 알다시피 모후께서 한 번 분개하면 짐보다도 더욱 무서운 분이시니. 그 화가 하늘에 닿아 낙뢰라도 몰아치는 줄 알았지."

"허면 지금 미진부공께선……?"

설찬의 물음에 장천은 순간적으로 입을 다물었다. 그의

미간에 짜증스러운 주름이 잡혔다.

"그때, 네 수하가 분명 사마탄을 보았다 했던가?"

"예, 폐하. 저희가 그곳에 당도하였을 때는 이미 꽁무니를 빼고 사라졌지만 분명 제 수하가 그 무리를 보았다 했습니다."

설찬은 힘을 주어 또박또박 말하였다. 그는 윤의 말을 믿었고, 그러므로 그의 말에 추호의 거짓은 없었다.

"그게 바로 이상한 점이야. 왜 사마탄이 미진부에게 붙었을꼬? 하! 이 철없는 것이 모후께서 부르셨음에 사마탄을 대동하고 나타났다 하더군."

"예?"

순간적으로 설찬이 눈을 찌푸렸다. 곧이어 이해할 수 없다는 듯 그의 눈이 장천에게로 향했다. 장천은 또한 한껏 짜증이 가득한 얼굴을 절레절레 가로저었다.

"모후께서도 어찌나 기가 막히셨는지 한동안 입을 열 수 없었다 말하셨네. 그 당나라 미친놈은 왜 그 사단을 벌이는지……. 더군다나, 그가 뭐라 했는지 아는가?"

"뭐라 하였습니까?"

"모두 저가 저지른 일이다 하더군. 저가 천관녀를 보고 혹하여 미진부를 위해 데려다놓은 것이라며, 모르고 저지른 일이니 너그럽게 용서하여 달라 하더라나 뭐라나. 미친놈이지. 우리를 우롱하는 건가? 그 작자가 사신으로 온 것도 벌써 여러 해건만 천관녀를 모른다고? 도대체 그 작자의 속셈은 뭐야? 왜 미진부를 감싸고도는 거지? 이해할 수가 없어. 설찬, 요즈음 시국이 이상하게 돌아가고 있다. 짐이 마음이 편치 않아서 잠을 이룰 수가 없다."

이를 아득 물며 거친 한숨을 토해내는 장천의 얼굴이 어두웠다. 큰 사달이 나거나 전쟁이 일어난 것이 아니더라도, 월궁 안팎에서 좀먹은 듯 크고 작은 사건이 끊이지 않았다. 더군다나 황실의 일원이 그 중심에 있다 생각하니 여간 입이 쓰지 않을 수 없었다. 신의 자손이라는 자긍심은 없는 것인가? 하늘의 계시를 전하는 천관녀를, 그것도 형의 여인으로 내정되어 있는 여인을 탐하려 하다니.

'머저리……'

장천은 터져 나오는 냉소를 참지 않았다. 모후마저도 고개를 돌렸다. 태어나서 잘한 일이라고는 모후의 몸을 빌려 태어났다는 그 한 가지밖에 없는 형제였다. 나라를 위해서도, 모후를 위해서도 그리고 왕정을 위해서도 미진부에게 합당한 벌이 내려져야 했다.

"아무리 사마탄 그자가 그리하였다 하여도 태후마마께서 그냥 넘어가셨습니까?"

잠시 생각에 잠긴 설찬이 무거운 입을 열어 물었다. 소지 태후는 무서운 여인이었다. 외국의 사신이 끼어들었다고는 하나 정도에서 벗어난 일에 관대할 리 없었다.

"하하! 그럴 리 없지 않느냐? 매섭게 다그치며 미진부에게 내려진 재산의 4할을 몰수하셨다. 또한 본인의 수하를 곁에 붙이는 조건으로 근신을 면하였으니, 앞으로 미진부는 어디를 가더라도 모후의 손안에 있는 것이지. 굳이 짐이 나설 필요도 없더군."

"그랬군요."

"이미 예전부터 그리했어야 했거늘. 짐이 너무 안일했다."

장천의 말에 귀 기울이는 설찬의 눈빛이 번득였다. 필요치 않은 말은 삼가며 과묵한 대화를 이어가던 그가 저 아래 굽이쳐 보이는 왕경을 바라봤다. 그곳을 수호하는 것이 하늘이 내려준 그의 과업이자 의무며 운명이었다. 또한, 그곳에 그가 아끼고 사랑하는 모든 것들이 있었다. 아니, 그가 아끼고 사랑하는 단 한 사람이 있었다. 이 나라를, 이 신국의 평화를 위협하는 모든 것들로부터 지켜내리라.

태산처럼 너른 등을 보인 두 사내는 마치 같은 마음이라는 듯 동일한 눈으로 언덕 아래를 내려다봤다. 수백 채의 크고 작은 기와와 초가지붕, 그 사이를 분주히 오가는 사람들은 윗선에서의 시름을 모르는 듯 평화로워 보였다.

"내 예전에 원화에게 수수께끼를 하나 낸 적이 있다."

한동안 말이 없던 장천이 문득 생각났다는 듯 입을 열었다. 그는 시선을 돌리지 않은 채 설찬에게 무심히 중얼거렸다.

"가장 경계해야 함과 동시에 가장 능숙하게 다뤄야 할 것이 무엇이냐 물었지."

설찬은 그저 듣고 있었다. 제께서 그냥 꺼내는 말이 아닐 것이리라.

"단희는 그 답을 알고 있는 듯했다. 답을 말하지 않았거든. 설찬, 너는 이 수수께끼의 답이 무엇인지 알겠느냐?"

제는 어느새 그녀를 단희라 부르고 있었다. 설찬은 그것이 내심 마음에 걸렸지만 티를 내지 않았다. 대신 그는 장천이 내어준 수수께끼에 관하여 골몰했다. 장천은 재촉하지는 않고 앞을 내려다보던 시선을 돌려 골몰하는 설찬을 관찰하기 시작했다.

찬란한 햇살 속에서 더욱 빛나는 검은 머릿결, 헌결찬 콧대와 단단하고 굳건한 입술이 더없이 유려한 미남자였다. 갑주를 입지 않아도 드러나는 너른 어깨와 곧은 자세는 마치 신국을 바치는 기둥처럼 단단해 보였다. 여인이라면 그 누가 이 사내에게 끌리지 않을 수 있을까?

하지만 그 아이가 설찬에게 끌린 것은 비단 외피의 아름다움 때문만은 아닐 것이다. 장천은 알고 있었다. 그 또한 설찬과 오랜 시간을 친우처럼 함께 수련한 적이 있으니…….

설찬은 절대 배신이라는 것을 할 수 없는 종류의 사내였다. 그는 의기를 저버릴 바에는 죽음을 택할 남자였고, 한 번 마음에 들인 이는 지옥 불에 떨어진다고 하더라고 내보

200

내지 않을 사내였다. 다정하지는 못하더라도 다감한 사내였고, 쉬이 그것을 잊지 않을 사내였다.

그래, 한마디로 '내 것'으로 만들고 싶은 사내. 그런 사내가 바로 설찬이었다.

장천의 날카로운 시선 속에서 생각을 마친 설찬이 가만히 턱을 내리며 대답했다.

"함부로 입을 놀리기가 두렵사오나, 소신의 미흡한 머리로는 단 한가지밖에 떠오르는 것이 없습니다."

"그래, 그것이 무엇이냐."

"…… 입은 사람을 상하게 하는 도끼요, 말은 혀를 베는 칼이다. 입을 막고 혀를 감추면 어디에 있든지 몸이 편안할 것이다."

설찬은 담담한 목소리로 대답하고는 고개를 들어 장천을 바라봤다. 장천은 눈썹 한쪽을 비죽하니 올려 보이고는 이내 탐탁지 않은 목소리로 대답했다.

"「설시舌詩」의 구절이로구나."

그 한 구절에 장천이 원하는 답이 있었다.

"너무 쉬운 문제를 냈군."

"한참을 헤맸습니다."

"입에 발린 말도 할 줄 아는구나."

"……."

"좋다, 허면 짐이 왜 지금 이 이야기를 너에게 꺼낸 줄 아느냐?"

설찬이 알 리가 없었다. 그는 반문하는 대신 고요한 눈으로 장천을 올려다봤다. 언덕 아래에서 올라오는 바람이 기괴하게 두 사람을 휘감고는 사라졌다. 펄럭거리는 비단 자락을 다잡을 생각도 하지 않은 채 장천은 설찬의 눈을 날카롭게 마주했다.

"내 며칠 전 시전에 잠행 나갔다가 불쾌한 소문을 들었다. 사람들의 입에 오르내리던 그 말에 미간이 절로 찌푸려졌지."

"그게 무엇입니까?"

"풍월주와 원화가 배 맞았다더군. 그런 소문이 아주 파다해."

순간, 설찬은 당황하지 않을 수 없었다. 시전에 그런 소문이 났다는 것에 당황한 것이 아니었다. 그가 당황한 이유는 그런 소문 따위에 신경을 쓰는 장천 때문이었다.

시전에 나도는 소문 따위야 참도 있고 거짓도 있기 마련이다. 또한 치정이라든지 남의 열애 따위에 사람들이 얼마나 민감한지도 알고 있으니 그와 그녀의 이야기가 떠돌아다닐 것이라는 것쯤은 설찬도 숙지하고 있던 바다. 허나, 그런 소문을 제가 직접 언급하다니…….

"그것이 사실이냐? 내 단희가 너를, 풍월주를 얼마나 오래도록 사모했는지는 알고 있다. 허나 너 또한 단희와 같은 마음이라고는 생각지 못했는데……."

설찬은 구구절절 대답하는 대신 부정하지 않는 것으로 대답을 다했다. 그 침묵의 의미를 알고 있다는 듯 장천의 미간이 꿈틀하며 틀어졌다. 예상하지 못했던 것은 아닌데, 이상하게 배알이 뒤틀렸다. 못 먹을 것을 먹은 듯 속이 울렁거리고 불덩이가 울컥 올라오는 통에 장천은 이를 아득 물었다.

"혼인할 것입니다."

"…… 혼인?"

생각지도 못한 단어에 장천의 고개가 홱 돌아갔다. 순간 그의 눈에 설찬의 굳은 눈동자가 들어왔다. 이미 단단히 마음을 먹었다는 듯 정갈한 영혼이 눈에 반영되어 반짝거렸다. 목석같은 사내의 마음에는 이미 단희라는 나무가 단단히 뿌리내리고 말았다.

"불허한다."

순간, 설찬은 저가 잘못 들었다고 생각했다. 비어 있는 제의 음성보다도, 그 음성이 담고 있는 말이 믿을 수가 없어서 설찬은 저도 모르게 장천을 빤히 바라보고야 말았다.

"네가 아무리 원한다고 할지라도, 단희가 아무리 원한다 할지라도 짐은 불허할 것이다."

"…… 폐하."

"싫구나, 나는. 네가 그 아이를 갖는 것도, 네가 단희의 사내가 되는 것도."

말문이 턱 막혀버렸다는 것은 이럴 때 두고 하는 말일 것이다. 설찬은 뭐라 말을 해야 할지, 또 뭐라 정의를 내려야 할지 모를 이 상황에서 그저 입을 꾹 다물고 거목처럼 서 있었다.

"내 그 아이를 가지려 했다."

청천벽력 같은 소리였다. 설찬은 말없이 주먹을 말아 쥐며 간신히 치밀어 오르는 감정을 다잡았다.

"허나 그만두었지. 탐이 나는 여인임이 틀림없지만, 억지로 꺾어놓고 곁에 두는 순간 삽시간에 시들어버릴, 살아 있는 생화니까. 살아 있는 꽃은 꺾는 순간 죽어버린다. 아무리 좋은 물을 주고 보듬어주어도 순식간에 말라비틀어지는 것이 순리야."

제의 말을 듣고 있는 와중에도 설찬의 가슴은 헐떡헐떡 가쁜 숨을 내쉬었다. 단희가 제의 품 안에 갇혀 있는 상상만으로도 눈앞이 캄캄해지고 머리가 아찔했다. 그뿐이랴? 불충임이 틀림없음에도 제를 보는 눈에 불길이 치솟아 오르는 것을 막을 수가 없었다. 설찬은 눈앞에 펼쳐지는 망상에 사로잡히지 않으려고 손끝이 저릴 만큼 주먹을 그러쥐었다. 손바닥을 파고드는 아픔이 불쾌한 망상을 모두 씻어내렸으면 하고 바랐다.

"설찬아……."

문득 장천이 어린 동무였을 적에 그러했듯 다정히 설찬을 불렀다. 제의 눈동자 또한 복잡함이 다난하게 얽혀 그 끝이 보이지 않았다.

　"단희, 그녀도 분명 나에겐 더없이 탐나고 귀한 여인이자 인재임이 틀림없다. 허나, 네가 그 아이와 비할 바 있겠느냐? 누가 더 으뜸이냐를 따지는 것은 하등 소용이 없다. 두 사람 모두 비할 수 없을 만큼 값지다. 허나, 너희 두 사람이 뜻이 맞아 혼인한다는 것은 내 싫구나. 어쩐지 둘 모두를 빼앗기는 기분이야. 싫다, 짐의 치기 어린 투기라 할지라도 너희는 순명해야 하겠지. 나를 원망하겠지? 허나 그래도 내 선선히 너희 둘을 이어줄 수가 없구나. 그리 쉽게 너희 둘을 이어줄 수가 없음이야!"

　말의 고삐를 틀어쥔 장천은 단호히 말하며 말을 돌려세웠다. 바람처럼 달려가는 장천의 뒤를 쫓으며 설찬은 제의 심정을 헤아리려 무수히 고민하였지만 그 어떤 수수께끼보다 어려운 것이 제의 마음이라 도무지 뜻을 알 수가 없었다.

*

　"풍월주!"

　마음에 이는 풍랑을 미처 잠재우기도 전에 누군가 설찬을 불러 세웠다. 설찬의 다리가 월성을 다 빠져나오기도 전

7장 달이 지켜보고 있단다　205

이었다.

"윤?"

"어서, 어서 와보십시오. 급히 가보셔야 할 것 같습니다."

"왜 그러는 것이냐?"

"그것이⋯⋯."

지나가는 눈들이 있는지라 큰 소리를 내지 못하던 윤이
서둘러 설찬의 귓가로 손을 오므렸다. 두어 마디 소곤거리
는 그의 말을 듣던 설찬이 이해가 가지 않는다는 듯 잠시
멈칫하고는 서둘러 발을 뗐다.

"어서 가자."

"예!"

속고의 위에 두터운 표를 걸친 취선이 파리한 안색으로
이야기를 모두 마치니 설찬의 얼굴이 얼음장으로 변했다.

"정녕 그리 말하였습니까?"

"예, 무슨 거래인지는 모르겠습니다. 허나 '삼출엽의 위
치를 알아왔다'는 말 뒤로 원화의 이야기가 오간 것은 틀림
없습니다. 미진부⋯⋯. 그자가 원화가 무언가를 가지고 있
다고⋯⋯ 원화를 조심해야 한다 그리 말하더이다. 절대 가
만히 두면 안 된다며⋯⋯."

마지막 말을 덧붙이며 취선은 혀에 스며드는 비릿한 피
비린내를 삼켰다. 희미한 기억을 핑계로 덧붙인 마지막 말

이 양심이라는 것을 쿡 찔러왔지만 취선은 이내 모르는 척 눈을 감아버렸다.

미진부……. 그자의 이름을 거론할 때 그녀는 몇 번이나 거친 숨을 들이켰다. 마음을 비우려고 노력해봤지만 그럴 때마다 더욱 숨 가쁘게 차오르는 분노와 패배감에 젖어들고 말았다.

모두가 그자를 미워하기를 바랐다. 모두가 그를 적으로 생각하기를 바라고 있는 취선이었다. 끔찍이도 싫고 몸서리치게 혐오스러웠다. 손끝을 스치고 지나가는 버러지보다도 더욱 더럽게 느껴지는 존재였다.

"알 수 없군요. 미진부와 사마탄이라니……. 해괴한 조합입니다."

귓속을 파고드는 미진부라는 이름에 취선의 팔에 오도도 소름이 돋아났다. 가만히 인상을 찡그린 그녀가 떨떠름한 목소리로 대답했다.

"예, 어떠한 인연으로 엮인 것인지도 모르겠고, 어떻게 둘이 그리 가까워졌는지도 모르겠습니다. 다만 그 두 사람의 작당이 그리 환영할 만한 것은 아님이 틀림없습니다."

"……."

설찬은 잠시 생각에 잠긴 듯 말이 없었다. 어색한 침묵이 잠시간 공간을 비집고 들어왔다.

"그자들이…… 또 무슨 일을 벌일까요?"

잠자코 두 사람의 대화를 듣고 있던 윤이 조용한 목소리로 물었다. 세 사람의 눈이 허공에서 마주쳤다.

"무슨 일이 일어나긴 일어날 겁니다."

한숨과 함께 설찬이 나지막하게 중얼거렸다. 무인의 예리한 촉수가 지척까지 다가온 불길한 예감을 잡아챈 것이다.

"그게 무슨 말입니까, 풍월주?"

불안한 얼굴로 윤이 물었다. 설찬은 이미 다 식어버린 차를 들어 바싹 마른입을 축였다. 입안이 떨떠름한 것은 찻물 때문일까, 아니면……

"조짐이 좋지 않다는 말이다. 더군다나 그들은 이미 판을 벌였어. 판을 시작한 무리니 그것을 이어가는 것도 서슴지 않을 거란 얘기지."

"알 수 없는 것은 사마탄이란 자입니다. 어찌 신라의 일에 끼어드는지……. 아니, 왜 그 남자를 싸고도는 것일까요?"

그 이름을 다시 입에 담기 싫다는 듯 취선은 애써 돌려 말했다. 세 사람은 공통된 의문을 품었지만 아무도 그것에 답을 내릴 수 없었다. 결국 다시 불편한 침묵이 이어졌다.

"원화에게 말을 할 것입니다."

설찬의 말에 취선이 새하얗게 질린 안색으로 그를 돌아봤다.

"그녀가 위험할 수도 있습니다. 사건의 경위를 전하고 그녀를 지킬 것입니다."

설찬은 단호하게 말하였지만 취선의 새하얀 낯빛을 보고 있자니 어쩐지 불편한 심정이 되고 말았다. 취선이 파르르 떨리는 입술을 달싹였다.

"잠시만……."

"……."

"말하는 것은 잠시만 미뤄주십시오."

"허나, 당장 위험한 것은 원화인 단희……."

"제발!"

짧지만 다급하게 소리친 그녀가 무릎 위로 펼쳐진 표를 움켜쥐었다. 새된 그녀의 목소리에 말을 멈춘 설찬이 고요한 눈으로 그녀에게 말을 이을 시간을 주었다. 주먹이 새하얗게 변하는 것으로 감정을 억누른 그녀가 천천히 다시 입을 열었다.

"기다려주십시오. 제가 말할 테니……. 제발 이렇게 간청합니다. 그때까지 제발 기다려주시어요. 저는…… 저는 곧 장현공의 부인이 될 여자입니다. 추저분한 소문 따위 절대 돌지 않았으면 합니다. 아닙니다! 그녀가 소문 따위를 퍼트릴 사람이 아니라는 거, 저도 잘 압니다. 허나 소문이라는 것은 한 사람만 건너가면 금방입니다. 순식간에 퍼질 것입니다. 제발, 제발 부탁입니다."

취선은 넋이 나간 사람처럼 정신없이 이유를 늘어놨다. 움켜쥔 천 자락 끝에서 그녀의 절박함이 느껴졌다. 색이 없이 바싹 마른 입술을 잘근잘근 깨물며 초조하게 중얼거리던 그녀가 고개를 도리질했다.

"제발, 그녀에게만은……."

모든 것이 비어버린 눈동자에는 오직 절박함만이 남아 있었다. 그녀도 알고 있었다. 단희에게 말하지 않아도 퍼질 소문은 얼마든지 퍼져 나갈 것이고, 또 단희가 이 사태에 대하여 알 권리가 충분히 있음을. 하지만 그녀의 가슴 아래, 저 밑바닥에 끈질기게 붙어 있는 자존심 한 자락이 그것을 허락하지 않았다. 단희만은, 원화만은 이 일을 아는 마지막 사람이 되기를 바랐다. 취선, 그녀가 가지지 못한 모든 것을 가진 단희였기에 취선은 더더욱 단희에게만은 허락할 수가 없었다.

"…… 알겠습니다. 하지만 빠른 시일 안에 말해주시기 바랍니다. 취선, 낭주가 직접 말입니다."

취선의 절박함을 외면하지 못한 것인지, 아니면 그것이 맞다고 생각해서인지 설찬은 잠시간의 고민 끝에 고개를 끄덕였다. 그러나 반드시 가까운 시일 안에 말을 해야만 한다는 당부를 잊지 않는 그였다.

"예, 알겠습니다."

취선 또한 고개를 끄덕였다. 그리고 다시 대화가 이어졌다. 그들의 숨겨진 검은 속내를 유추하려 애쓰는 두 사람의 대화 속에서 윤은 한 걸음 물러나 있었다. 말이 없는 그의 시선의 끝에는 취선이 있었다. 그녀의 아픈 눈동자가 일렁거렸다.

　설찬이 윤의 사가를 빠져나왔을 때는 이미 자시(子時: 오후 11시~오전 1시)가 다 된 무렵이었다. 밤이 내린 거리 위로 사람은커녕 개 한 마리 지나가지 않았다. 그 텅 빈 거리를 무심하게 지나쳐 도착한 곳은 설찬, 그의 저택이 아니었다. 구름결에 가려진 달이 드러나고, 저택의 자태를 훤히 드러내니 그곳은 단희가 머물고 있는 미랑환 댁이었다.
　나지막한 담장을 따라 조금 더 걸어 돌아간 그가 익숙하게 담장을 훌쩍 넘어섰다. 노란 흙으로 만들어진 공터와 대나무가 둘러쳐진 작은 앞마당을 끼고 있는 별채가 바로 단희가 머물고 있는 곳이었다. 설찬은 불이 꺼진 단희의 방 앞에 섰다. 그의 시선을 방해하는 것은 아무것도 없었다. 고요한 새벽 공기는 깨끗하고 무거워서 모든 것을 덮어주었다. 그 무거운 공기는 곧 새벽이슬이 되어 그의 어깨 위에 앉았다. 설찬은 아무것도 하지 않고 그저 그 앞에 서서 방 안을 바라보고만 있었다.
　낮에는 화랑도 안에 있으니 어느 정도 괜찮다고 할 수 있었다. 단희 그녀도 스스로를 지킬 정도의 실력이 된다는 것을 알고 있었다. 그녀를 수행하는 화랑들도 한둘이 아니니 낮 동안 돌아다닌다고 하여도 쉬이 그녀를 건들지 못할 것이었다. 다만 설찬 그가 걱정하는 것이 이렇게 캄캄한 밤이었다. 낮은 담장 따위 무엇 하나 경계할 수 없을 것이다. 그조차도 힘 하나 들이지 않고 이렇게 넘어 들어왔는데, 마음먹는다면 그 누가 이 안으로 스며들지 못할까. 하여 그는 앞으로 새벽 동안 이곳을 지킬 요량이었다. 그 누구도 그의 여자를 해하려 하지 못한다. 어둠 속에서 그의 깊고 서늘한 눈동자가 형형하게 빛나고 있었다. 설찬은 검은 옷자락 옆으로 늘어선 검을 움켜쥐었다. 그 순간이었다.

끼이익.

고요한 공기를 꿰뚫고 바늘처럼 날카로운 소음이 날아들었다. 재빨리 주변을 살피던 설찬이 곧장 지붕 위로 뛰어올랐다. 기와 사이로 발소리 하나 나지 않도록 가벼운 몸놀림이었다. 낮게 무릎을 굽힌 그가 아래를 굽어보았다.

타닥.

주위를 경계하듯 조심스러운 발소리가 들리더니 곧이어 누군가 별채의 한끝에서 불쑥 튀어나왔다. 어스름한 달빛 아래 드러난 소담한 어깨와 익숙한 머릿결에 설찬의 눈에 힘이 들어갔다.

"…… 후우."

땀에 젖은 머리카락을 쓸어내리며 마루 위로 엉덩이를 붙이는 이는, 바로.

"이 새벽에 어딜 다녀오는 것이냐?"

"에구머니!"

단희였던 것이다.

"어디를 다녀오느냐고 물었다."

뛰어올라갔던 것과 마찬가지로 더없이 가벼운 몸놀림으로 다시 땅으로 내려온 설찬이 단희 앞에 섰다. 땀에 젖은 투명한 단희의 얼굴이 마치 귀신을 본 것처럼 새하얗게 질려 있었다.

"지, 지금 거기서 내려오신 거예요?"

"그럼 땅에서 솟아오른 것처럼 보이는 게냐?"

"아니, 거긴 왜 올라가 있으셨던 거예요? 아니, 아니지. 그것보다 왜 거기에 계셨던 거예요? 설찬랑, 설찬랑 맞죠? 귀신 뭐 이런 거 아니죠?"

놀라 그런 것인지 단희의 목소리가 높아져 있었다. 가슴을 쓸어내리며 설찬의 얼굴에 조심스레 손을 대본 그녀가 그의 볼을 과감하게 꼬집었다.

"살아 있는 사람이 맞긴 맞네요."

단희는 핀잔을 주듯 눈을 흘기며 설찬의 볼을 마구 잡아당기니 그제야 가만히 있던 설찬이 한숨을 내쉬며 그녀의 손 위로 제 손을 포갰다. 설찬 또한 그녀의 예기치 못한 등장에 놀라기는 마찬가지였다. 순간적으로 치솟아 올랐던 긴장감과 불안감으로 그의 얼굴은 여전히 딱딱하게 굳어 있었다.

"이 새벽에 어딜 그리 몰래 다녀오는 것이냐."

"몰래라뇨? 저는 당당히 대문으로 나갔다가 대문을 열고 들어왔습니다."

그의 굳은 얼굴을 눈치채지 못한 단희가 가볍게 웃으며 응수했다. 하지만 장난치듯 가벼운 대답 끝에 그녀를 반기는 것은 설찬의 무거운 침묵이었다. 그의 이상한 모습에 눈을 굴리던 단희가 이상하다는 듯 그를 빤히 올려다보며 다시 입을 열었다.

"잠이 오지 않아 남산엘 다녀왔습니다."

"잠이 오지 않는다고 이 새벽에 남살엘 가?"

"이제 그것이 버릇이 되어서……."

설찬의 표정이 심상치 않다는 것을 알아챈 것인지 단희는 어색하게 웃으며 말끝을 흐렸다. 그녀의 손을 옴켜쥔 설찬의 목소리가 순간 높아졌다.

"세상천지에 어떤 여인이 잠이 오지 않는다고 이 새벽에 산에 오르러 가겠느냐! 그러다 정신 나간 놈이라도 마주치면 어찌하려고, 산군이라도 마주치면 어찌하려고! …… 어찌 이리 조심성이 없어!"

"설찬랑?"

그답지 않게 격렬한 반응에 단희가 놀라 올려다보았다. 어쩐 일인지 그는 몹시도 화가 나 보였는데 단희는 그것이 더욱 놀라웠다. 마치 어릴 적 그녀에게 화를 내듯, 그는 격렬하고 뜨겁게 반응하고 있었다. 무엇이 그의 마음을 이렇게 들썩여놓고 있는 것일까? 단희는 갑작스러운 그의 화에 어쩔 줄 몰랐다.

"네가 아무리 무예를 익혔다고는 하나 네 실력이 천하제일이더냐? 아니면 네가 이 세상에 잃을 것이라곤 없는 혈혈단신이더냐? 만에 하나 이 새벽에 누구 하나 없는 곳에서 네가 탈이라도 난다면……. 그렇게 된다면 내가!"

자신이 말해놓고도 그 상황이 버거운지 설찬의 안색이 괴롭게 구겨졌다. 그에게 잡힌 손이 아픈 것인지 단희가 이내 얼굴을 찌푸리고 말았다. 갑자기 새벽에 찾아와서 이게 무슨 일인고? 갑작스러운 그의 등장에 놀란 것도 놀란 것이지만, 마치 그 옛날 어린 그녀에게 그랬듯 화를 내는 모습에서 그의 안에서 아직도 그녀의 어릴 적 모습이 남아 있는 것 같아 단희 또한 기분이 가라앉기 시작했다.

"왜 이리 화를 내고 그러십니까? 수년간 다닌 길이고 또 스승님이 계신 남산입니다. 무슨 일이 일어날 리가……."

"그 느슨한 마음에서 화가 일어나는 것이다."

"느슨한 마음이라뇨? 저 또한 충분히 주위를 경계하고 다닙니다!"

울컥 화가 나는 통에 단희 또한 목소리를 높여 반박하고 나섰다. 고요했던 저택에 두 사람의 목소리가 높아졌다. 그 소리에 누군가가 깨어나는 것은 당연했다.

"거기 누군가? 단희인 게냐?"

순간 이를 악문 설찬이 짧지만 단호하게 단희에게 속삭였다.

"제발, 제발 부탁이니 거처에 얌전히 붙어 있거라. 부탁이다."

단희가 뭐라 반박의 말을 건네기도 전에 설찬은 순식간에 자취를 감춰버렸다. 단희는 그림자처럼 고요하게 모습을 감춘 설찬의 허망한 빈자리를 바라보며, 헛바람을 들이켜며 가슴을 쿵쿵 내리쳤다.

'내가 뭘 어쨌다고?'

갑작스러운 그의 등장도, 또 알 수 없는 그의 언행도 모두 그녀를 혼란에 빠트리고 있었다.

*

단희는 방을 나서며 흐트러진 치맛단을 바르게 폈다. 며칠 전 기전(綺典: 신라 시대 내성에 소속되어 고급 직물을 생산하던 관영 공장)에서 내려온 천청색 치마는, 색이 무척 맑고 깨끗하여 보는 이의 눈을 시원하게 하는 멋이 있었다. 그 위에 붙은 먼지를 톡톡 털어내던 그녀가 문득 휑하니 비어 있는 침상 옆 탁상을 바라봤다. 있어야 할 것이 없어진 지도 벌써 며칠째. 그 며칠간 그녀의 마음이 다 서운하고 아쉬웠다.

그래도 어제 저녁 설찬이 들어와 야래향이 없어진 것을 보지 않아 천만다행이었다. 비록 그 앞에서 투덕거리기는 했으나 그가 방 안에 들어 뭔가 이상함을 눈치채기라도 했다면…….

"어휴, 생각만 해도 무섭지. 안 그럴 것 같은 분이 질투심은 어찌나 많은지."

무섭다는 듯 고개를 내저었지만, 단희의 입술 끝은 비스듬하게 올라가 있었다. 남자의 질투는 항상 여인에게 달콤한 중독 같은 것이었다. 아슬아슬한 위험과 달콤한 연인의 사랑을 확인시켜주는 양날의 검처럼.

"얼른 찾아와야겠다. 또 언제 찾아오실지 모를 분이니."

하지만 단희는 그 위험천만한 즐거움을 탐닉할 만큼 즉흥적인 여인이 아니었다. 앞으로 살아갈 날 동안 뜻하지 않게 마주하게 될 탐닉의 시간이 얼마나 많은데 부러 위험을 끌어안고 그리할 성싶은가.

단호히 고개를 내저은 그녀가 발걸음을 옮겼다. 쪽빛 치맛자락이 사락사락 달콤한 소리를 내며 뒤따랐다. 황제가 있는 남당으로 올라가는 계단 앞이었다. 크고 화려한 꽃가마가 준비되어 있음에 단희는 누군가 귀한 분이 안에 들었다는 것을 알 수 있었다. 잠시 기다려 가마가 떠날 때까지 기다릴까 고민하던 차에 남당으로 올라서는 계단 아래로 길고 선이 고운 그림자 두 개가 드리워졌다.

"오, 원화 아닌가?"

익숙한 옥성에 단희가 화들짝 놀라며 서둘러 인사를 올렸다. 태후의 얼굴은 여전히 나이를 빗겨간 듯 초연한 아름다움으로 말갛게 빛나고 있었다. 태후의 뒤로 꽃치마가 하나 더 뒤따르고 있었다. 조막만 한 얼굴이 더욱 수척하여 바람 불면 쓰러질 듯 연약한 황후 보량이었다. 조금 더 젊고, 조금 더 아름다워야 하는 것이 마땅한 보량이지만 그 옆에 선 태후의 빛에 가려진 그늘처럼 어둡기만 했다.

"오랜만에 남당에 드니 내 귀한 얼굴을 다 보는구나."

"그동안 강녕하셨습니까? 부덕하여 태후마마와 후마마를 모시지 못했습니다."

"아니네, 아니야. 그간 나랏일로 바빴다는 것을 내 잘 알고 있지. 그렇지 않은가, 보량?"

갑작스러운 태후의 물음에 보량이 화들짝 놀라며 서둘러 말을 덧붙였다.

"예? 예, 그렇지요. 화랑이 분주^{奔走}하여 제의 든든한 지지대가 되어주고 있다지요. 어찌 기쁘고 어여쁜 일이 아니겠습니까."

"황공하옵니다."

"그래, 오늘 제를 뵈러 오신 겐가? 오, 우리 태홍제가 가장 좋아하는 천청색으로 물을 들여 왔구나. 어여쁘구나, 어여

218

뼈. 갈수록 뽀얗게 빛나는 것이, 이제 누가 감히 그대에게 박꽃이라 손가락질하겠는가?"

한 걸음 더 가까이 다가온 태후가 윤이 나는 옥 반지, 호박 반지로 장식한 손가락을 들어 단희의 턱을 들어올렸다. 여성치고는 키가 훌쩍 큰 태후가 들어 올린 단희의 얼굴을 내려다보며 야릇한 웃음을 내보였다. 단희는 예전처럼 빤히 눈을 들어오려 보이는 당돌함 대신 슬쩍 눈을 내리깔고서 수줍은 웃음을 내보이는 것으로 황송한 마음을 다했다.

활짝 피어난 모란꽃 같은 황후와 은은한 아름다움이 청초한 제비꽃 같은 두 여인의 모습이 멀리서도 빛나도록 해사했다. 그러나 그들의 그 다정한 모습 뒤로 황후 보량의 얼굴은 더욱 짙은 그림자를 만들어냈다.

'어째서……'

보량은 치밀어 오르는 질투와 의문을 떨치지 못하고 눈앞에 보이는 갓 피어난 꽃 같은 원화를 노려보고 말았다. 장천이고 태후고 어째서 모두들 이 눈앞의 원화를 끼고도는지를 알 수가 없었다. 어째서 모두들 이 여인을 보며 사랑하기를 주저치 않는 것인가?

그러나 그 마음의 심화에 더 깊이 다가가보자면, 그 이유 따위는 알고 싶지도 않았다. 그저 가슴속에 불같이 타오르는 시기심과 질투에 앙앙불락할 뿐이었다.

"이런, 내가 너무 붙잡고 있었군. 제를 보러 온 것이지?

어서 올라가보게나. 보량, 우리도 가자꾸나."

"곧 찾아뵙겠습니다."

"그래, 내 기다리고 있겠느니."

태후가 살갑게 인사하며 먼저 꽃가마에 올랐다. 그녀의
뒤를 따르며 보량도 꽃가마 위로 몸을 실었다. 가마꾼들에
의해 둥싯둥싯 걸음을 옮기면서도 보량은 힐끔 뒤를 돌아
계단을 밟고 오르는 단희를 살폈다. 제에게로 향하는 그녀
의 걸음을 붙잡고 싶은 마음이 들었다. 보량은 그간 원화에
관한 말을 귀에 딱지가 앉도록 들어왔다. 그녀가 부러 물어
본 것도 있고, 묻지 않아도 새가 먹이를 물어 오듯 그녀에
게 소식을 전해주는 부인들도 있었다. 그뿐이랴? 제께서도
틈만 나면 화랑이고 원화의 이야기를 즐겨 하셨다. 하여 보
량은 원화를 보지 않아도 그녀를 잘 아는 것만 같았다.

본래 천성이 음전하고 여성스러운 보량은 단희가 참으로
부러웠다. 들려오는 그녀의 이야기는 모두 보량이 감히 시
도도 하지 못할 것들이었다. 이를테면 사랑을 받아주지 않
는 임에게 끝끝내 마음을 내보이는 끈질김도, 또 그것을 주
변 사람들이 알아채더라도 굴하지 않는 그 자신감과 고집
스러움도……. 그리고 무엇보다 어느 누구 앞에서도 위축
되지 않는 그 기개가 얄미울 정도로 탐이 나고 부러웠다.

"내 시원한 차가 한잔 마시고 싶구나."

내전으로 돌아온 보량은 내실을 서성이다가 이내 바깥으

로 나오고 말았다. 그녀가 시집올 무렵 장천이 그녀를 위해 지어준 천원각 위에 자리 잡고 앉은 그녀의 곁으로 휘돌아 날갯짓하는 나비 한 쌍이 보였다.

보량과 장천은 본래 서로 좋아하여 혼인하였다. 황실 혼에서 그처럼 서로 마음이 맞아 혼인할 수 있는 경우는 극히 드물었다. 두 사람은 솜털이 보송보송할 무렵 눈이 맞아 격정적으로 혼인에 치달았다. 어린 새순처럼 여리고 깨끗한 그녀를 장천은 무던히도 사랑하였다. 본디 천성이 불처럼 뜨겁고 정력적인 그였으니, 사랑이라는 마음 병에 걸렸을 때는 그 누구보다 격정적인 사내가 되어 그녀를 취했다. 그 뜨거움에 몇 번이고 녹아 세상에서 사라져버릴 것 같은 아찔함을 겪은 것도 벌써 여러 해 전……. 이제는 그 격정이 오래된 추억처럼 희미하기만 했다. 이제는 황후궁에도 발걸음이 뜸하시니. 익숙해질 법도 하건만, 아직도 그의 변한 애정에 마음이 상하고 찌릿찌릿 가슴이 아파왔다. 황제의 여인으로 겪어야 하는 이러한 괴로움, 그녀에게는 없을 줄 알았건만. 그녀가 어리석었다.

정력적인 황제이니 정복 활동이 활발해짐에 따라 그가 월궁을 비우는 날도 많았다. 특히 태후가 섭정할 당시에는 왕경보다는 국경 지역을, 신하들보다는 반란군을 마주하는 날이 많은 그였다. 몇 번은 그를 따라 전쟁터를 다녀보기도 했지만 피가 낭자하는 그 잔혹한 광경 앞에서 보량은 덜덜덜 떨리는 오금을 참지 못해 먼저 말고삐를 돌려 귀경하곤 했다. 처음 그녀와 함께함에 기꺼워하던 황제도 그녀의 넌더리에 적잖이 마음이 상하였는지 다음부터는 함께 가기를 권하지도, 또 허락하지도 않았다. 그렇게 서로가 떨어져 있는 날이 많아질수록 그녀의 외로움은 커졌고, 서로의 소원함은 깊어졌다. 어느 순간부터 황제의 신성한 욕정을 달래주는 호희녀들의 이야기를 듣게 되었고, 보량은 월궁 구석에서 배신감에 눈물을 찍어냈다.

"차를 내오라 하지 않았느냐!"

과거를 회상하니 다시 울컥 치밀어 오르는 화기를 다스리지 못한 보량이 바깥을 향해 소리쳤다. 그러자 차를 들고 오던 시비가 헐레벌떡 발걸음을 빨리했다. 다탁 위로 차를 내려놓기도 전에 잔에 가득 찬 찻물을 왈칵 들이켠 보량이 그것으로도 성에 차지 않는다는 듯 다시 시비를 재촉했다.

"속이 타는구나. 화채를 들여오너라. 달콤하고 시원한 복숭아로 만들어 오너라."

"예, 마마."

한데 그가 다시 다른 여인을 눈에 들이기 시작한 것이다. 젊고 아름다운 황제니 가지지 못할 여인이 있으랴? 더군다나 상대는 지금 신국에서 가장 으뜸으로 여기는 원화다. 보량, 그녀와는 다른 싱그러움과 활력으로 가득 찬 초록빛 여인. 제와 함께 전장을 누비며 언제고 그를 보필할 수 있는 그런 여인.

시시각각 변덕스럽게 요동치는 보량의 성정을 아는 시비들이 재빨리 화채를 대령했다. 달콤한 과일 물을 우물거리던 보량의 눈가가 시큰해졌다. 보량은 급작스럽게 눈물이 차올라 발갛게 부어오른 눈가를 차가워진 손으로 찍어 누르며 입안에 든 복숭아를 꿀꺽 씹어 삼켰다.

달콤한 복숭아 향이 참으로 서럽게도 넘어갔다.

"폐하께선 지금 정무 중이시니 예서 기다리십시오."

고개를 들지 않는 내관의 말에 단희는 별다른 토를 달지 않고 안으로 들어섰다. 높고 커다란 방 안은 비단 휘장과 진주 발로 화려하게 꾸며져 있었고, 양옆으로 연꽃무늬 창에서 햇빛이 쏟아져 들어오고 있었다. 두 겹으로 쌓여 있는 비단 보료 위에 치맛단을 풍성하게 펼쳐놓고 앉은 단희가 준비된 차를 들었다.

'언제 오시려나……'

홀짝 들이켠 찻물이 따스했다. 구수한 향이 가득한 찻물이 바닥을 드러내고, 다시 한 번 찻주전자를 채울 때까지 내실 안으로 폐하는 들어오지 않았다. 그리고 더 이상 배가 불러 차를 마실 수 없게 되었을 때, 바깥은 이미 캄캄한 밤이 되어 있었다.

가만히 균형을 잡고 앉아 있다 보니 슬슬 눈이 감겨왔다.

푹신한 보료도 그러했지만, 적당히 불어오는 바람과 은은한 차향까지 모든 것이 그녀에게 현세를 아득하게 느껴지게 만들었다. 스르륵 눈이 감겼다. 단희는 잠시 바람을 느꼈을 뿐인데 그녀의 눈이 이상하게 무겁게 내려앉았다.

사그락.

진주 발 흔들리는 소리가 빗소리처럼 어여뻤다. 서서히 무너지는 감각의 세계 속에서 단희의 정신이 까만 잠 귀신의 손을 잡고 멀어져 갔다.

단희가 내실 안에서 우두커니 앉아 있은 지도 두 시진이 훌쩍 넘었다. 해를 잡아먹는 땅거미가 활짝 열어놓은 덧창으로 무시무시한 모습을 드러냈다. 월궁은 본디 조금 높은 곳에 지어져서 월궁 어디에 있더라도 왕경이 한눈에 보였다. 특히 제가 정무를 보는 남당은 월궁 안에서도 가장 높은 곳에 있어서 왕경의 모든 가옥과 흙길을 한눈에 볼 수 있었다.

기분 좋을 정도의 바람이 단희의 뺨을 슬쩍 스치고 지나갔다. 그제야 겨울의 덧창처럼 꼭꼭 감겨 있던 단희의 눈이 다시 사르르 열렸다. 시각을 따지는 것은 아무 소용없는 일이었다. 왕경은 이미 모두 자색으로 으슴푸레 물들어 있었다. 파르르 떨리는 눈동자를 몇 번 깜빡인 단희는 슬쩍 고개를 돌려 창밖을 바라봤다. 그렇게 한참을 바깥을 응시하던 그녀는 펼쳐놓은 치맛단을 툭툭 정리했다.

"…… 가야겠네."

잠에 들뜬 손끝이 아직 몽롱하긴 했지만, 모든 정신이 돌아와 있었다. 제가 계신 남당에서 어찌 졸 생각을 다 했을꼬. 스스로에게 헛웃음이 나왔지만 다행히 그 모습을 누구에게도 들키지 않은 것 같았다.

아무래도 오늘 제를 뵙는 것은 포기해야 할 것 같았다. 당황스럽기는 했지만 그렇다고 언감생심 화가 난다거나 짜증이 나는 것은 아니었다. 그저 가볍게 체념하고 오늘 하루가 아무 일 없이 가버린 것을 아쉬워할 뿐이었다.

드르륵.

그녀가 일어나니 바깥에 대기하고 있던 내관들이 즉각적으로 문을 열어주었다. 그녀의 행동을 주시하고 있었다는 듯 빠르고 단정한 손놀림이었다. 그렇다면 이 내관들은 그녀가 저 안에서 졸았다는 것을 알고 있을까? 새삼 그들에게 부끄러운 모습을 들켰다 생각하니 단희의 뺨이 슬쩍 붉어졌다.

'궁에선 눈과 귀가 살아 돌아다닌다 하더니……. 이들을 두고 하는 말인가?'

새삼 궁 안 곳곳에 석상처럼 대기하며 바람처럼 휘돌아다니는 그들의 존재가 감탄스러웠다. 어디에든 있고, 언제든 대기하고 있다. 궁에서 가장 하찮은 지위에 있지만 황실과 가장 가까운 곳에 있는 이들이기도 했다. 따지고 보면 황실의 가장 은밀한 비밀까지 공유하고 있는 이들이 바로 내관들과 시비들이 아닐까.

단희는 새삼스럽게 내관들에 대해 골몰하면서 바깥으로 향하는 회랑으로 들어섰다. 이러저런 생각에 골몰하다 보니 그녀 주변으로 보이는 풍경이 눈 밖으로 밀려나 있었다. 해서 그녀는 언제부턴가 그녀 뒤로 누군가 살금살금 따라붙고 있는 것을 눈치채지 못하고 있었다.

'지금 이들을 관리하는 수장이 누구더라……. 내성內省의 관할이었다가 바뀐 것으로 알고 있는데. 김춘호? 박재상?'

그때였다.

"무슨 생각을 하느라 짐이 옆에 있는 것도 모르는 것이냐."

생각지도 못한 옥음에 단희가 화들짝 놀라며 뒤로 물러섰다. 그녀의 손이 습관적으로 허리춤에 있는 단도에 향했다가 이내 곧 음성의 주인이 장천이라는 것을 알고 서둘러 손을 내렸다.

"폐하!"

"하하! 좋은 습관이다만, 짐에게 그 칼을 휘두르려 했느냐?"

"아닙니다, 그럴 리 있겠습니까. 다만 너무 놀라서…….."

서둘러 매무새를 정리한 단희가 제를 향해 돌아서며 말했다. 장천이 그런 그녀에게 한 걸음 더 다가왔다. 흠칫 놀란 단희가 뒤로 한 발자국 물러나려 했지만 장천의 손이 더

빨랐다. 그가 그녀의 허리에 손을 두르고는 단단히 잡아버렸다. 단희의 입이 놀라 벌어졌지만 비명을 지르거나 하지는 않았다.

"너는 틈이 너무 많구나. 어디에 있든 정신을 놓으면 아니 된다. 네 몸은 네가 지켜야 한다고 말하지 않았느냐? 그러다 행여 다치기라도 하면 단희 너는……."

차마 거부할 수 없기에 가만히 있을 수밖에 없는 단희였다. 그런 그녀의 심정을 잘 알고 있다는 듯 장천이 웃음을 보였다. 도톰하고 매혹적인 입술 끝이 비릿하게 올라가더니 그 틈바구니로 속삭이듯 낮은 목소리가 흘러나왔다.

"꼼짝없이 나에게 와야 하느니."

은밀하게 속삭이는 장천의 음성에 단희가 조용한 목소리로 답했다.

"농이 지나치십니다."

대체 제게서는 왜 이러시는 걸까. 오늘의 그는 왠지 낯설었다. 단희는 잡생각이 완전히 사라진 정갈한 시선으로 올려다봤다.

오랜만에 다시 뵌 제는 조금 비틀어져 있었다. 비틀린 웃음이 그렇다는 것이 아니었다. 푸른빛 어둠에 굴하지 않겠다는 듯 금수가 화려한 의복에 휩싸인 그는 황금처럼 빛나고 있었다. 자신만만하고 위풍당당한 그 모습에서 무엇이 그리 고까운지 심술이 덕지덕지 묻어났다. 그가 예전부터 그녀를 가지고 싶어 한다는 것을 알았지만, 그것은 탐나는 꽃을 꺾고 싶은 남자의 정복욕에 가까웠다. 허나 그 무참한 욕심보다 그녀를 가까이 두고 아끼는 마음이 더 큰 제이기에 그녀를 온전히 곁에 둔 것이리라. 하지만 오늘의 그는 비틀어진 눈빛에서부터 그를 감싸고 있는 오묘한 분위기까지 모두 사납고 파괴적이었다.

"따라오너라."

잠시간 그녀를 내려다보던 제가 먼저 발걸음을 돌려 앞장섰다. 갑작스러운 그의 행동에 단희는 잠시 어둑해진 하늘을 보며 한숨을 내쉬었다. 그러나 곧 그를 따라 발을 놀려야 했다. 그녀로서는 불복할 수는 없는 노릇이었으니.

"이곳은……."

그를 따라 한참을 걷던 그녀가 멈칫 발걸음을 세우며 혼잣말을 중얼거렸다. 눈앞으로 태산처럼 장대하고 화려한 궁 앞에서 그녀는 말을 잃고 한참을 바라보기만 했다.

'태현궁太賢宮.'

정무를 돌보는 남당도, 제와 후가 함께 기거하는 본궁도 아닌, 오직 제만을 위한 궁. 그 안으로 제가 들어서고 있었다. 그녀의 중얼거림을 틀림없이 들었을 그였지만 가던 걸음을 멈추지 않았다.

"보여주고 싶은 것이 있다."

굳게 닫힌 커다란 나무 문 앞에 멈춰 선 장천이 단희를 돌아보며 말했다. 조금 전과는 다르게 그의 얼굴 위로 얄궂은 익살마저 묻어나고 있었다.

"오늘처럼 네가 이토록 나를 기다리는 날이 올 줄은 몰랐느니."

"폐하를 알현키 위함인데……. 당연한 일입니다."

"마음에도 없는 소리."

실없다 타박하면서도 그녀의 말이 적잖이 기분 좋았는지 장천의 눈매 끝에 어스름하게 웃음이 걸렸다.

"네 것을 받아 가기 위함이겠지."

장천은 그리 말하며 굳게 닫혀 있던 나무 문 안으로 들어섰다. 단희는 굳이 그 말에 대답하지 않았지만 침묵에서는 이미 긍정의 뜻이 묻어 있었다.

"자, 보거라. 단희야."

불현듯 앞서 걷던 장천이 그녀의 손목을 이끌었다. 그런 장천을 의뭉스럽게 올려다보던 단희는 그녀 앞에 펼쳐진 장관에 숨을 멈춰야 했다.

"구하느라 시간이 조금 걸리긴 했지만……. 어떠냐, 장관이지 않느냐?"

펼쳐진 세상을 가리키는 장천의 목소리는 조금 들떠 있기까지 했었다. 단희는 다물어지지 않은 입을 억지로 깨물어 물고는 눈앞에 펼쳐진 노란 야래향의 물결에 숨을 들이켰다.

"이게 다, 어찌……."

"네가 아긴다면, 네가 그리 좋아한다면 이 모든 것을 너에게 주마."

"폐하!"

"이것뿐이랴? 보검을 주랴? 고구려까지 단숨에 달릴 수 있는 말을 주랴? 내 무엇을 주지 못하겠느냐. 다만 네 입으로 말하거라. 그것을 원한다 내게 말하면 모두 너의 것이 될 수 있다."

그는 자신감이 뚝뚝 떨어지는 목소리로 말했다. 그러나 단희는 그의 말에 도무지 혹할 수가 없었다. 그저 그의 마음이, 그의 의도가 두렵고 부담스러울 뿐이었다.

"그러나 폐하, 저는……."

"이것 보거라. 밤에 피는 야래향은 은밀하고 아름답지. 한낮에는 그 아름다움을 모르지만 어느새 밤이 내리면 비밀스럽게 피어난다. 왜에서는 이것을 보며 기다리는 꽃이라고 한다더군. 기다린다……. 오늘 너는 나를 기다렸다. 마치 너와 같구나. 그래, 이 꽃은 너를 닮아 있어."

누군가 먼저 그리 말했다. 단희를 보며 야래향을 닮았다며, 그 꽃을 보며 참을 수가 없어 꺾어 달려왔다고……. 이 밤에 네가 보고 싶어 참을 수가 없어 이리 와버렸다고. 그가 먼저 그리 말하였다.

"제가 원하는 것은, 아끼는 것은 야래향이 아닙니다, 폐하."

"뭐라?"

"제가 원하는 것은 오직, 폐하께서 가져가신 그 꽃 한 송이뿐입니다."

그 순간 장천의 얼굴이 어두워졌다. 단희는 억지로 이를 깨물고 용기를 쥐어짰다. 제의 앞에서 감히 거절을 표하는 것도 벌써 몇 번째인가……. 말할수록, 그것을 표할수록 더욱 힘에 겨웠다.

"그 꽃을 대신할 수 있는 것은 이 세상에 아무것도 없습니다. 그것뿐입니다, 제가 원하는 것은."

"…… 누군가 너에게 준 것이로구나."

"예."

"그리고 그 누군가는……."

한가득 모여 핀 야래향 곁으로 장천이 걸어갔다. 천천히 다가간 그가 바람결에 하늘하늘 흔들리는 꽃 하나를 움켜쥐었다.

"설찬이겠지."

느리고 강인한, 그러나 마뜩잖은 목소리였다. 불쾌감을 숨기지 않은 그가 손안에 감겨드는 꽃송이를 짓이겼다. 그것을 단희는 똑똑히 바라보았다. 그리고 진득한 한숨을 섞어놓은 목소리로 단호하게 대답했다.

"…… 예."

"그래?"

줄기를 휘어잡은 장천의 손에 야래향 한 움큼이 뿌리째 뽑혀 올라왔다. 한 손으로 뽑아내면 다시 다른 쪽 손을 뻗어 뽑아낸다. 꽃의 줄기가 꺾이고 여린 뿌리가 공기 중으로 모습을 드러내면 다른 줄기에 손을 뻗어 또 뽑아낸다.

　"필요 없는 꽃이었군그래."

　누군가 정성스레 심었을 꽃들이 무심한 제의 손길 아래 무자비하게 스러져갔다.

　"야래향이 싫다면, 모란은 어떠하냐?"

　꽃을 향한 무지막지한 손길을 거둬들인 장천이 단희를 향해 성큼성큼 다가왔다.

　"모란이 싫다면 이화는? 그것도 싫다면 작약은 어떠하냐?"

　"황공하오나 폐하, 그 무엇도 아닌 오직 저의 야래향만 원합니다."

　단희의 대답에 장천의 얼굴이 와락 찌푸려졌다. 불퉁스러운 그의 목소리가 초라하게 변한 화원에 울려 퍼졌다.

　"괘씸한 그 입 다물라."

　"하오나……."

　"다물라!"

　그의 손에 어느새 노란 꽃물이 잔인하게 물들어 있었다. 조금 전까지만 해도 아름답게 피어 있던 꽃들은 그의 손안에서 노란 물이 되어 으스러져버렸다.

　"그 말라비틀어진 꽃을 다시 보는 일은 없을 것이다."

"제겐 무척이나 소중한 것입니다."

"알고 있다."

장천은 그 자리에 서서 단희를 노려봤다. 두려움이 얽혀 있었지만 단희 또한 제의 눈을 외면하지 않았다. 그녀는 굳게 결심한 눈으로 그를 올려다보며 말했다.

"찾고 싶으면 오라 하셨던, 그 말의 무게를 경시하지 마시옵소서."

순간 정천의 눈에 이채가 돌았다. 그의 입에 기가 막히다는 듯 헛웃음이 터져 나왔다.

"괘씸한 것!"

씹어 삼키듯 한마디를 내뱉고는 장천은 뒤도 보지 않고 돌아섰다. 그가 사라진 뒤로 나이 든 내관 하나가 남아 있었다. 내관은 아무 말도 하지 않았고, 아무것도 보지 않았다. 그저 땅을 바라보며 총총총 그녀에게 다가와서는 귀한 나무 상자 하나를 건네줄 뿐이었다.

홀로 남은 단희가 그 안을 들여다봤을 때, 그녀의 얼굴 위로 복잡다단한 감정이 스치고 지나갔다.

*

단희가 궁에 다녀온 지 며칠이 지났다. 그간의 시간은 너무나 평화로워 아무에게도 작은 일 하나 벌어지지 않은 것

처럼 느껴졌다. 하늘은 언제나처럼 푸르렀고, 들판은 하루
가 다르게 노랗게 익어갔다. 색이 깊어질수록 농인들의 마
음은 푸르렀고, 이번 해에도 굶어 죽는 이 하나 없이 무사
히 넘어갔다며 가슴을 쓸어내렸다.

그 와중에 미랑환의 집에 경사스러운 일이 겹쳤다. 홀몸
으로 시집갔던 요령이 두 사람의 몸으로 돌아온 것이다. 아
직은 처녀 적 그 몸매처럼 날렵하고 늘씬했지만 그 안에 요
령을 빼닮고, 요함의 피를 이은 아이가 자리하고 있었다.

단희는 툇마루 위에 앉아 아이의 배냇저고리를 만들고
있는 언니의 홀쭉한 배를 한참이고 바라봤다. 언니의 저 연
한 치자색 치마 안으로 그녀의 조카가 있다고 했다. 아직
보이지도 않고 믿을 수도 없었지만 새 생명에 대한 막연한
경외심만은 가득했다.

문득 손을 멈춘 요령이 힐끔 단희를 바라봤다. 단희의 시
선이 어찌나 뜨거운지 입을 다물고 있을 수가 없었다.

"신기하니?"

"응, 언니. 신기해. 신기해서 믿을 수가 없네."

"후후!"

요령은 뺨을 붉히며 웃어 보였다. 그리고 납작한 배를 소
중하니 쓸어내리고는 그 손으로 단희의 뺨을 쓰다듬었다.

"너도 이렇게 태어났단다."

요령의 이 한마디가 어쩐지 단희의 가슴을 뜨겁게 어루

만졌다. 가슴 아래에서 울컥 솟아오르는 어떤 한 덩어리를
뭐라 정의할 수가 없었다. 단희, 그녀 배로 잉태한 것도 아
니건만 왜 이렇게 가슴이 벅차오르는 걸까. 늘 봐오던 언니
인데, 왜 이렇게 다르게 느껴지는 걸까. 어느새 한층 성숙해
져버린 그녀의 언니가 새삼 생경하고 묘연하게 느껴졌다.

"아 참, 아이를 가지면 그렇게 뭐가 먹고 싶어진다 하던
데, 언니는 그렇지 않아?"

"안 그래도 나박김치가 너무 먹고 싶어 어머니께 부탁을
했단다."

"나박김치?"

"응, 삼삼하고 칼칼한 그 맛이 자꾸 생각나서 잠을 잘 수
가 없었더랬지. 정말 이상하지? 평소에 즐겨 찾는 것도 아
닌데 말이야."

"그러게, 있어도 잘 먹지 않았으면서."

요령의 변화가 신기한 듯 눈을 반짝이던 단희가 요령을
위해 발품을 팔기로 결정하고 자리를 털고 일어났다. 조금
전 부엌간을 지나쳐 왔을 때, 분명 나박김치를 본 것 같았
다. 숙성되었는지 어쩐지는 모르겠지만 일단은 가봐야겠
다 싶었다.

"부인!"

단희가 섬돌 아래로 발을 내려놓기도 전이었다. 북적북
적한 소리와 함께 누군가 후다닥 뛰어오는 소리가 들렸다.

친숙한 목소리를 듣자하니, 필시.

"내 부인 어디 있소, 요함이 왔소!"

"요함랑."

"오! 거기 있었구려! 내 부인이 좋아하는 도토리묵을 가져왔소!"

형부였다.

손안에 들린 무언가를 신 나게 흔들며 달려오는 요함을 보며 단희는 고개를 내젓고 말았다. 주색이라면 왕경 최고로 치던 사내가 어찌 저리 팔불출이 되었는지.

단희가 헛웃음을 터트리건 말건 요함은 한걸음에 요령에게로 달려들었다. 이러라고 수련한 무예가 아닐 텐데. 적을 쫓을 때보다 더욱 날래고 힘찬 도약이었다. 단숨에 요령 곁에 자리 잡은 요함이 그녀가 들고 있는 대바늘을 보며 아연실색하며 뺏어 들었다.

"다쳐요, 부인. 이런 위험한 것은 들지 말고 아랫사람을 시키란 말이오."

"바늘일 뿐입니다. 과도도 아닌 바늘을 가지고 무얼요."

"어허! 이, 이, 이거 뾰족한 것 좀 보소. 이러다 부인 손에 찔리기라도 하면……."

생각만으로도 끔찍하다는 듯 요함의 얼굴이 사색이 되었다. 혹여 그가 잠시 자리를 비운 사이 그녀가 저 끔찍하고 흉악한 바늘에 찔렸을까 샅샅이 살피기 시작했다.

"여기, 이 매화 같은 손끝은 무사하오?"

"무사하옵니다."

"허면, 이화 같은 발끝은 어떠오?"

"무사하옵니다."

"이 앵두 같은 입술은……."

거기까지 듣고 있자니 도무지 견딜 수가 없던 단희가 흠흠, 헛기침을 내뱉었다.

"저도 있습니다만?"

쌜쭉하게 웃으며 발끝으로 툭툭 괜한 섬돌을 건드려봤다. 하지만 그래도 요함의 입은 주절거리는 것을 멈추지 않았다.

"내 내일부터 부인을 업고 다녀야겠소. 혹여 괜한 돌부리에 걸려 발이라도 다치면 어떡하오? 하루 종일 걱정되어서 내 가만있을 수가 없구려."

"그만하시어요. 저기 단희가 보고 있잖습니까."

슬쩍 요함의 어깨를 밀어 넣은 요령이 웃으며 그를 채근했다. 그제야 그는 정신을 차렸다는 듯 단희를 돌아보았다. 하지만 이미 못 볼 꼴을 잔뜩 보여주고 난 후였다.

"거기 있으면 있다고 말을 하지그랬니."

"바로 옆에 서 있었습니다만?"

"내 눈은 오직 내 부인밖에 보이지 않으니, 요 눈이 나의 죄로고."

도리어 화통하게 웃어 보이는 요함을 보며 단희도 푸시시 따라 웃음을 보이고 말았다.

"도토리묵이라고요? 이리 주셔요. 마침 부엌 가는 길이니 내 가져다주고 올게."

"부엌엔 왜?"

"우리 언니께서 나박김치가 먹고 싶다잖아요. 내 얼른 가져다드려야지."

단희의 말에 요함이 그의 부인을 보며 물었다.

"나박김치가 먹고 싶으오?"

요령이 웃으며 고개를 끄덕였다.

"허면 내 가져다드려야지, 내가."

제 가슴을 탕탕 내려친 요함이 눈가로 길게 즐거운 웃음을 드리우며 일어났다. 부인을 위해 움직이는 것에는 어느 하나 즐겁지 않은 일이 없는 듯 그의 걸음이 헌걸차고 당당했다. 어쩌나 기운이 넘치는지 요함이 들어올 때처럼 들뜬 걸음걸이로 단숨에 툇마루를 박차고 내려왔다. 단희가 미처 말리기도 전에 그가 쏜살처럼 마당을 벗어나니, 그를 잡으려 내민 단희의 손만 허망하게 남아 있었다.

"하여간 날래기로 왕경 제일이야."

"두어라, 당신 좋아서 하는 일인데 밤새 달려도 피곤치 않을 거야."

"어휴, 어떻게 저리 변했나 몰라."

단희의 낮은 중얼거림에 다시 대바늘을 집어 든 요령이 웃으며 대답했다.

"사랑하면 할수록 걱정도, 바람도 많아지기 마련이란다. 이제 사랑할 사람이 하나 더 늘었으니, 요함랑이 더욱 불안하고 바빠지는 거겠지. 너무 사랑하면 그렇게 된단다. 걱정하고 또 걱정하지. 너도 잘 알지 않아?"

언니의 말에 문득 며칠간 보지 못한 누군가의 얼굴이 떠올랐다. 내비치치 않으려고 애썼지만 수심이 가득했던 눈동자. 그리고 고집스럽게 다물었던 입술. 그 밤을 무섭게 다그쳤던 그의 음성까지도.

"그럼, 알지. 알고말고……."

그이는 왜 보이지 않나. 단희의 고개가 담장 너머 선문으로 향했다.

"조금 전에 나가셨다고?"

"예, 얼마 전에 잠시 다녀오신다 하셨습니다. 한데 바깥으로 나가는 것 같지는 않았습니다. 아마 근처에 계실 것입니다."

단희는 풍월주의 내당을 지키는 문지기의 말에 발걸음을 돌렸다. 선문 안에 있으면서 이 근처에 그가 갈 곳이라고는 몇 군데 되지 않았다. 오랜 시간 그를 졸졸 쫓아다닌 경험이 그녀를 그가 있는 곳으로 이끌었다. 얼마 헤매지도 않았건만, 푸른 들풀이 우거진 저 멀리 익숙한 청록 빛 건이 휘날리는 것이 보였다.

발끝에 힘을 주어 최대한 조심스럽게 걸음을 옮겼다. 우거진 나무 아래, 푸른 들풀의 요 위에 편히 누운 그는 팔로 눈을 가린 채 안락해 보였다. 농인들이 밭을 매다가 한낮의 따사로움을 피해 잠시 낮잠을 자듯, 그는 그렇게 햇볕 아래 한가로이 눈을 가리고 누워 있었다. 그 모습이 약이 올라 단희는 더욱 몸을 낮추고 발소리를 죽였다. 요 며칠 코빼기도 볼 수 없었던 것은 이해할 수 있었다. 그녀 또한 이곳저곳 동분서주하고 또 집으로 돌아온 작은언니에게도 신경 쓰느라 틈이 없기는 마찬가지였다. 허나 그날 밤 그리 가버렸으면 무슨 연유다, 왜 그런 것이다 기별이라도 넣어줄 것이지, 그 뒤로 통 말도 없이 묘연하기만 했으니…… 하다못해 그녀가 보낸 서찰에 답신이라도 보냈으면 얼마나 좋았으랴.

'정이 깊을수록, 사랑이 더해질수록 걱정이 는다고? 나만 해당하는 말인가, 아니면 그날 정말로 새벽이슬을 맞고 다니는 것에 화가 나신 것인가. 걱정이 된다는 분이 이리 한가로이 낮잠을 주무시다니……'

생각할수록 분했다. 안 그래도 제로 인하여 심란하고, 마무리되지 않은 남한산성의 작당들로 머리가 아플 지경이었다. 설상가상으로 새벽녘에 갑자기 찾아온 임은 화만 내고 가버리셨으니.

허나, 한편으로 이상하기도 했다. 화가 잦은 설찬이 아님
에도 갑작스럽게 분개한 것이 이상하였다. 또한 낮잠을 즐
기지도 않는데 이 한낮에 선문 안에서 낮잠이라니…… 평
소의 그답지 않았다.

살금살금 걸음을 옮기다 보니 어느새 그의 코앞이었다.
짙게 드리워진 나무 그림자가 그녀의 그림자가 그의 위로
드리워지는 것을 막아주었다. 단희는 거추장스러운 머리
카락과 치맛단을 부여잡고 슬며시 그의 옆으로 몸을 낮췄
다. 깨끗한 미간과 도톰하고 남자다운 입술이 보였다. 분
명, 누가 뭐라 해도 그녀의 설찬이었다.

얼마나 깊이 잠들었으면 이렇게 그녀가 지척에 와도 모
를까 싶었다. 예민하기로는 이 안에서 그를 따를 자가 없을
터인데 말이다. 단희는 조용히 손을 들어 그의 얼굴 위로
가져갔다. 잠시 망설이듯 그의 얼굴 위를 배회하던 그녀가
이내 결심한 듯 눈을 빛내며 헌걸차게 뻗어 있는 그의 콧대
를 부여잡으려는 참이었다. 그녀의 손보다, 설찬의 손이 빨
랐다.

바위처럼 단단한 손이 그녀의 손을 움켜쥐었다. 잠이 들
었을 것이라 생각했던 설찬의 갑작스러운 움직임에 단희
가 놀라 숨을 들이켰다.

"…… 백 리 밖에서도 너의 향이 진동한다는 것을 아느

냐?"

잠이 들었다 하기에는 그의 목소리가 너무나 청아했다. 단희는 뾰로통 입을 내밀며 퉁명스럽게 말했다.

"깨 있으셨습니까?"

"네가 나를 깨웠지."

"깨우려던 참에 설찬랑께서 깨어나셨지요."

"아니야."

그의 눈이 스르르 열렸다. 피곤한지 조금 빨갛게 변한 그의 눈동자가 그녀를 바라봤다. 그가 힘을 주어 그녀의 손을 끌어당겼다. 그러자 곧 촉촉한 그의 입술이 그녀의 손바닥에 닿았다. 느릿하고 여유로웠지만, 그녀의 손을 아릿하게 저려올 만큼 강하게 잡고 있는 그였다.

"너의 향이 나를 깨웠다."

설찬의 빨간 눈이 단희의 시선을 옭아맸다. 그녀를 직시하는 그의 강렬한 시선에 단희는 사슬에 얽매인 것처럼 꼼짝없이 갇혀 있었다.

희고 작은 그녀의 손에 몇 번이고 입을 맞추고, 향을 음미하고 나서야 그는 천천히 그녀를 놓아줬다. 단희의 심장이 쿵쿵 거세게 몰아 뛰었다. 신기하기도 하지. 그는 그녀의 심장을 움켜쥐고 뛰게 하는 그런 신기한 재주를 가지고 있었다. 하지만.

"그런 달콤한 말로 저를 녹이려 하지 마세요. 이번엔 쉬이 웃어 보이지 않을 것입니다."

단희가 그에게 잡힌 손을 비틀어 빼냈다. 불퉁하게 말을 내뱉고 고개를 돌려버렸다. 쑥스러워 그러는지, 아니면 저가 이번엔 정말 골이 단단히 나서 그러는 것인지 본인도 확실히 말할 수 없었다.

"그렇게 나에게서 고개를 돌리지 마라."

설찬의 목소리가 먼저였고, 곧이어 그녀의 허리를 끌어당기는 그의 손이 두번째였다. 단희는 그의 억센 손에 별다른 저항을 하지 않고 그의 품 안에 얌전히 갇혀 있었다. 귓가를 타고 낮게 울리는 그의 미안하다는 소리에 단희가 칫, 서운한 목소리를 내버렸다. 하지만 곧이어 귀에 닿은 그의 가슴이 들썩이며 그녀를 녹여버렸다.

"내가 잘못했다."

그녀가 그에게 더 이상 화를 낼 수 있을 리가 없었다. 너무나 바보 같았지만, 그렇지만 부정할 수 없는 어떤 사실이 그보다 그녀를 한발 더 먼저 어르고 달래버렸다. 단희 그녀는, 설찬에게 너무 약하다는 그 절대적인 사실이.

"멍청이."

그의 가슴을 힘주어 끌어안은 그녀가 한숨처럼 그를 비방했다. 하지만 그 말이 진정 그에게 하는 말인지, 그녀 자신에게 하는 말인지 아무도 알 수 없었다. 아마 두 사람 모두에게 해당하는 말이리라. 단희는 들끓는 한숨을 씹어 넘기고는 그의 가슴에 얼굴을 비비는 것으로 화해를 받아들였다.

"도통 보이질 않으셨습니다."

"알아볼 게 많았다."

"해서, 모두 알아내셨습니까?"

"어느 정도는……."

그의 단호한 대답을 듣고 있자니, 대충 정리가 된 듯했다. 워낙 철저하고 성실한 설찬이니 알아서 잘할 것이지만 행여나 그가 무리할까 봐 괜한 걱정이 들었다. 그러다 다시 또, 사랑이 깊으면 걱정이 많아진다는 언니의 말이 떠오르고 말았다. 단희는 제 자신을 향해 픽, 웃으며 고개를 내젓고 말았다.

"왜 그러지?"

"예? 아, 아닙니다. 요새 취선 낭주가 보이지 않네요. 천언부에도 나오지 않는 것 같은데. 혹시, 연유를 아셔요?"

그리 물으며 단희는 고개를 들어 설찬을 보려 했다. 하지만 그 순간 그녀를 끌어안은 설찬의 손에 힘이 들어갔다. 숨이 막힐 정도로 그녀를 압박하는 그의 손길에 단희가 놓아달라며 앙탈을 부렸지만, 설찬은 한동안 말도 없이 단희를 끌어안고만 있었다.

*

　얼굴을 간질이는 햇빛에 취선이 눈을 떴다. 본래 늦잠을
자는 성정이 되지 못하는데 이상하게 늦게까지 침상에서
벗어나지 못하고 있었다. 나른하고 곤한 몸을 겨우 추스러
일어났을 때는 이미 해가 중천에 떴을 무렵이었다.

　딱히 입맛은 없었지만 그렇다고 아무것도 먹지 않으면
윤이 득달처럼 달려오기에 겨우 그릇을 비워냈다. 만약 취
선이 밥을 남기거나 끼니를 넘겨버리면 윤은 뭐라 길게 잔
소리를 늘어놓는 대신 그녀가 그릇을 비워낼 때까지 곁에
서 떠나지 않았다. 취선은 그것이 잔소리보다 더욱 무섭다
고 생각했다.

　식사를 마치고 차까지 마시고 나서도 취선은 조금 멍해
있었다. 딱히 무슨 생각에 사로잡혀 있다거나, 끊임없이 계
속되는 기억에 휘둘리는 것은 아니었다. 다만 그녀의 가슴
아래로 묵직하게 자리 잡은 기분 나쁜 감정의 편린에서 벗
어나지 못하고 있을 뿐이었다.

　더군다나…….

　'기별이 없으시다.'

　태후로부터, 장현으로부터 그 누구에게로부터도 연락이
없었다. 취선은 가만히 인상을 찌푸렸다. 분명 오늘은 태후
를 알현하기로 내정되어 있는 날이었다. 소지 태후는 분명

그녀가 이곳에 있음을 알고 있고, 그녀를 방문하기 전에는 으레 사람을 먼저 보내곤 했다. 하지만 어제도, 오늘 아침에도 누구도 취선을 찾지 않았다. 뿐만이 아니다. 장현 또한 '그날' 이후로 도통 기별이 없었다. 자주 얼굴을 보는 사이는 아니었으나 두 사람은 사나흘에 한 번꼴로 서신을 주고받았다. 여의치 않으면 열흘에 한 번꼴은 얼굴을 마주 보았는데…….

으득.

취선은 곱게 손질된 손톱을 잘근잘근 깨물었다. 알 수 없는 초조함이 그녀를 갉아먹고 있었다. 뭐라 한마디로 정의 내릴 수 없는 그런 불안감이었다. 타닥타닥, 다탁 위로 손가락을 두드리던 그녀가 이를 악물었다.

"나갈 것입니다."

그녀가 외침과 동시에 바깥에 시립하고 있던 이환이라는 여종이 들어왔다. 윤이 그녀를 위해 붙여준 여자였다. 이제 막 소녀의 티를 벗은, 열 대여섯이나 되어 보이는 이환을 취선은 냉랭한 눈길로 바라봤다. 이제 여종이라면 치가 떨리는 그녀였다. 그렇다고 남자를 곁에 붙이는 것도 탐탁지 않기는 마찬가지였지만.

"옷을 가져오세요."

"어디로 가시려는 것인지요?"

"입궁할 것입니다."

"잠시만 기다려주시지요."

얌전히 대답한 그녀가 종종걸음으로 다시 나가고 나서 얼마 지나지 않아 다시 돌아왔다. 취선은 이환이 의복과 장신구를 가져오리라 기대했지만 그녀는 철저히 그녀의 기대를 저버렸다.

"궁에 가신다고요."

장신구 대신 이환은 윤을 데리고 왔다. 취선은 백옥처럼 매끄러운 아미를 살포시 찌푸렸다. 깨끗하고 차분한 얼굴의 사내는 성큼성큼 그녀 곁으로 다가오더니 조용히 자리를 잡고 앉았다.

"곧 이환이가 입궁에 필요한 것들을 가지고 올 것입니다."

"…… 감사합니다."

취선은 탐탁지 않은 목소리로 대답했다. 그리고 얼마 되지 않아 윤의 말마따나 이환과 다른 여종 하나가 옷과 장신구를 가지고 방 안으로 들어왔다. 취선은 여종의 손에 들린 옷을 힐끔거리더니 윤을 돌아봤다.

"제가 환복하는 것을 보고 계시려는 것입니까?"

"그래도 된다면요."

"…… 예?"

취선은 잠시 저가 잘못 들었나 싶어 그를 올려다봤다. 그러나 단정한 사내의 이목구비에는 그 어떠한 불온한 낌새도 보이지 않았다. 다만 그 다정한 눈으로 다시 한 번 웃어 보이더니 자리를 털고 일어났다.

"하지만 그래선 안 되는 것 같으니 나가 있겠습니다."

문을 닫고 나가는 윤의 그림자 끝을 취선은 잠시 바라봐야 했다.

대체 저 남자의 의도는 무엇일까. 왜 그녀를 도와주지 못해 안달이 나 있을까? 알 수가 없었다. 그녀가 천관녀라서? 그가 천언부의 장腸이라서? 그렇다 하더라도 이렇게까지 할 필요는 없었다. 아침저녁으로 그녀의 안부를 물으러 왔고, 혹여 그녀가 끼니를 거르면 단숨에 달려왔다. 기력 회복에 좋다는 것은 음식이고 약이고 과일이고, 모두 그녀를 위해 가져왔다. 분명 일을 마치고 와서 피곤할 텐데도 화랑을 끝내면 제일 먼저 그녀에게 들렀다.

'대체, 대체…… 왜?'

취선은 꺼림칙한 마음을 가눌 수가 없었다. 옥빛 표를 어깨 위로 두르며 그녀가 장지문 바깥으로 보이는 길고 커다란 그림자를 눈에 담았다.

이상한 남자였다.

단장을 모두 마친 그녀가 문을 열고 바깥으로 나와 높은 문지방을 넘고 한 발 내디뎠을 때, 혜鞋 안으로 발이 다 들어가지 않은 것인지 잠시 비틀거리고 말았다.

"이런, 조심하십시오."

묵직한 손이 취선의 어깨를 강하게 움켜쥐었다. 당황한

그녀가 서둘러 그에게서 멀어지면서 미안하다는 말을 중얼거렸다. 그러자 윤은 괜찮다는 말로 받아치며 무릎을 수그렸다. 무척이나 자연스럽게 이어지는 그의 동작에, 안 그래도 커다랗고 맑은 취선의 눈이 더욱 커졌다.

"가마를 준비해두었습니다."

아담한 그녀의 발에 혜를 신겨준 그가 아무렇지 않은 얼굴로 웃으며 말했다. 벌떡 일어난 윤의 그림자가 그녀를 덮고 남을 만큼 넉넉하고 듬직했다. 그는 마치 아무 일도 없었던 것처럼 취선의 앞으로 먼저 길을 잡고 나섰다. 취선은 그런 윤의 뒷모습에서 지난날 그녀를 구해준 그날의 다정한 눈빛이 겹쳐져 보였다.

태후의 궁에 도착한 취선은 기별을 넣고서도 한참을 기다려야 내관을 만날 수 있었다. 그러나 그토록 기다렸던 내관의 입에서 나온 말은 취선의 기다림을 허망하게 만들어버렸다.

"태후마마께서는 옥체가 미령하시어 오늘 아무도 뵙기를 원치 않으십니다."

내관의 말에 취선은 창백한 안색을 굳히며 담담히 말했다.

"내일은 뵐 수 있을는지요?"

"그건 확언을 내리기가 어렵습니다."

"허면, 그다음 날은요."

"그것 또한 말씀드리기 어렵습니다."

"그것도 아니 된다 하시면 사흘, 나흘 뒤에도 아니 되는 겁니까?"

취선은 차분한 목소리로 말했지만 이미 그 안에는 붉게 일렁이는 분노가 움틀거리고 있었다.

'어이하여······. 어이하여!'

가슴 아래로 뜨겁게 치솟은 의심이 그녀를 달구고 있었다. 그러나 표면상의 그녀는 차갑게 얼어붙어 있을 뿐이었다. 내관은 더 이상 취선의 말에 대답하지 않았다. 태후를 가장 가까이서 보필하는 이였다. 그는 곧 태후의 얼굴이자 태후의 전언이었다.

'나는 너를 만나고 싶지 않다.'

말로 전하지 않았음에도 살갗으로 절절하게 느껴지는 표현이었다. 취선은 무릎 위로 펼쳐진 고운 청옥 색 치마를 움켜쥐었다. 손등 위로 새하얗게 튀어나온 뼈마디가 앙상했다.

"모두 아니 된다 하시면, 허면 저는 오늘 태후마마를 뵐 때까지 예서 기다리겠습니다."

"허나 그것은······."

"꼭······! 꼭 뵈어야 합니다."

파리한 안색의 취선이 내관을 똑바로 응시했다. 뭐라 말하여도 듣지 않겠다는 듯 그녀는 단호하게 입술을 깨물었다. 주름이 가득한 늙은 내관의 얼굴에는 어떠한 표정도 없었다. 마치 가면을 위에 두른 듯 한 치의 변화도 없는 얼굴로 내관은 고개를 끄덕였다.

"그럼, 그리 전해드리겠습니다."

올 때와 같이 소리 없이 내실을 나가는 내관을 뒤로하고 취선은 눈을 감았다. 천하절색이라 일컬어지는 얼굴이 형상 없는 아픔에 비틀어졌다.

'어이하여…….'

목울대 아래로 넘어가는 마른침을 꿀꺽 삼킨 그녀가 눈을 떠 허공을 바라봤다. 눈앞에 미혹한 자태의 태후와 따스한 미소를 지어주는 장현이 어른거렸다.

"…… 저를 버리시려는 겁니까."

텅 빈 내실 안으로 그녀의 목소리만 허무하게 울리다가 사라졌다. 그리고 새벽이 오도록 취선이 머무는 내실 안으로 들어선 이는 아무도 없었다.

*

— 아버지…….

듣기만 해도 눈물이 쏟아질 것처럼 그리움으로 가득 찬 목소리였다. 괴는 화들짝 놀라 주변을 둘러보았지만 그의 곁으로 새카만 어둠 빼고는 아무것도 없었다.

— 아가?

괴는 떨리는 마음으로 중얼거렸다. 그러자 곧이어 그의
귀에 딸아이의 목소리가 다시 울렸다.

— 아버지…….

— 아가? 어디 있니? 우리 딸, 어디 있니? 이리 와 얼굴을
보여주렴.

괴는 어둠을 헤집고 달리고 또 달렸다. 그러나 아무리 달
려봐도 이 시커먼 어둠 속에서 보고 싶은 얼굴은 도통 보이
지 않았다.

— 여보.

— 닌징? 닌징, 그대요?

— 여보…….

괴에게 그것은 고문이나 다름없었다. 그는 온몸으로 발
버둥 치며 어둠을 떨쳐내고 그리운 목소리가 들리는 그곳
으로 가려 했다. 하지만 그가 발버둥을 치면 칠수록 그의
몸에 무거운 추가 매달렸다. 마침내 그의 몸이 온통 추로
가득하여 바닥에 납작 엎드리게 되었을 때 그는 이 어둠의
지배가 꿈이라는 것을 알 수 있었다. 하지만 꿈이면 어떠
랴, 아니 꿈이기에 가족들의 얼굴이라도 볼 수 있다면 그것
이 어디랴. 허나, 현실만큼이나 꿈도 그에게 관대함을 보이
지 않았다. 아무리 발버둥을 쳐봐도 몸은 더욱 무거워질 뿐
보고픈 딸의 얼굴도, 아내의 얼굴도 보이지 않았다.

— 닌징……! 여랑!

서서히 몸이 어둠의 땅속으로 침전되었다. 다리, 몸통, 팔 그리고 목까지 땅에 묻혔을 때 그는 괴로움에 소리를 질렀다. 숨이 막혀왔다. 그리움에 괴는 숨이 막혀왔다.

"허억!"

축축한 땀이 이마를 가르고 떨어지는 것을 느끼며 괴는 눈을 떴다. 눈을 뜬 그 순간 그는 아직도 꿈속에 있는 것인가 착각이 들었다. 주변에는 캄캄한 어둠뿐이었으니.

하지만 그것도 잠시. 눈을 몇 번 깜빡이고 숨을 고르는 사이 어둠에 익숙해진 시야에 주변이 보이기 시작했다. 드르렁 드르렁 코를 골며 자고 있는 장형이 저기 있었고, 죽은 듯이 눈을 감고 있는 태죽도 저기 있었다. 그리고 달빛이 투과되는 창 너머로 그들을 지키고 있는 두 인영이 있었다. 괴는 그 모든 것을 확인한 순간 가슴이 무너졌다.

아직도 현실인 것이다. 아직도…… 그는 살아 있는 것이다. 축축한 땀이 흐르고 난 자리 위로 다시 뜨거운 눈물이 흘러내렸다. 괴는 미여오는 가슴을 움켜쥐고 관처럼 좁은 침상 위에서 몸을 돌려 누웠다. 소리 내어 울지 않으려고 이를 악물고 질끈 눈을 감는 그 순간이었다.

쿠웅!

수상한 소리가 창 너머에서 들려왔다. 괴는 화들짝 놀라 조금 전 확인한 창밖을 바라봤다. 멀쩡하게 서 있던 문지기가 보이지 않았다. 괴는 축축한 눈가를 슥슥 문지르고 눈을 밝게 했다. 그의 불안한 심장 소리가 방 안에 가득했다. 그리고 곧.

타닥.

쓰러진 문지기 옆으로 다른 그림자가 드리웠다. 그와 동시에 괴의 심장이 쿵, 소리를 내며 내려갔다.

끼이익.

문이 열리는 소리와 함께 괴가 질끈 눈을 감았다. 드디어 때가 온 건가, 생각하면서도 달달달 떨리는 몸은 어쩔 수 없었다. 이불 한 귀퉁이를 틀어쥔 손에 땀이 흥건하게 차올랐다. 꿀꺽, 침을 삼킨 괴가 그토록 보고 싶어 하던 가족들의 얼굴을 떠올렸다.

'닌징……! 여랑!'

저벅저벅.

걸음 소리가 들렸다. 괴의 귀가 예민하게 걸음 소리를 세고 있었다. 안타깝게도 괴의 침상이 문에서 가장 가까웠는데, 역시나 괴한은 괴의 침상을 그냥 지나치지 않고 발걸음을 멈춰 세웠다.

"…… 들켰나."

덤덤한 목소리……. 곧이어 섬뜩한 금속의 차가움이 괴의 목 언저리에 닿았다. 달빛이 반사된 칼날이 괴의 목 아래에서 번득 빛났다. 빛의 반사와 함께 괴의 목 근처에 있는 큰 점이 모습을 드러냈다. 놀란 괴의 몸이 저도 모르게 흠칫 떨렸다.

"두 번 묻지 않는다."

괴한은 괴가 깨어 있다는 것을 확신하듯이 말하며 칼날을 괴의 목에 더욱 바짝 들이댔다. 날카로운 검이 그의 목줄을 틀어쥐며 대답하기를 종용하자, 괴는 더 이상 눈을 감고 있을 수가 없었다. 파르르 떨리던 괴의 눈이 열렸다. 눈을 뜨자마자 보이는 것은 검은 복면에 휩싸인 냉랭한 눈동자 한 쌍.

괴는 천천히, 그러나 단호하게 고개를 가로저었다. 꿀걱, 마른침을 삼킨 그가 복면의 괴한을 올려다봤다. 그러나 괴를 보는 괴한의 눈빛은 흔들림이 없었다.

"…… 말했나?"

괴는 다시 한 번 고개를 가로저었다. 사실대로 말하자면, 말하고 싶었다. 모든 것을 털어놓고 도와달라 매달리고 싶었다. 이제껏 살아오면서 이렇게 융숭하고 따뜻한 대접을 받아본 적이 없었다. 말할 때까지 채근하지도 않았고, 일전의 협박대로 그들을 압박하지도 않았다. 이들의 따스함이 그를 도와줄 수 있다고 설득하고 있었던 것이다.

하지만…….

'닌징, 여랑.'

마음 한편에 자리 잡고 있는 단 하나의 바람이, 덧없는 희망이 그것을 할 수 없도록 막았다.

괴는 다시 한 번 고개를 가로저었다. 괴의 대답을 예상했다는 듯 괴한은 다시 재빠르게 질문했다.

"원화에게 흘린 것이 있는가?"

이번 질문에는 차마 대답할 수가 없었다. 괴는 괴한의 눈을 파르르 떨리는 눈동자로 올려다봤다. 번득거리는 검날에 그의 점이 비쳤다 사라졌다. 괴한의 눈동자 속에서 검날이 있었다. 차갑고, 피에 젖은 잔혹한 검날이…….

괴는 대답하지 않고 질끈 눈을 감았다. 그것이 그가 괴한에게 내줄 수 있는 대답이었다. 곧이어 묵직하게 가라앉은 괴한의 목소리가 음습하게 퍼졌다.

"…… 허면 너는 왜 아직도 살아 있는가?"

으득 이를 악문 괴가 마지막 발악을 하듯 번쩍 눈을 떠 괴한을 노려봤다. 그것을 정녕 몰라서 묻는 것인가! 우리의 죽음은 네놈들을 위한 것이 아니거늘, 그렇게 당연하다는 듯이 우리를 사지로 몰아넣은 네놈들이 물을 것인가!

"우리의 가족들…… 가족들은 살아 있는 것이오?"

씹어 뱉듯 말 하나하나에 힘을 주어 괴가 말했다. 무엇보다 중요한 것은 가족들의 안위였다. 하지만 괴한은 대답을 주지 않았다. 괴를 내려다보는 괴한의 차가운 눈동자에서 비웃음이 흐릿하게 스치고 지나갔다. 그 침묵의 대답이 괴의 가슴을 무너트렸다.

빌어먹을! 거짓말이라도 살아 있다고 말하라는 것이다! 거짓말이라도 그들은 우리의 고국에 무사히 살아 있다고, 내일도, 모레도 살아 있을 거라고 말해주라는 말이다!

괴의 눈에 핏줄이 붉어져 올라왔다. 분노로 점철된 그의 눈이 괴한을 찢어 죽일 듯 쏘아보자 괴한은 칼을 번쩍 들어 냉소로 응답했다.

"네놈이 황천에 가면 알 수 있지 않겠느냐."

힘차게 치켜 올라가는 은빛 검날의 끝에 달이 걸렸다. 괴는 억울하여 눈물을 참을 수가 없었다. 괴한을 노려보던 괴가 마지막 발악이라도 하듯 꾹 다문 입을 벌렸다.

"으아아악! 아악!"

갑작스러운 괴성에 자고 있던 장형과 태죽이 헉, 소리를 내며 벌떡 몸을 일으켰다. 괴한 또한 괴의 급작스러운 비명에 놀란 듯 잠시 움직임을 멈췄지만 이내 눈빛을 바로잡고 힘차게 칼을 내리쳤다. 그 순간이었다.

퍼억!

닫혀 있던 문이 거칠게 열리며 누군가 불쑥 방 안으로 들어왔다. 곧이어 작고 날카로운 무언가가 빠르게 괴한에게 날아들었다. 표창이었다. 그리고 그 표창은 정확하게 괴한의 왼팔에 꽂혔다.

"네 이놈!"

"크흑!"

방 안으로 들어선 이는 미휼이었다. 분노 가득한 얼굴로 미휼이 괴한을 향해 달려들었고, 왼팔을 부여잡은 괴한도 미휼에 맞서기 시작했다. 그 순간 작은 방 안으로 광기와 칼부림의 향연이 지속되었다.

챙!

티이익!

팅!

검과 검이 부딪히고 귀를 찢을 듯 날카로운 소리가 방 안을 누볐다. 무거운 검을 휘두르며 미휼이 이를 악물며 물었다.

"누구냐! 정체를 밝혀라. 아니면 네놈은 죽는다."

그러나 괴한은 답하지 않았다. 불행히도 괴한의 실력이 미휼을 능가하고 있었다. 조금씩, 조금씩 뒤로 밀려가는 상황에 미휼은 이를 악물고 버텨냈다. 하지만 지체할 시간이 없다는 듯 괴한의 손에는 자비가 없었고, 몇 번의 합이 끝나고 나서 결국 미휼은 검을 흘리고 말았다. 그러나 하늘은 미휼의 편이었던가.

"미휼!"

그들을 향해 달려오는 무리가 있었다.

"젠장……."

괴한은 씹어뱉듯 욕을 중얼거리더니 목표를 바꿨다. 괴한의 허리춤에서 단도가 들려 나온 것은 순식간이었다. 미휼이 재빠르게 그를 막으려 달려들었지만, 검은 이미 괴한의 손을 빠져나가 목표를 향해 정확하게 달려가고 있었다.

"으헉!"

안타깝게도 단도의 끝은 장형의 목을 날카롭게 뚫고 지나갔다. 괴한은 그것을 확인한 후 미휼의 옆구리를 강하게 발로 찼다. 순식간에 제 주변에서 미휼을 떨어트린 그가 뒤도 돌아보지 않고 그 자리를 벗어났다.

"거기 서!"

미휼이 서둘러 그를 따라 발을 놀렸지만, 이미 복면의 괴한은 어둠 속에서 홀연히 자취를 감추고 사라진 후였다.

단희는 아침부터 정신이 없었다. 새벽부터 들이닥친 비통한 소식에 그녀는 아침 곡기도 끊고 서둘러 화랑으로 출발했다. 아직 바깥으로는 어스름 새벽빛이 다 사그라지지도 않았다.

"어떻게 된 거죠?"

"오셨습니까."

단희가 서둘러 문을 열고 들이닥치니 그 안으로 이미 모두 집합하여 대기하고 있었다. 풍월주 설찬은 물론이거니와 부제인 환웅과 대화랑인 요함, 적품 그리고 천언부의 윤과 괴한과 맞선 미휼까지 한자리에 모여 앉았다.

"다친 사람은? 미휼은 괜찮나요?"

한달음에 미휼에게 달려온 그녀가 먼저 이곳저곳을 살피

며 걱정했다. 그러나 죄스러움에 차마 그녀의 얼굴을 마주할 수 없는 미휼은 질끈 입술을 깨물고 비통하게 대답할 뿐이었다.

"죄송합니다, 제가 놓치는 바람에……."

"그게 무슨 소리예요. 미휼이 있었기에 세 사람 중 두 사람은 구할 수 있었던 거예요. 미휼의 번(番)도 아니었으면서 순찰을 돌아주었기 때문이잖아요. 그렇죠?"

단호하게 말하는 단희의 뒤로 설찬이 힘을 실어주었다.

"원화의 말이 옳다. 쓸데없이 자책하지 마라. 우리는 지금 상심하고 있을 여력이 없어."

"맞습니다. 그나저나 그것보다 시급한 것이 비밀 옥사의 위치가 발각되었다는 것입니다. 대체 누구의 짓일까요?"

설찬의 왼편에 자리하고 앉아 있던 환웅이 씁쓸하게 중얼거렸다. 그 또한 새벽에 깨어나서 바로 달려왔는지 옷차림이 평소보다 단정치 못했다. 허나 그것은 그 자리에 있는 모두가 마찬가지였다. 다만 풍월주 설찬만이 언제나 그렇듯 단정하고 정갈한 모습으로 고요하게 침전된 눈으로 허공을 응시하고 있을 뿐이었다.

"그래도 셋 중 한 사람만 잃은 것에 감사해야겠습니다. 그나마 희소식이 있다면…… 두 사람의 입이 열릴 기미가 보인다는 것이지요."

순간, 가늘게 허공을 노려보던 설찬의 눈이 날카로워졌다.

'세 명! 셋!'

셋이라는 숫자가 친근하게 느껴진다 했더니 취선이 그 언젠가 들었다던 '삼출엽'이 순간 설찬의 머리를 비집고 들어왔다. 그러고 보니 삼출엽의 위치를 알려줬다 했다던가.

'제길, 그런 건가……!'

희미하지만 조금씩 사건의 전말이 보이기 시작했다. 설찬은 있는 힘껏 주먹을 모아 쥐었다. 가려졌던 뒷방의 실체를 파악하니 절로 앓는 신음이 나올 것만 같았다.

"그들은 어디 있습니까? 설마, 그곳에 그대로 두진 않았겠지요?"

가만히 그들의 이야기를 듣고 있던 단희가 물었고, 그 물음에 답한 이는 요함이었다.

"등잔 밑이 어둡다고, 풍월주의 내당에 두었습니다. 적품랑이 지키고 있으니 안전할 것입니다."

고개를 끄덕인 단희가 벌떡 자리에서 일어났다.

"제가 가보겠습니다. 그들이 어떤 상태인지 직접 보고 와야겠어요."

단희가 막 발걸음을 떼려는 그때였다. 설찬이 곁을 떠나려는 단희의 팔목을 움켜쥐었다. 방 안에 있는 모두의 시선이 두 사람에게 쏠렸다. 허나 그 따가운 눈총에도 설찬은 그저 단희를 묵묵한 눈으로 바라보기만 할 뿐이었다.

설찬은 이제 그녀도 사건의 내막을 알아야 하지 않을까

싶었다. 취선은 스스로 준비가 되면 말한다 하였지만, 취선의 사건을 말하지 않고는 사건의 전말을 원화에게 모두 설명할 수 없었다. 해서, 그 이야기를 하려던 참이었다. 한데.

"풍월주."

윤이었다. 윤을 돌아본 설찬의 미간이 굳었다. 그의 눈이 설찬을 향해 조용히, 그러나 간곡하게 애원하고 있었다. 사내의 눈에 애절함이 뚝뚝 떨어졌다.

'제발, 제발 부탁입니다. 지켜주십시오. 그분의 마지막 자존심을……'

"왜 그러신지요?"

이상하다는 듯 단희가 설찬을 빤히 바라봤다. 설찬은 잠시 망설였다. 그러고는 이내 곧 그를 바라보는 수많은 눈을 의식했다. 잠시간 고민하듯 말이 없던 설찬이 고개를 가로저었다.

"서둘러 다녀오너라. 앞으로 진행해야 할 이야기가 많으니."

그는 그렇게 에둘러 말하며 그녀를 보냈다. 그러고 나서 윤을 향해 소리 없이 경고했다. 봐주는 것은 지금뿐이라고.

*

길을 걷는 잔월의 표정이 회색 구름에 가려진 달처럼 흐릿했다. 아무도 동행하지 아니하고 홀로 술이 담긴 호리병을 나르는 그녀는, 행여 누구 하나 그녀를 볼까 두려운 듯 주변을 살뜰히 살폈다. 빙고氷庫에 넣어둔 술이 그녀의 배를 차갑게 자극했다.

'분명 찝찝한 일을 벌이고 있긴 한데……'

그녀를 향해 절대 아무도 들이지도 말고, 아무도 없는 상태처럼 준비하라 단단히 일렀었다. 물론 묵직한 돈주머니를 몇 바구니나 들고 온 자들이니 그녀가 뭐라 할 말은 없었다.

허나, 자신들의 나라도 아닌 이곳 신라에 와서는 저렇게 당당히 수작을 부리고 있는 꼴이라니. 먹고산다고, 이 살림을 꾸리겠다고 애국심이라고는 키워본 적 없는 잔월이지만 당나라 사신의 꼬락서니가 뇌꼴스럽지 않은 것은 아니었다.

그렇다고 그 사이에 끼어들 생각은 없지만 말이다.

"잠깐."

차가운 호리병을 품에 안고 조심스럽게 뜰을 가로질러 오는 잔월의 앞을 누군가 막아섰다. 그녀가 바로 이곳 비류향의 주인이건만 누가 주인의 앞을 가로막는가. 잔월은 슬쩍 기분이 상했지만, 내색하지 않고 그 자리에 서서 그녀를 세운 자를 흘겨봤다.

"여기서부터는 제가 가져가겠습니다."

사마탄이 꼬리처럼 달고 다니던 사내였다. 인물을 확인한 그녀가 알겠다 고개를 끄덕였다. 대단한 것도 아니고 술이나 한 병 더 가져오라 한 것뿐이었으니. 잔월은 사내를 흘겨보던 눈빛을 거두고 여우처럼 새초롬한 웃음을 내지었다.

　"술만 있으면 되는 것입니까, 나리? 조촐한 주안상 하나만 들어갔을 뿐인데, 더 필요한 것은 없으신지요? 우리 부엌 손들이 꽤 솜씨가 괜찮으니……."

　"됐습니다."

　잔월의 말을 중간에 끊어버린 사내는 그녀에게 뭐라 말한마디 붙이지 않고 등을 돌렸다. 온통 시커먼 옷으로 무장한 곰같이 커다란 사내의 등을 잔월이 독기 서린 눈으로 쏘아봤다.

　'하여튼 저 당나라 것들……. 무슨 꿍꿍인지는 모르겠지만 왜 하필 여기서 이러는지.'

　눈이 아프도록 멀어지는 사내의 등을 쏘아보던 잔월도이내 나직한 한숨을 내쉬고 발길을 돌렸다. 무슨 꿍꿍이건제발 여기서 사달은 내지 않았으면 했다. 자꾸만 뒷문으로들락거리는 검은 옷의 사내들이 마음에 걸렸다. 그녀의 경험상 검은 것으로 얼굴을 가린 것들 중에 제대로 된 것들은없었으니.

"술을 가져왔습니다."

사마탄이 이곳 신라로 데려온 측근 무사 중 하나인 재죽이었다. 그가 내미는 호리병을 받아 든 사마탄이 얼굴을 펴지 못하고 그대로 통째로 술을 들이켰다. 마치 술이 물이라도 되는 듯 꿀꺽꿀꺽 한참을 들이켠 그가 단숨에 반을 비우고 나서야 병을 내려놨다.

"이거 한 병밖에 가져오지 않은 것이냐?"

이미 반이 비어버린 병을 흔들며 말하는 사마탄을 보며 재죽이 다시 재빨리 사람을 내보냈다. 방 안은 10여 명이 장정이 다 드러누워도 남을 만한 크기였건만 그 안을 지키는 인물은 달랑 넷이었다.

"죄송합니다, 사마탄공."

이미 오랫동안 저 한구석에서 넙죽 엎드려 있던 창이 다시 한 번 다 죽는 목소리로 사죄하기 시작했다.

"죄송하다……."

사마탄이 들고 있던 병을 흔들며 심드렁하게 대꾸했다.

"예상치 못한 잠복이 있는지라……."

"됐다, 변명을 지껄이는 소리가 거슬리는구나."

그렇게 말하며 사마탄은 다시 술병을 기울였다. 콸콸콸 쏟아지는 술을 단숨에 빨아들인 그가 빈 병을 그대로 엎드려 있는 창을 향해 내던졌다. 둔탁한 소리와 함께 날카로운 파편들이 깨지는 소리가 어우러졌다. 엎드려 있던 창은 그 무심한 공격에도 억 소리 한번 내지 못했다. 실상 억 소리도 내지 못할 만큼 두려워하고 있다는 것이 맞는 것이었지만.

"술!"

사마탄이 바깥을 향해 소리치자마자 재죽이 다시 바깥을 향해 튀어나갔다. 그는 재빠른 발놀림으로 바깥에 대기하고 있던 잔월에게서 술병을 낚아채 왔다. 잔월은 다시 한낱 술심부름이나 하는 신세로 전락했다. 몇 번 욕지거리를 내뱉은 그녀가 시중을 시켜 술독을 하나 가져오게 했다. 다시는 부르는 일이 없도록 그녀는 그것을 사마탄이 머물고 있는 방 앞에 놓아두었다. 장정 두 명이 낑낑거리며 들고 오는 술독을 본 그녀가 뚜껑을 열었다. 그러고는 아무도 보지 않는 것을 확인하고는 그 안으로 침을 탁 뱉었다.

'재수 없는 당나라 놈! 사람을 물건보다 못하게 취급하는 네놈들에겐 침 뱉은 술도 아깝다.'

중얼거리며 사라지는 잔월의 표정이 제법 후련했다.

사마탄은 재죽이 내미는 호리병을 다시 한 번 낚아채고는 서둘러 들이켰다. 그의 두터운 목덜미를 타고 흐르는 차가운 술이 벌떡벌떡 일어나는 화를 식혀주는 것만 같았다.

"빌어먹을! 이게 무슨 헛짓거리냐."

사마탄은 마시다 만 술병을 다시 창을 향해 내던지고서는 씨근덕댔다. 믿었던 놈이 실패를 한 것에 화가 난 것도 있지만, 지금 그가 가장 분노하는 것은 그의 고국에서 온

밀지 때문이었다.

'뭐? 조짐이 좋지 않으니 철수하라고? 이제 와서? 이제 와서 철수하라고? 나보고 이 헛짓거리를 다 시켜놓고?'

사마탄의 주름진 얼굴 위로 그림자가 한층 짙어졌다. 사마탄은 외국의 사신으로 다닌 지 어언 20여 년이 넘었다. 본국의 땅을 밟는 것보다 외국의 땅을 밟은 것이 익숙해진 세월이었으니, 나라를 향해 욕지거리를 읊어대도 불경하다는 마음 따위는 들지 않았다.

"그간 저희가 뿌린 돈이 얼마요, 노력이 얼만데……."

사마탄의 마음을 읽기라도 한 듯 재죽이 비통하게 중얼거렸다. 그의 옆으로 황길이라는 사내가 있는 듯 없는 자리를 지키고 있었다. 그의 마음 또한 재죽과 그리 다르지 않다는 듯 낯빛이 어두웠다.

"돈? 그따위 것 나라에서 퍼다 쓰면 되는 것이오. 노력? 그따위 것도 나라에서 보상해주면 된다. 허나…… 내 드럽다 생각하는 것은 황실의 우유부단함이다."

"예?"

"자그마치, 3년이다. 은근한 불로 제압한다면서 신라와 고구려 사이를 오간 것이 무려 3년이란 말이다! 잡아먹지는 못하더라도 무너뜨릴 각오를 하고 시작을 했어야지! 조금 찔러보고 안 되면 거둬들일 그런 수였다면 애초에 뻗지 말았어야지! 비통하다, 정말 내가 비통해. 나라의 그 안일함이 나를 비통하게 만든다!"

이깟 작은 나라 하나 먹겠다고, 이깟 땅덩어리 하나 제패하겠다고 3년, 아니 그보다 긴 세월을 쏟아부었다. 호시탐탐 당을 위협하는 고구려와 신의 자손이라며 기고만장한 이 신라 놈들이 저들끼리 싸우라고 이곳저곳에 불온의 씨앗을 심었더니만, 들킨 것 같다며 이제와 꽁무니를 뺀단다. 이제 와서!

당나라가 어떤 나라인가! 위대하고 강대한 우리 당나라가 고작 이깟 작은 나라 하나 때문에 이리저리 움직여야 한단 말인가? 아니다, 그럴 수는 없다. 그럴 수는!

사마탄은 분개하며 자리를 박차고 일어났다. 그의 눈이 기묘한 분노에 휩싸여 번들거리고 있었다. 쉽게 취하지 않는 그였으나, 감정이 그를 흔들어놓았는지 한 걸음 뗄 때마다 조금씩 비틀거렸다.

"내놓아라."

사마탄은 황길에게 손을 내밀었다. 순간 황길이 얼굴을 굳히며 사마탄을 올려다봤다.

"하나의 실수가 지금의 꼬락서니를 만든 것이다."

이죽거리던 사마탄이 황길의 옆구리에 달려 있는 칼을 빼앗았다. 불빛에 섬뜩하게 번들거리는 칼날이 곧장 납작 엎드려 있는 창에게로 갔다. 시체처럼 창백하게 질린 낯으로 사마탄을 바라보던 창이 질끈 눈을 감았다. 마치 예상하고 있었다는 것처럼.

"철저히 해야 한다, 철저히. 그렇지 않으면······."

누구에게 하는 말인지 모를 말을 중얼거렸다. 사마탄은 비틀거리는 걸음으로 창의 코앞까지 걸어왔다. 그의 손에 들린 칼이 천천히 그러나 단호하게 위로 치켜 올라갔다. 그리고 미처 창이 마지막 항변의 말이라도 지껄일 시간조차 주지 않고 사마탄은 그 무자비한 손을 그를 향해 휘둘렀다.

"크흑!"

목덜미를 따라 선혈이 솟구쳐 올랐다. 뜨거운 피가 창의 입을 타고 역류해 올라와 그의 검은 옷을 향해 콸콸콸 쏟아지기 시작했다.

"······ 이렇게 돼버리니까."

사마탄은 단조롭게 중얼거리고는 쓰러지는 창을 감흥 없이 바라봤다. 칼에 묻어 흘러내리는 피를 탈탈 털어낸 그가 그것을 다시 황길에게 던져줬다.

"당에서 온 그 밀정······ 없애고 와라."

"예?"

놀란 황길이 저도 모르게 눈을 부릅뜨며 반문했다. 그러자 그를 보는 사마탄의 눈길에 짜증이 차올랐다.

"두 번 말하지 않는다. 죽여라. 실패하면 네놈들도, 그리고 나도 죽는다. 나는 오늘 그 밀지를 받지 못한 것이다."

사마탄은 뒤돌아섰다. 그의 장대한 뒷모습을 바라보는

황길의 눈동자에 두려움이 가득했다. 제대로 검을 다루는 사내도 아니건만, 그 잔혹함만은 수백 번 전장을 오간 장군들보다 냉랭했다. 황길의 눈이 쓰러져 있는 창을 바라봤다. 흥건하게 쏟아진 피는 아직 채 식지도 않았다. 잠시 몸을 부르르 떨던 황길이 서둘러 자리를 박차고 일어났다.

"다녀오겠습니다."

창백한 안색의 황길은 더 이상 뒤돌아보지 않았다. 명령을 받으면 따라야 한다. 그들의 목숨은 모두 사마탄이 틀어쥐고 있으니까.

*

내실 안을 짓누르는 무거운 공기가 무색하도록 슬그머니 뿌리내린 햇살이 해사했다. 장지문을 넘고, 창호문을 넘어 들어온 화사한 햇살의 무리로 인해 희뿌연 먼지가 둥둥 떠다는 것이 다 보일 지경이었다. 그러나 방 안에 들어선 그 누구도 햇살이 주는 잔망 따위는 눈에 들어오지도 않았다. 괴도, 태죽도 그리고 단희도 그저 비통한 침묵에 휩싸여 파리한 안색을 내비칠 뿐이었다.

단희는 괴와 태죽을 향해 섣불리 입을 열지 않았다. 그들은 그녀가 재촉하지 않아도 이미 충분히 괴로움에 숨을 죽이고 있었다. 한두 가지 감정으로 정의 내릴 수 없는 복잡다단한 감정이 일렁거리는 눈동자였다. 혼란스러워한다는 단순한 말로는 부족했다. 흔히들 말하는 넋이 사라진 상태, 바로 그 상태였다.

그렇게 한참을 그들의 일그러진 침묵을 묵묵히 지켜주고 있으니 드디어 괴의 목에 있는 큰 점이 일렁거렸다. 까끌까끌한 목이 아픈 듯 마른침을 삼킨 쇳소리 같은 목소리로 느릿하게 말을 이었다.

"······ 지켜주실 수 있겠습니까?"

단희는 괴의 말이 혼란스러워 잠시간 그를 응시했다. 그러자 허공에 고정되어 있던 괴의 시선이 천천히 단희를 향했다.

"저희들의 이 비참한 목숨을 말입니다."

괴의 눈은 공허했지만 어쩐지 필사적이었다. 삶에 아무런 미련도 없어 보이는 그 눈동자로, 괴는 그녀에게 삶을 연명하기를 구걸하고 있었다. 그 묘한 괴리감에 단희는 이유도 알지 못한 채 가슴이 먹먹해지는 것을 느꼈다. 해서 단희는 시간을 들이며 신중하게 대답했다.

"잘 모르겠습니다."

그녀의 대답에 괴의 눈이 괴롭게 일그러졌다. 그것을 마주 보며 단희는 미처 끝내지 못한 말을 이었다.

"······ 그러나 저보다 먼저 죽게 하지는 않겠습니다."

단희의 대답을 듣고 나서 괴는 태죽과 눈을 마주쳤다. 괴보다 조금 더 젊은 태죽은 그나마 정신적 충격이 덜했는지 시체처럼 파리했던 안색이 금세 많이 회복되어 있었다. 그는 입술을 질끈 깨물고서 "······ 형님" 하며 괴를 다독였다. 괴는 잠시간 눈을 감고 숨을 고르고서 천천히 눈을 떠 단희를 바라봤다.

"예전에 가져가신 그 줌치······ 아직 가지고 계십니까?"

"예, 잘 보관하고 있습니다."

"그것을 가져와주십시오. 그것을 돌려받으면 모든 것을 말씀드리겠습니다."

결연히 빛나는 괴의 눈을 보며 단희 또한 단호하게 고개를 끄덕였다.

"내일 이 시간, 그것을 가지고 다시 오겠습니다."

오늘 세 사람에게는 그 이상의 대화는 무리였다. 단희는 엉덩이를 붙이고 있던 의자에 몸을 떼고 일어나 조용히 방을 나왔다. 그 누구의 배웅도 필요치 않았고, 그 누구도 작별의 인사를 건네지 않았다. 그들은 그저 드디어 서로 공생하기를 선택한 것이다.

수레를 타는 것도, 말에 오르는 것도 모두 거부하고 단희는 거처까지 부단히 발을 놀려 걸어갔다. 가만히 앉아 있을 때보다 조금씩 몸을 움직이는 것이 깊게 생각하기 편했기 때문이다. 저벅저벅 걷다 보니 선문을 나왔고, 다시 또 명하니 걷다 보니 이미 낭문까지 닿아 있었다. 거처까지는 걷는 속도로 가도 반 시진이 채 걸리지 않는 거리였다. 중간에 시전상이고 보수상이고 길게 늘어선 작은 장거리(저잣거리)를 지나치고 빼곡한 주택가를 가로지르면 금방이렷다.

'그 줌치는 정녕 중요한 단서였던 것인가? 아니면 단순히 자기 것이라 달라 한 것인가? 그들을 시해하려 한 자는 누구지?'

어둠에 가려진 적이 누구건 간에 화랑도를 어느 정도 알고 있는 자일 것이었다. 그 비밀 옥사의 존재를 어찌 알아낸 것일까? 또 미흘을 제압할 정도의 실력자라면 신라 안에서 그녀가, 또는 설찬이 모를 리 없었다.

'신라인이 아닌 건가?'

거기까지 생각이 미치니 괴와 태죽의 어색한 어투가 다시 떠올랐다. 이방인들, 그들 또한 이방인들이었다. 나라를 되찾기 위한 백제의 후손들인가? 아니면 고구려? 아니다. 삼국의 언어는 미묘한 차이가 있긴 하지만 그것은 어디까지나 방언. 허면 왜? 아니면…… 당? 그도 아니면 제3의 국가인가.

허나 어디가 되었건, 그들은 왜 저들을 보낸 것인가? 그리고 다시 생각을 돌이켜보면 괴가 있던 무리들은 분명 고구려인들의 복색을 하고 있었다. 그들의 거처도 고구려의 풍습이 짙게 배어 있던 나무 막사였다.

생각이 깊어질수록 머리가 복잡해졌다. 무언가 그녀가 놓친 것이 있는 것 같았다. 그 빠트린 조각 하나를 찾는다면 완전한 지도가 어렴풋이 보일 것도 같은데…….

"내가 도대체 뭘 놓친 거지……?"

희뿌연 안개에 갇혀 있는 듯 가슴이 답답했다. 단희는 퍽퍽해지는 가슴을 주먹으로 툭툭 두드렸다. 목이 뻣뻣해지고 머리로는 두통이 몰려왔다. 단희는 잠시 멈춰 서서 크게 숨을 들이쉬고는 고개를 움직이며 뻐근한 목을 두드렸다. 그때였다. 왁자한 장거리 속에서 그녀를 지켜보고 있던 누군가와 시선이 마주쳤다. 순간 뭔가 오싹한 느낌이 그녀의 뒷목을 조여왔다.

삿갓을 깊게 눌러 쓴 사내. 삿갓이 드리운 검은 그림자를 가르며 매서운 눈길이 번들거렸다. 그녀와 눈이 마주치리라는 것을 예상치 못했다는 듯 잠시간 인상을 찌푸리더니 곧바로 뒤로 돌아섰다. 그리고 사내는 재빨리 인파 속으로 도망쳐 들어갔다.

단희는 본능처럼 발을 움직여 그를 쫓았다. 저자가 그녀가 빠트린 조각이 되어줄 것만 같았다. 왕경에서 발이 날래기는 제일이라 자부하는 그녀였지만 복잡하게 얽힌 장거리의 길, 그리고 그 사이로 왁자하게 얽혀 있는 사람들이 그녀를 막아섰다. 단희는 이를 악물고 그를 쫓았다. 그러나 사내의 모습은 사람들 사이에서 더욱 아득해졌다. 그녀가 막 삿갓의 사내가 사라진 샛길로 들어서려던 참이었다. 발 사이로 미끄덩한 무언가가 밟혔다. 지나가던 아낙네의 치마가 밟히고 말았다.

"으앗!"

재수가 없으려니 하필이면 뒤로 넘어졌다. 새파란 하늘이 보이더니 몸이 제 말을 듣지 않고 뒤로 넘어갔다. 그녀에게 밟힌 치마의 주인도 옆에서 허우적거리는 것이 보였다.

"이런······."

익숙하면서도 강렬한 체취가 느껴진다 싶더니 곧이어 묵직한 팔 하나가 그녀의 허리를 강하게 움켜쥐었다. 설찬! 움찔 놀란 단희의 눈이 그녀를 끌어당기는 설찬을 보며 한순간 동그래졌다.

설찬은 윤의 저택으로 가는 길이었다. 전날 밤 그의 입을 봉하게 만든 그 찝찝함을 모두 게워내고 싶었다. 그 청렴하고 올곧기만 한 윤이 그를 막았고, 여자로서 호소하는 취선 또한 그를 막았다. 하지만 이 사안은 결코 사적인 것이어서도, 감정적이어서도 아니 될 것이었다. 이를 단호히 하기 위하여 설찬은 윤의 저택으로 향하던 길이었다.

단희를 본 것은 아주 우연의 일이었다. 이상하게도, 정말 이상하게도 평소 같지 않게 아이들의 해맑은 웃음소리를 따라 시선이 갔다. 저 멀리 골목 어귀에서 까르르 웃는 아이들이 서로 잡아보라며 천진하게 뛰어다니는 모습을 잠시간 바라보던 그가 막 고개를 돌리려 할 때였다. 멀리서 장거리로 들어서는 연한 치자빛 고운 치마가 그의 눈을 사로잡았다. 그리고 그 고운 뒷모습……. 생각에 잠긴 듯 멍한 시선으로 느리게 걸어가고 있는 그의 여자였다. 그 뒤는 생각할 것도, 뭐도 없었다. 그의 걸음은 당연한 듯 그녀를 향해 가고 있었다. 바로 단희에게 가서 알은체를 할까 하던 설찬은 시시각각 변하는 그녀의 표정이 사랑스러워 생각을 바꿔 조금 더 단희를 지켜보기로 했다. 단희는 작은 돌부리에 걸려 넘어질 뻔하기도 하고, 그녀의 치맛단을 밟는 어떤 사내아이로 인해 비틀거리기도 했다. 하지만 그 어떤 경우에도 찡그리거나 화를 내지 않았다. 특유의 유한 성격으로 생글생글 웃으며 괜찮다 다독이고는 다시 제 갈 길을 갔다. 그리고 또다시 생각에 잠긴 듯 멍한 얼굴.

큭큭, 웃던 설찬이 막 그녀에게 다가가려던 참이었다. 단희가 길을 멈췄다.

'무슨 일이지……?'

그녀가 목을 두드리고 심호흡을 했다. 필히 골치 아픈 생각에 빠져 있었던 것이리라. 그리고 그 골치 아픈 생각이 무엇인지, 설찬은 알 것 같았다. 그러던 중 그녀의 시선이 멀리 있는 어딘가로 향하며 다급히 달리기 시작했다.

'뭐지?'

설찬은 그녀의 뒤를 쫓아 달리며 앞을 살폈다. 저 멀리 샛길로 사라지는 검은 그림자 하나가 보였다. 순간 가슴 아래로 서늘한 한기가 올라왔다. 설찬은 단희보다 한발 앞서 괴한의 뒤를 쫓았다. 그러나 그는 순식간에 골목 어귀에서 모습을 감췄다. 감쪽같이 사라져버린 것이다. 주변을 살피는 설찬의 눈에 저 어디쯤 떨어져 있는 삿갓이 하나 보였다.

'벗어놓고 도망간 것인가? 인파에 섞이기 쉽도록?'

아쉬움에 입맛을 다시던 그가 다시 길을 돌렸다. 그리고 얼마 못 가 뒤로 넘어질 듯 아슬아슬한 단희를 발견했다. 그의 손과 발이 머리보다 빨리 반응한 것은 당연한 일이다.

"이런…… 조심해야지."

손을 뻗어 그녀의 허리를 휘감으니 버들가지처럼 유연하게 감겨드는 살결이 느껴졌다. 매번 감탄하고, 매번 사랑스러운 그 감촉에 설찬은 본능처럼 그녀를 제 품 가까이 끌어당겼다. 갑작스러운 그의 등장에 놀란 것인지, 단희의 눈동자가 흔들렸다.

"설찬랑."

그녀의 목소리가 하늘에 퍼지고 그 조그마한 입에서 그의 이름이 나오니 당장 저 물앵두 같은 입술에 입을 맞추고 싶은 유혹이 그를 자극했다. 하지만 가까스로 그 마음을 억제한 그가 조심스럽게 그녀의 허리를 받쳐서 조금 더 세게 끌어당기는 것으로 스스로를 달랬다.

"여, 여긴 어쩐 일이시어요?"

단희는 당혹스러웠다. 그의 천연덕스러운 등장도 갑작스러웠지만, 뒤로 넘어질 뻔한 그녀를 설찬이 나타나 구해준 것도 당혹스럽긴 마찬가지였다. 마치 그녀를 위한, 그녀만을 위한 영웅처럼 말이다.

"그렇게 뒤로 넘어졌다간 황천길이 코앞일 것이다."

설찬은 그 잘생긴 미간을 찌푸리며 그녀를 나무랐지만 손으로는 다시 한 번 그녀를 제 허리에 바짝 밀착시키고 있었다. 한 치의 틈도 없이 가까워진 설찬의 품에 단희는 잠시 뜨거운 숨을 헐떡여야 했다. 그러나 곧 그들을 바라보는 눈이 많다는 것을 깨닫고는 멀어지지 않으려는 고집스러운 가슴을 밀어냈다.

"아, 그게 아니라…… 아 참!"

간신히 다시 제자리에 발을 붙인 단희가 정신을 차리고 삿갓이 사라진 샛길을 바라봤다. 헛된 기대라는 것을 알았지만 그녀의 불안한 눈이 미련을 버리지 못하고 이곳저곳을 둘러봤다.

"무얼 그리 찾는 게냐?"

설찬은 그녀가 찾는 것이 무엇인지 알면서도 모르는 척 물어왔다. 단희는 차마 '저를 뒤쫓던 괴한이 있었습니다. 그를 찾고 있었지요'라고 대답할 수가 없어서 어물쩍 입을 다물고 말았다.

"아무것도 아닙니다. 제가 누군가를 착각했나 봐요. 아니, 그나저나 설찬랑이 여기 어찌 계십니까?"

"…… 나도 그저 지나가는 길이었다."

평소 같지 않게 설찬이 어물쩍 대답했다. 마치 조금 전의
단희가 그랬던 것처럼.

"아아, 예."

단희는 저도 찔리는 게 있는지라 뭐라 깊이 묻지 못하고
알겠다는 듯 고개를 끄덕였다.

"나는 예서 급히 가봐야 할 곳이 있다. 마음 같아서는 거
처까지 내 데려다 주고 싶건만 여의치 않구나."

"아닙니다, 이제 코앞인걸요. 이렇게 우연히 설찬랑을 본
것만으로도 좋습니다. 자, 어서 가보시어요."

펄쩍 뛰며 단희가 설찬의 등을 떠밀었다. 설찬은 차마 발
걸음이 떨어지지 않는다는 듯 뜸을 들이다가 이내 그녀의
고운 머리카락과 뺨을 천천히 쓰다듬으며 고개를 끄덕였다.

"조심히 들어가거라. 앞을 잘 살피고 다녀."

"네, 걱정 말고 가시어요."

멀어지는 설찬의 뒷모습을 한참이나 바라보던 단희가 그
의 모습이 완전히 사라질 때 발을 뗐다.

'근데, 설찬랑이 왜 괴한이 사라진 골목으로 들어가시는
거지? 우연의 일치인가?'

그가 멀어져 간 샛길을 힐끔거리며 단희가 고개를 갸웃
거렸다. 거처로 돌아가는 길이 참으로 길고 먼 하루였다.

*

"마지! 마지, 거기 있어?"

단희는 저택으로 들어오자마자 마지를 찾았다. 이른 아침에 심부름을 부탁하고 나갔는데, 그것이 잘 완료되었는지 확인하기 위해서였다.

"아가씨! 저 여기 있습니다요."

아궁이 근처로 마른 땔감을 가져다주고 있던 마지가 헐레벌떡 밖으로 나왔다. 거뭇한 숯이 묻은 코 근처를 소매로 슥슥 닦아냈지만 잘 지워지지 않았다. 단희가 손끝으로 검댕을 지워줬다. 제 손 끝에 묻은 검댕은 손바닥으로 툭툭 털어 없앴다.

"오늘 아침에 시킨 일은?"

"잘 다녀왔습니다. 아이고, 저 같은 놈이 월성엘 다 들어가보고……. 아주 이놈 눈이 돌아가는 줄 알고 혼이 났습니다요. 여기를 봐도 번쩍거리고, 저기를 봐도 번쩍거리고. 어휴!"

입구만 갔다 온 것일 텐데도 마지는 호들갑을 떨며 난리를 쳤다. 아직까지도 그 감격스러운 여운이 남았는지 몸을 부르르 떠는 마지를 보며 단희기 푸시시 웃음을 보였다.

"수고했어. 잘 다녀왔다니 다행이네. 어머니는?"

"안채에 계십니다."

고개를 끄덕인 그녀가 자신의 별채로 발을 옮겼다. 먼저 환복부터 하고 어머니께 인사를 드려야겠다 싶었다.

옷을 갈아입고 손발을 깨끗한 명주 수건으로 잘 닦은 후 동경을 꺼내 얼굴빛을 점검할 때였다. 문득 그녀의 시선이 침상 옆 허전한 다탁에 닿았다. 야래향이 놓여 있던 바로 그 다탁이었다. 그리고 그 다탁의 안쪽 서랍.

드르륵.

조용하게 열리는 서랍 안에 괴의 줌치가 있었다. 신라에서는 볼 수 없는 해괴한 모양의 주머니. 단희는 그것을 들고 한참을 만지작거렸다. 하도 많이 꺼내서 이제는 그 실의 모양을 모두 외울 지경이었다. 이제 내일이면 이 이상한 줌치가 무엇인지 알 수 있겠지. 의문이 풀릴 생각을 하니 시원하다기보다는 무섬증이 일었다. 무엇에 관한 무섬증인지도 모른 채 단희는 잠시 부스스 몸을 떨었다. 그러고는 이내 고개를 털어내고 다시 줌치를 서랍 안에 넣으려고 할 때였다.

'응……?'

그녀의 예민한 귀로 인기척이 들려왔다. 확신할 수는 없지만, 그것은 필히 지붕 위에서 들려오는 소리였다. 새가 날아와 앉았나 싶어 머리를 갸우뚱해봤지만 새가 앉는다고 기와가 움직이랴? 단희는 서랍 안으로 야무지게 줌치를 밀어 넣고는 밖으로 나왔다.

"왜 그러십니까?"

작은 마당을 쓸고 있던 마지가 갑자기 튀어나온 작은아가씨를 보며 물었다. 그러나 단희는 말없이 마당으로 내려와 지붕 위를 뚫어져라 바라보기만 할 뿐, 별 대꾸가 없었다. 머쓱한 마지가 다시 슥슥 마당을 쓸기 시작할 무렵, 단희가 마지를 향해 물었다.

"지붕 위로 뭐 안 날아들었어? 새라도."

"새요? 아뇨, 개미 새끼 한 마리 보이지 않았는걸요."

"그래."

단희는 얼굴 위로 찝찝함을 지우지 못하고 고개를 끄덕였다. 잘못 들었나 싶기도 했지만, 알싸하게 내려앉은 가슴이 석연치 않았다. 감이라는 것은 아무래도 나쁜 일에 더욱 영험하기 마련이니까.

그녀가 지붕 위를 기어코 확인해보았을 때도 나오는 것은 아무것도 없었다.

설찬은 골목 어귀로 사라진 괴한의 흔적을 끈질기게 쫓았지만 한발 앞서 사라진 괴한은 깨끗하게 자취를 감춰버렸다. 결국 찝찝한 마음만 가지고 윤에게로 향한 그는 해가 질 무렵이 되어서야 윤의 저택을 빠져나올 수 있었다.

'…… 마음대로 하십시오. 이제는 어떻게 되든 상관없습니다.'

새벽안개보다 더욱 희미하던 취선의 목소리. 그녀는 공격을 당한 그날보다 더욱 파리해진 안색으로 설찬을 맞았다. 그러고는 이제는 뭐라도 상관없다는 듯 피곤함이 짙은 목소리로 대답하고 쉬고 싶다며 그를 내보냈다.

그러나 빠르게 마무리된 그녀와의 대화에도 불구하고 설찬이 늦은 시간까지 윤의 저택에 있었던 것은 그를 붙잡은 윤 때문이었다. 그는 취선을 대신하여 그동안의 이야기를 조심스럽게 꺼냈다. 덤덤한 목소리로 설찬에게 보고하는 그였지만 그 가슴 아픈 눈빛만큼은 차마 숨기지 못했다.

"…… 잔인하신 분."

설찬은 태후를 떠올리며 씁쓰레하게 중얼거렸다. 몇 날 며칠 동안 태후를 알현하기 위해 찾아간 취선을, 태후는 단 한 번도 만나주지 않았다고 했다. 아직 몸이 회복되지 않은 취선은 결국 이틀 전 월성에서 돌아오는 길에 다시 한 번 쓰러졌고, 그대로 계속 누워 있다고 했다. 그렇게 연약해질 대로 연약해진 그녀에게 서찰이 하나 날아들었다. 그토록 기다리고 기다렸던 태후로부터…….

서찰을 읽고 난 후 취선은 침상에서 발딱 일어나 다시 한 번 월성으로 달려가려 했다. 맨발로 뛰어가려는 그녀를 붙잡은 것이 윤이었다. 그녀를 부둥켜안고 달래고 달랬지만 새하얗게 질린 낯빛으로 태후를 뵈어야 한다며 애원했다던 그녀.

설찬은 윤의 이야기를 듣고 나서 입안에 소태를 문 듯 씁쓸해졌다. 궁은 그런 곳이었다. 필요하면 삼키고, 소용이 없으면 버린다. 그리고 그런 작태를 누구보다 적절히 이용하는 분이 태후가 아니던가.

뜨겁고 나지막한 한숨이 설찬의 입술을 가르고 새어 나올 때쯤 그의 발은 어느새 목적지에 닿아 있었다. 이제는 자신의 저택보다 더욱 익숙해진 단희의 거처였다. 그는 익숙한 듯 그녀의 별채 담장 위로 훌쩍 뛰어올랐다. 그리고 몇 번의 도약 끝에 그가 올라선 곳은 그녀 방 위의 지붕.

타닥.

가볍게 지붕 위로 안착한 그는 순간 머리를 부여잡았다. 벌써 며칠째 한숨도 자지 못하고 단희의 지붕 위를 지키고 있었다. 이제는 슬슬 체력적 한계에 다다랐는지 빈혈이 생겼다. 하지만 안심할 때까지 이곳을 떠날 수 없었다. 그렇게 설찬은 다시 한 번 새벽이슬을 온몸으로 받으며 딱딱하고 차가운 지붕 위에 자리를 잡았다. 그는 품 안에서 식어 버린 주먹밥 하나를 꺼내 입에 물었다. 차가운 밥알이 까끌까끌한 그의 목을 타고 지나갔다.

지붕 아래로 그를 발견하지 못한 마지와 몇몇 하인들이 그네들의 주인을 위한 저녁상을 위해 분주히 움직이고 있었다.

"······ 안 되겠다."

도무지 잠이 오지 않았다. 단희는 잠을 자려고 몇 번 시도하다가 이내 침상을 박차고 밖으로 나왔다. 얇은 자리옷 위로 제법 두꺼운 표 하나를 걸치고 나온 그녀가 그녀의 방앞 툇마루에 엉덩이를 붙였다. 섬돌 옆으로 앉은 그녀가 대롱대롱 발을 놀리다가 이내 그것도 성에 차지 않는다는 듯 마당으로 나왔다.

터질 듯 터지지 않는 가슴의 불안감이 열병처럼 그녀의 온몸에 퍼져 있었다. 깜깜한 어둠이 내린 앞마당을 몇 번이나 뱅뱅 돌았지만 잠이 오기는커녕 더욱 생각만 많아지는 그녀였다.

'대체 이 석연찮은 기분은 뭐지? 내가 뭘 놓친 거야, 대체 뭘? 어떤 위인이기에 화랑 안으로 침입하여 구금된 그들을 노릴 수 있었던 것이지? 누가?'

내일이면 알게 될 것이건만 조급한 궁금증은 내일까지도 그녀를 견딜 수 없게 만들었다. 그리고 찝찝한 마음은 비단 괴의 무리들 때문만은 아니었다. 시시때때로 그녀의 뒷골을 잡아채는 서늘한 불안감, 기괴한 불안감에 그녀는 지금 잠을 이룰 수가 없었다.

"······ 휴."

들끓는 심화를 이기지 못한 뜨거운 날숨이 밖으로 새어나왔을 때, 결국 단희는 방 안으로 들어가 잘 벼려놓은 그녀의 검을 들고 나왔다. 이렇게 생각이 복잡할 때는 역시 달밤에 칼부림이 최고리라. 가벼운 마음으로 밖으로 나오는 그녀 앞으로 불현듯 검은 무언가가 툭 떨어졌다.

"헉!"

단희는 놀라서 숨을 들이쉬면서 동시에 빠르게 검을 꺼내 들었다. 크게 들썩이는 가슴이 진정되기도 전에 어둠에 익숙해진 시야를 몇 번 깜빡이니 떨어진 것이 무엇인지 보였다.

설찬!

그리고 그 순간 그녀보다도 빠르게 다가온 그가 그녀의 손에서 부드럽게 칼을 빼앗아 들었다. 그러더니 순식간에 그녀를 툇마루까지 몰아붙였다.

"…… 여, 여긴 또 어찌 이 시간에…….."

단희는 느릿하지만 크게 가슴을 들썩이며 설찬을 향해 중얼거렸다. 성큼성큼 그녀를 밀어붙이던 그가, 마침내 툇마루에 그녀의 등이 넘어갔을 때 묵직한 입술을 들썩이며 말했다.

"이 시간에 또 어디를 가려는 것이지."

"…… 제가 먼저 질문했습니다."

"대답은 네가 먼저 하는 것이 어떻겠느냐."

"설찬랑."

단희는 입술을 깨물고 설찬을 직시했다. 그러나 설찬 또한 고집스러운 눈으로 한 치 앞의 그녀를 직시하고 있을 뿐, 아무런 대답을 내놓지 않았다. 그러다 문득 그의 눈에 서늘한 안광이 스쳐 지나갔다. 툇마루 위로 뉘인 그녀의 허리를 바짝 휘감으며 그가 낮게 으르렁거리는 목소리로 물었다.

"오늘 월성에 보낸 물건이 무엇이냐?"

그의 물음에 단희의 눈동자가 크게 흔들렸다. 이이가 어떻게 알았나 싶었지만 또 금세 이이라면 어떻게든 알지 않았을까 하는 마음이 들었다. 잠시 입술을 깨물며 변명을 생각해보려던 그녀였지만 이내 입을 다물고 말았다. 잠시간의 침묵. 그것이 마음에 들지 않는다는 듯 미간을 구긴 설찬이 그녀를 보던 고개를 내려 귓가로 가져갔다.

"어서 말해."

강인하고 느릿하게 말하던 그가 이를 낮은 목소리로 재촉하였고 이내 이를 들어 그녀의 귓불을 깨물었다. 예민한 귀로 느닷없이 쏟아지는 야릇한 감각의 공격에 단희는 몸을 떨며 그를 밀어냈다. 갑자기 이게 무슨 짓인가! 놀람과 당혹스러움 그리고 오늘 하루 종일 그녀를 괴롭히던 불안감이 그녀의 신경을 날카롭게 만들었다.

"하, 하지 마세요."

단희가 그를 밀어내려 발버둥을 치자 그의 손이 거침없이 그녀의 치마 속을 파고들었다. 거친 손가락이 여린 허벅지를 움켜쥐며 점차 위로, 위로 올라왔다. 마침내 엉덩이의 볼록한 산을 쓰다듬고 날렵한 허리를 움켜쥐자 그녀가 헉 소리를 내며 입술을 깨물었다. 이미 설찬은 그녀보다도 그녀의 몸을 더 잘 알고 있었다. 그런 그의 손에 대항하는 것은 단희에게 너무나도 큰 고문이자 어려움이었다.

"어서."

그녀의 귓불을 잘근잘근 깨무니, 혀와 타액이 엉킨 촉촉한 소리가 귓가를 간질였다. 질끈 입술을 깨문 단희가 그의 어깨에 고개를 묻고 고개를 도리질했다. 그만, 그만! 혹여 누군가를 깨울까 낮은 목소리로 그에게 저항해봤지만 그것은 너무나 미약하기만 했다.

"말해."

달콤한 그 목소리로 그녀를 몰아붙이니 혼미한 정신의 그녀가 결국 입을 열고 말았다. 자리옷 안으로 침범한 그의 손은 끊임없이 그녀의 배를, 그리고 그 위를 위협하듯 올라오고 있었으니까.

"제께서 야래향을…… 웃, 가져가셨습니다."

순간 그녀의 예민한 몸 이곳저곳을 희롱하던 설찬의 움직임이 멈췄다. 그 순간 단희는 막혀 있던 숨을 몰아쉬며 그에게 그간의 일을 실토했다. 실상은 그동안 그에게 숨겨야 했던 말하지 못할 가책이 지금의 기회를 타고 터져 나온 것이리라.

"제가 자리를 비웠을 때 이곳에 들른 적이 있다 합니다. 그때 가져가신 것이 바로…… 설찬랑이 제게 주신 그 야래향이었습니다. 곱게 말려 항상 곁에 두었던 것인데 어찌 그것을 가져가셨는지. 하아……. 그런데 그것을 찾으러 갔다가 제가 제의 화를 돋우고 말았습니다. 하여, 그것을 사죄코자 오늘 자그마한 정성을 보낸 것입니다."

'…… 불허한다.'

단희의 말이 끝나자마자 불현듯 설찬의 귓가에 제의 목소리가 메아리쳤다. 어느 날, 그와 제가 함께 말을 달려 나갔을 때 제가 설찬에게 했던 말이다.

'네가 아무리 원한다고 할지라도, 단희가 아무리 원한다 할지라도 짐은 불허할 것이다.'

'…… 폐하.'

'싫구나, 나는. 네가 그 아이를 갖는 것도, 네가 단희의 사내가 되는 것도.'

제는, 단희와 그가 함께 하는 것을 달가워하지 않았다. 그것이 충복이 여인에게 빠지는 것을 염려하여서 그러는 것인지, 아니면 그가 품고자 하는 여인을 그 충복에게 빼앗기는 것 같아 그러는지 알 수 없었다.

하지만 그것이 무엇이 되었든 그 이후로 설찬은 숱한 밤을 새하얗게 지새워야 했다. 하늘처럼 떠받드는 충심과 그의 삶을 송두리째 뒤흔들고 있는 연정의 경계선에서 갈등

하고 또 갈등해야 했다.

"설찬랑……."

갑자기 돌처럼 굳은 설찬의 움직임에 단희가 슬며시 손을 들어 그의 뺨을 어루만졌다. 어린 새순처럼 보드라운 손길에 염려가 가득했다.

"하지만 다시 돌려주셨습니다."

"……."

설찬은 몸을 조금 들어 단희의 눈을 더욱 깊게 바라봤다. 단희의 눈은 밤처럼 새까맣고 별처럼 반짝였다. 그의 눈에만 이리 어여쁘고 신비로운 걸까. 아니, 그렇지 않다. 그렇지 않기에 수많은 사람들이 그녀를 아끼고 사랑하리라.

"다시, 다시 돌려주셨습니다. 당신의 야래향을……. 당신이 내게 주었던 바로 그 야래향 말입니다. 그래서, 그래서 감사한 마음을 어찌 표할 길이 없어…… 읍!"

단희는 말을 끝맺지 못했다. 다시 한 번 격렬하게 밀어붙이는 설찬의 입술에 막혀버렸기 때문이다. 그는 마치 며칠이나 물을 마시지 못한 사람처럼 다급하게 그녀의 입술을, 그녀의 숨결을 삼켰다. 애절함을 넘어 절박하기까지 한 그의 입맞춤에 단희는 정신을 차리기가 어려웠다.

언제나 그녀를 소중하다는 듯 조심스럽게 안는 설찬이었다. 그런데 오늘 그는 뭔가 달랐다. 그의 입술이, 그의 다급한 손길이 그녀를 몰아붙이고 있었다. 숨이 막힐 정도로 절박한 입맞춤이었다.

"설찬랑……."

그의 입술이 그녀의 목덜미를 따라 내려갔다. 깊이 들이쉬는 설찬의 숨결을 따라 단희의 가녀린 목덜미에 붉은 꽃잎이 내렸다. 속살을 타고 오르는 그의 손길 또한 여유가 없었다. 조금이라도 더 그녀를 만져야 한다는 듯이, 그와 그녀 사이에 틈 따위는 없어야 한다는 듯이 설찬은 그녀를 힘껏 끌어당겼다.

단희는 간신히 정신을 끌어모아 설찬의 단단한 어깨를 움켜잡았다. 그러나 그 미약한 반항이 그에게 먹힐 리 없었다. 얇디얇은 자리옷 위로 솟아오른 그녀의 가슴을 그가 덥석 입에 물었다. 사내의 타액에 축축하게 젖기 시작한 그녀의 옷 아래로 차가운 새벽바람이 엄습했다. 그 바람에 은근하게 솟아오른 그녀의 유실 위로 설찬이 다시 한 번 입맞춤을 해 보였다.

"잠깐, 그만……."

"그럴 수 없다."

설찬은 낮게 으르렁거리듯 자조하며 꼿꼿하게 솟아오른 그녀의 유두를 깨물었다. 순간, 단희의 허리가 아찔하게 휘어지며 아름다운 곡선을 내보였다. 그 순간을 놓치지 않고 설찬의 손이 그녀의 허리 안으로 들어갔다. 차갑고 단단한 설찬의 손이 비단처럼 보드라운 단희의 살결을 쓰다듬으며 위로 올라왔다.

'안 돼, 안 돼.'

설찬이 그녀를 거세게 몰아붙일수록, 그의 입술과 손길
이 뜨거워질수록 단희는 본능처럼 무언가 석연찮은 기분
을 느꼈다. 그녀의 몸은 그의 손길에 달아오를 대로 달아올
랐지만, 머릿속은 어딘가 모르게 차가워졌다.

'이이가 왜 이러시는 걸까, 무엇이 그를 이렇게 몰아붙이
는 걸까……. 그리고 왜 지붕 위에서 이이가 뛰어내린 것이
지. 왜?'

단희는 묻고 싶었다. 무엇이 당신을 이렇게 조급하게 만
드는 것이냐고. 무엇 때문에 당신이 매번 새벽이슬을 맞으
며 저 위를 지키고 있는 것이냐고. 단희는 꾸역꾸역 정신을
추스르고 바르르 떨리는 손으로 그의 입술을 막아 세웠다.
달아오른 손으로 그의 어깨를 밀어내며 흐트러진 숨결을
고를 생각도 하지 않고 강하게 말했다.

"그, 그만하세요. 대체 무슨 일이십니까? 하아…… 말씀
해주세요. 지금의 설찬랑은, 평소와 다릅니다."

"……."

흘러내린 옷을 부여잡은 단희가 자리를 추슬렀다. 젖은
옷을 타고 한기가 올라왔다. 뜨거운 몸에 차가운 공기는 치
명적일 만큼 야릇했지만, 그것에 취해 있을 때가 아니었다.

단희에게서 몸을 뗀 설찬은 말없이 그녀를 바라보기만

했다. 괴로움이 가득한 눈동자가 빤히 보였지만 그의 얼굴은 아무런 표정이 없었다. 단희는 그렇게 다시 입을 다물어버린 설찬이 미웠다.

"말씀……해주지 않으실 겁니까?"

그는 아직도 그녀를 못 미더워하는 것은 아닐까? 어려서부터 그녀를 괴롭혀온 그 물음이 이번에도 그녀를 괴롭게 했다. 단희는 벌어진 자리옷을 힘주어 부여잡았다. 힘이 들어간 주먹이 하얗게 떠올랐다. 창백한 달처럼 투명하고 차가운 손이었다. 마치 조금 전의 달뜬 뜨거움 따위는 모른다는 듯 창백하고 시린 손.

"가세요, 그러면."

"단희야."

"…… 이만 가시어요. 무엇 때문에 자꾸 지붕 위에서 새벽이슬을 맞고 계시는지 모르겠습니다. 저를 지켜주시려는 겁니까, 아니면 감시하시려는 겁니까? 아니, 저는 아무것도 모르겠습니다. 당신께서 나에게 무언가 숨기고 있다는 걸 알고 있지만 그것이 무엇인지 모르겠고, 그것을 왜 숨기는지도 모르겠습니다. 또한 무엇 때문에 당신이 그리 괴로운 표정을 짓는지도…… 모르겠습니다."

그녀의 말에 설찬의 표정이 와락 구겨졌다. 마치 칼에 베인 듯 아픔이 느껴지는 얼굴이었지만 단희는 그를 외면하고 자리에서 일어났다.

"감시라니……!"

화를 내듯 한층 낮아진 목소리로 설찬이 말을 이었지만 단희가 그를 막아섰다.

"그리고 그 이유를 저에게 말씀하지 못하신다면, 그렇다면 당신은 지금 저를 지켜주실 이유도, 감시하실 자격도 안 되시는 겁니다. 가십시오!"

"그런 게 아니다!"

"허면 지금 말씀해주실 겁니까? 모든 것을요?"

다시 설찬이 입을 다물었다. 단희의 입에서 힘 빠진 웃음이 흘러나왔다.

"가십시오. 저는 들어가보겠습니다."

그렇게 단희가 먼저 돌아서 방 안으로 들어갔다. 그러나 단희가 방 안으로 들어가고도 설찬은 그 자리에 꼼짝 없이 굳어 있었다. 그가 말하지 못한 것은 무엇일까? 너를 쫓고 있는 누군가가 있다는 말? 그것을 왜 못 할까……. 그것이 사마탄인 것 같아 더욱 조심하라고? 그 말도 못 할 게 무엇일까.

허면…… 제께서 너를 원하시는 것이 틀림없다고?

설찬은 힘껏 주먹을 그러쥐었다. 그 말만큼은 절대 할 수 없었다. 절대, 무슨 일이 있어도 그 말만큼은 제 입이 틀어져도 하기 싫었다.

뜬눈으로 밤을 지새웠다는 것이 바른말일 것이다. 단희

는 퉁퉁 부은 눈을 손으로 지그시 누르며 방을 나섰다. 잠은 한숨도 자지 않았지만 방에서 나온 때는 평소보다 조금 늦어서였다. 옷매무새를 점검하며 섬돌 아래로 내려서다가 문득 지붕 위를 바라봤다. 저 높고 차가운 곳에서 새벽 이슬을 맞았을 설찬의 모습이 떠올랐다.

어쩌다 저곳에 오르셨나.

정말 감시하려고? 아니면, 지켜주려고? 그렇다면 무엇으로부터?

밤새워 고민하고 또 고민한 그 질문이 아침이 되어도 사라지지 않았다. 그녀는 진득이 한숨을 내쉬며 고민을 미뤄 냈다. 아침도 거르고 간밤에 잠도 이루지 못한 그녀의 걸음걸이가 무겁기 그지없었다.

오늘은 괴에게 줌치를 가져가기로 한 날이었다. 어머니께 아침 문안만 드리고 바로 선문으로 달려갈 참이었으니, 그녀는 소매 안에 줌치를 챙겨 들고 나왔다. 발걸음을 옮길 때마다 사각거리며 줌치가 움직였다. 그것을 의식하며 단희는 어머니가 계신 안방에 다다랐다.

"단희여요, 기침하셨는지요?"

"들어오렴."

어머니의 목소리는 아침에도 맑고 따뜻했다. 단희는 다시 한 번 부은 눈가를 지그시 누르며 사뿐사뿐 방 안으로 들어섰다.

"아침도 걸렀다 하더니, 시장하지는 않느냐?"

그녀가 방 안에 들어서자마자 소춘 부인은 단희를 걱정하는 말부터 늘어놨다. 바느질하던 바구니를 한쪽으로 밀어놓고 다가오는 단희를 보며 웃으며 말을 건넸다.

"알고 계셨어요?"

단희는 걱정을 끼쳐드린 것만 같아 여간 죄스럽지 않았다.

"약과라도 좀 먹지그러니?"

"안 그래도 가는 길에 조금 챙겨 가려 했어요."

"그래, 이번 약과가 아주 달고 쫀득하더구나."

"어머니가 해주신 약과는 언제나 왕경에서 제일 맛났는걸요."

"욘석이."

단희의 말이 싫지 않다는 듯 소춘 부인은 웃음을 보였다. 그러더니 문득 단희의 얼굴을 빤히 바라봤다. 살포시 미간을 찡그리더니 곧이어 쯧쯧 혀를 찼다.

"잠도 못 잔 게야?"

"조금요."

단희는 다시 손을 들어 눈가를 지그시 누르며 웃어 보였다.

"별거 아니에요. 요즘 화랑에 일이 있어서……."

"잠도 못 잘 만큼 고민인데, 뭐가 별거 아니야."

어머니의 따끔한 잔소리가 이어지려고 하자 단희는 냉큼 시선을 돌려 다른 화젯거리를 찾았다. 그러던 그녀의 눈에 어머니가 내려놓은 뜨개 바구니가 들어왔다.

"아버지 버선 짓고 계셨어요?"

슬쩍 바구니를 끌어당겨 정갈하고 깨끗한 어머니의 솜씨를 둘러봤다. 지금 아버지는 익령현으로 출타 중인데, 어머니는 아버지께서 안 계실 때면 으레 버선을 짓고는 했다.

"그래, 이번에 천이 좋은 것이 들어와서 하나 지었단다. 너도 하나 지어주리?"

"아뇨, 괜찮아요. 저도 이제 다 할 줄 아는걸요."

푸시시 웃으며 어머니가 만든 버선을 들어 올릴 때였다. 실 하나가 바구니에 걸려 정갈한 버선이 와락 우그러졌다.

"에그머니! 이를 어째!"

찔끔 놀란 단희가 울상을 지으며 어머니를 올려다보니, 소춘 부인이 피식 웃으며 단희의 손에서 버선을 건네받았다.

"뭘 놀라고 그러니. 실이 하나 운 것뿐인데."

쭈그러든 버선을 고운 손으로 살짝살짝 다듬는 모양을 보던 단희가 일순간 눈을 크게 떴다. 어딘가 모르게 익숙한 모양이었다.

'뭐지?'

순간 묘한 위화감에 잠시 고민하던 그녀가 화들짝 놀라며 소매를 뒤적였다. 단희의 손을 따라 괴의 줌치가 딸려 나왔다. 줌치를 봉인하고 있던 끈을 빼낸 단희가 그것을 납작하게 펴 들었다. 순간, 그녀의 동공이 떨렸다.

'그래, 이건 줌치가 아니다. 이건……!'

"어, 어머니, 저 지금 당장 나가봐야 할 것 같아요."

"음?"

미처 인사할 새도 없이 단희는 헐레벌떡 방을 빠져나갔다. 부엌 할매가 챙겨주는 약과도 받지 못하고 다급하게 선문으로 향했다.

*

단희는 휘날리는 치맛자락을 부여잡고 서둘러 선문 안으로 뛰어들었다. 숨이 턱까지 차올라 뜨거운 김이 폐를 터질 듯이 간질였다. 한시도 쉬지 않도 달린 탓에 제법 쌀쌀해진 날씨임에도 그녀의 등줄기로 땀이 흥건했다. 그녀의 손에는 비단으로 만든 줌치가 들려 있었다.

"어? 원화!"

"원화……."

"낭주님?"

바삐 뛰어가는 그녀를 보고 알은체를 하려는 몇몇 화랑들이 단희를 불렀다. 그중에는 밤새 창고를 지키다 이제야 집으로 귀가하는 초췌한 몰골의 곡사혼도 있었다.

"뭘 저리 서두르시는 게지?"

그가 부르는 것도 듣지 못하고 눈앞을 스쳐 달려가는 단희를 보며, 곡사흔은 적잖이 놀라며 중얼거렸다. 그녀의 표정을 보아하니 다른 화랑들은 아예 눈에 들어오지 않은 듯했다.

"오늘 급한 안건이라도 있는가?"

"글쎄요, 저희는 잘 모르죠."

"흠."

턱을 문지르며 고개를 기울이는 곡사흔을 보며 소화랑들이 어깨를 으쓱해 보였다. 곡사흔은 잠시 그녀를 쫓아갈까 고민하다가 이내 밤새 창고에서 씨름한 피로가 몰려와 고개를 털어내고 말았다.

"무슨 용건이 있으신 거겠지. 어쨌든 가자, 필요하면 우리를 부를 테니."

"아, 예."

"갑시다, 사형."

어리둥절하여 멀어지는 곡사흔은 보지도 못한 채 단희가 서둘러 뛰어간 곳은 괴의 무리가 머무는 풍월주의 내당이었다. 단희의 눈에는 풍월주의 내당 외에 아무것도, 정말 아무것도 들어오지 않았다.

어서, 어서 확인해야 한다. 단희는 그 생각만으로 괴가 있을 내실의 문을 벌컥 열어젖혔다.

"괴!"

내실로 뛰어드는 단희를 보며 문을 지키고 있던 문지기

들이 놀라 그녀를 따라 들어왔다.

"무슨 일이십니까?"

웅성거리는 소리를 모두 물리고 단희가 괴에게 다가갔다. 차창에 앉아 밖을 보고 있던 괴가 숨을 몰아쉬는 단희를 보며 얼굴을 찌푸렸다. 물론 오늘 그녀가 방문할 것은 알고 있었지만 이리도 다급하고 절박한 얼굴로 볼 것이라고는 생각하지 못했다. 그저 하룻밤이 지났을 뿐인데, 눈앞의 여자는 마치 길고 어두운 동굴을 뚫고 나온 듯 복잡한 표정으로 그를 응시하고 있었다.

"이것이, 이것이…… 혹시 그것입니까?"

단희는 괴에게 천천히 다가서며 자신이 들고 온 줌치를 내밀었다. 찌그러진 항아리 모양의 줌치. 이곳 신라에서는 처음 보는 모양인 그 낯선 줌치가 드디어 제 주인을 향해 모습을 드러냈다. 그것을 마주하는 괴의 눈빛이 흔들렸다. 그의 손이 느릿하게 공기를 가르고 단희에게 다가갔다. 그 손끝이 슬쩍 떨리는 것이, 드디어 다시 손에 넣었다는 벅찬 감동마저 느껴지는 듯했다.

"…… 원화께서 생각하시는 그것."

괴의 손에 줌치가 들렸다. 소중한 것을 어루만지듯 조심스럽고 다정한 손길. 그 안에 잘 들어 있던 머리카락 터럭을 꺼내 들었다.

"제 딸아이의 전족혜纏足鞋입니다."

전족. 당나라 일부 지방 귀족들 사이에서 유행하기 시작한 발을 작게 만드는 풍습이었다. 작고, 보드랍고, 연약한 발. 중국 여인들에게 미인의 조건은 이 작은 발로부터 시작한다고 했다. 처음 들었을 때 단희를 경악하게 만들었던 그 관습. 천천히 퍼져나가 이제는 중국 전역 곳곳에서 무섭게 자리 잡고 있는 고통스러운 미의 조건.

우리와는 완전히 다른 발 모양. 그로 인해 신라와 삼한과는 혜의 모양이 완전히 달랐다.

"이것은 그 아이의 머리카락이고요."

괴는 전족혜라고 말한 그 줌치와 머리카락을 소중하게 끌어안았다. 가슴 안으로 밀어 넣듯 가까이, 가까이 끌어당긴 그가 조금 슬픈 얼굴로 웃으며 단희를 돌아봤다.

"고맙습니다. 이것을 돌려줘서……. 다시 볼 수 있게 해주어서, 참 고맙습니다."

단희는 서글픈 눈동자의 괴를 돌아보며 잠시 입을 다물었다. 짐작으로 막연히 생각했던 것과, 직접 진실을 마주하는 것은 엄청난 차이가 있었다. 무시무시하고 혹독한 진실 앞에서 단희는 현기증이 일었다.

'전족혜!'

그것이 뜻하는 바는 실로 어마어마했다. 당나라……. 그 거대하고 흉포한 나라와 이 모든 것이 관련이 있다는 말이었다. 단희의 머리 위로 현재 신라에 거주하는 당나라 사절

단 사마탄의 얼굴이 떠올랐다.

그자는 모두 알고 있었던 것일까?

오싹한 한기가 단희의 전신을 휘감아 쳤다. 치밀하게 신라를 좀먹고 있던 모든 사건들. 그리고 그 사건들 뒤로 은밀하게 남아 있던 흔적과 증거. 이제와 생각해보니 모든 것은 조작이었다. 그래, 조작!

"괴는…… 당신은, 당나라 사람입니까?"

"나의 이 비루한 육체부터 영혼까지 모두, 나는 당나라인입니다. 내 아이, 내 아내, 내 친구들 모두……."

"한데 왜……."

이곳에서 그런 모습으로 있는 것입니까?

단희는 한 발 물러서 괴를 향해 소리 없이 물었다. 매끄럽게 빛나는 단희의 검은 눈동자를 들여다보며 괴는 슬피 웃었다. 말간 눈동자로 그녀를 들여다보던 눈동자가 천천히 아래로 떨어졌다. 그리고 구명줄을 붙잡듯 두 손으로 붙들고 있던 줌치와 머리카락을 와락 쥐며 서글프게 중얼거렸다.

"여기에, 내 모든 것이 달려 있으니까요."

모든 것.

그 단어가 단희의 가슴을 아프게 했다. 자결을 택해야 했던 그 수많은 사내들도 '모든 것'을 걸고 기꺼이 목숨을 내어준 것일까. 자신들의 모든 것을 위하여 그 자신들의 목숨을 한 치의 망설임 없이 끊을 수 있었던 것일까.

그들의 자결이 얼마나 슬프고 우울하고 또 맹렬한 것인지 이제야 단희는 온몸으로 느낄 수 있었다.

참을 수 없는 모욕감과 분노, 슬픔이 한데 엉켜 그녀를 어지럽게 뒤흔들었다. 단희는 주먹을 불끈 쥐고 이를 악물었다. 힘에는 그 힘을 바르게 사용할 책임이 따른다. 적어도 단희는 '바르지 않은 곳에 사용하지 않을' 의무는 있다고 생각했다.

"그래서 당신들을 없애려 했군요. 흔적을 지우기 위해서……."

"아마도."

지그시 입술을 깨문 단희가 깊게 심호흡을 내뱉었다. 복잡한 문제였다. 이것은 이미 그녀 혼자서 고민하고 해결할 수 있는 수준을 넘어선 것이었다.

"그 줌치……."

"……."

"다시 가져가도 되겠습니까?"

아주 조심스럽게, 그러나 단호하게 단희가 물었다. 괴는 잠시 말이 없었다. 그는 오직 필요한 공기만 들이쉬며 한동안 고요했다. 심장 가까이 비단을 꼭 끌어안고 있던 괴의 손이 다짐을 하듯 서서히 올라갔다. 그것을 단희에게 내민 그가 천천히 고개를 끄덕였다.

"가져가십시오. 저는 이 가슴 안에 품고 있으니까요."

8장 지켜주소서

"설찬랑은? 안에 계십니까?"

"아직 오지 않으셨습니다. 오실 때가 지났는데⋯⋯."

"알겠습니다."

다급하게 고개를 주억인 단희가 서둘러 마구간을 향해 달려갔다. 이상하게 가슴이 두근거리고 불안한 것이, 보이지 않는 무언가가 그녀를 재촉한 것 같았다. 불안하게 쿵쿵거리는 마음을 다잡은 그녀는 말에 올랐다. 수레를 타고 갈 여유가 없는 그녀였다. 한시라도 빨리 이 위험한 사실을 알려야 했다. 사마탄, 그자가 수상했다.

"이랴!"

아침부터 선문 안으로 달려들어온 것처럼, 그녀는 다시

또 바람처럼 바깥으로 질주했다. 제에게 먼저 이 사실을 고해야 하나 싶었지만 설찬이 먼저였다.

둥. 둥. 둥. 두웅.

바닥을 힘차게 내딛는 말발굽 소리와 함께 그녀의 혈맥이 날뛰고 있었다. 손끝이 저릿하고 등줄기로 식은땀이 흘러내렸다. 근본을 알 수 없는 막연한 불안감. 차마 그 원인을 헤아리기가 무서웠다. 단희는 그저 말 위로 바짝 몸을 낮추고 달릴 수밖에 없었다.

"이미 조금 전에 나가셨습니다. 궁에서 부름이 와서 그곳으로 먼저 드신다고 하셨습니다."

"궁?"

서둘러 말을 달려 설찬의 저택으로 왔건만 그곳에 이미 그는 없었다. 단희는 다시 한 번 초조하게 입술을 물어뜯고 말 위에 올라탔다. 그래, 차라리 잘되었다. 두 분께 이 사실을 알리는 것이 나을지도 모른다. 단희는 말을 재촉해 지름길로 내달렸다. 북천을 돌아가는 길 말고, 낮은 동산을 가로질러 곧바로 저잣거리로 통하는 길이었다. 다른 귀족의 사유지였지만 오늘은 그것을 두려워할 여력이 없었다. 단희는 다시 한 번 거세게 발을 구르며 앞을 향해 내달렸다.

끼히이잉!

그 순간이었다. 그녀를 싣고 달리던 말이 앞발을 치켜들고 성을 내며 날뛰기 시작한 것은.

"멈춰라!"

그리고 그녀의 앞으로 검은 옷차림의 사내가 뛰어든 것
도 같은 순간이었다.

*

흥분한 말이 날뛰더니 기어코 고삐를 쥔 그녀를 털어내
기 시작했다. 말의 엉덩이에 꽂혀 있는 작은 단도가 말을
놀라게 한 것 같았다. 고통과 놀람으로 인해 말이 거세게
저항했다.

앞뒤로 요동치는 말 위에서 단희는 정신을 차리려고 노
력했지만 소용없는 짓이었다. 쿵쿵! 키히힝, 성나게 울부짖
던 말은 몇 번 발을 구르더니 기어이 그녀를 바닥으로 내팽
개치고 말았다.

"크흑!"

말에서 떨어지면서 바닥에 어깨를 부딪힌 그녀는 엄습하
는 고통에 얼굴을 찌푸렸다. 검은 옷의 사내는 날뛰는 말로
부터 조금 떨어진 곳에서 그녀를 향해 검을 겨누고 있었다.
어깨가 저릿저릿한 맹렬한 고통 속에서 단희는 눈앞의 적
을 보며 빠르게 일어나 차고 있던 검을 꺼내 들었다.

"누구냐!"

그녀의 목소리가 떨리고 있었다. 썩 좋지 못한 상황이었다.

가슴 아래로 벌떡거리는 심장이 그것을 말해주고 있었다.

사내는 말없이 단희를 응시했다. 두 사람 사이로 맹렬한 긴장감이 감돌았다. 그런 그들의 사이로 끼어드는 목소리가 하나 있었다.

"어딜 그리 급하게 가시나."

어딘가 모르게 익숙한 목소리가 검은 옷의 사내 뒤에서 들려왔다. 곧이어 천천히 모습을 드러낸 이를 본 단희는 뜨거운 신음을 삼켜야 했다.

"사마탄공!"

이를 아드득 갈며 단희는 검을 고쳐 들었다. 그런 그녀를 바라보며 사마탄은 후덕하게 보이는 얼굴로 껄껄 웃음을 보였다. 그러나 요란한 목소리만 나올 뿐 눈은 그녀를 차갑게 응시하고 있었다. 사마탄의 뒤로 검은 옷의 사내가 두엇 더 나타났다.

'제길.'

손에 힘이 들어갈수록 어깨의 통증이 강렬하게 올라왔다. 긴장감과 고통으로 인한 식은땀이 그녀의 이마 위로 송골송골 올라왔다.

"이게 무슨 짓입니까!"

"내가 무슨 짓을 했다 그러는지."

"나를 놓아주십시오."

"잡고 있지도 않네만?"

시시한 말장난을 하며 사마탄은 다시 껄껄 웃음을 보였다. 그러더니 단희와 대치하고 있는 사내의 옆으로 다가와 말했다.

"잡게 되면 그때 다시 생각해보지. 아! 물론 생포되었을 때의 이야기이지만 말이야."

고운 단희의 미간이 와락 찌푸려졌다. 사마탄은 그녀를 살려둘 생각이 없는 것이 틀림없었다. 탈골된 듯 강해지는 어깨 통증을 느끼며 단희는 주변 지형을 살폈다.

승산이 없다.

피가 거꾸로 솟는 것처럼 뜨거워진 체온과는 다르게 냉랭한 그녀의 머리는 그리 말하고 있었다. 가늘게 뜬 눈으로 사마탄과 검은 옷의 사내들을 노려보던 단희가 이를 악물었다. 그녀의 낌새가 이상하다는 것을 눈치챈 듯 그녀와 대치하고 있던 사내가 검을 다잡았다.

"히얍!"

그 순간 단희가 몸을 꺾어 내달리기 시작했다. 길도 나 있지 않은 야산의 틈새로 몸을 날린 그녀가 뒤도 돌아보지 않고 바닥을 박차며 내달렸다. 검이고 화살이고 뭐고 간에 단희 그녀가 가장 잘하는 것은 뜀박질이었다.

"잡아!"

쩌렁쩌렁 울리는 것은 분노한 사마탄의 목소리였고, 그에 움찔 놀란 그녀의 어깨에서는 욱신욱신 통증이 깊어졌다.

'잡히지 않아!'

단희는 죽을힘을 다해 앞만 보고 달리기 시작했다.

"고구려의 전령이 왔다 갔다는 말씀입니까?"

설찬은 평소같이 않게 적잖이 놀라며 고개를 들었다. 장천이 그런 설찬의 말에 가만히 고개를 끄덕이며 말을 보탰다.

"내 예전에 그곳에서도 심상찮은 기운을 발견했다 말한 적이 있을 것이다. 특히 우리 백금무당 군사당주의 휘직이 발견되었을 때는 당장 신라로 쳐들어오려고까지 했다더군. 하지만 전화위복이라고 했던가. 그것을 발견하고 나니 오히려 우리 쪽에서 꼬리를 잡을 수 있게 된 거야. 아무리 멍청하더라도 휘직을 흘리고 다닐 리가 없으니 말이다."

설찬은 장천의 말에 수긍했다. 일반 무사도 아닌 신라의 장군이 가지고 다니는 휘직이었다. 그런 것을 흘리고 다니는 장수가 어떻게 장군의 위에 앉을 수 있겠는가.

"하지만 고구려인들 성질이란. 뭔가 이상한 낌새를 눈치 채고 고구려에서 백방으로 수사가 이루어졌다더군. 이곳 우리 신라에도, 왜에도, 당에도 사람을 보내 상황을 살피니 가장 이상한 것이 당나라였고. 그래서 지금 고구려가 이를 갈고 있지. 한데 말이야……."

예상은 하고 있었지만 제의 입에서 들은 충격적인 사실에 설찬은 가만히 미간을 찌푸렸다. 이렇게까지 확고하다면 이것은 추측이 아니라 확인이 끝난 사실이었다. 당나라, 그곳에서는 무슨 엄청난 일을 벌이려 했던 것일까.

장천은 말끝을 살짝 흐리더니 입꼬리를 말아 올렸다. 자신만만하고 오만한 신국의 젊은 황제. 그는 여지없이 황제의 얼굴로 돌변해서 중얼거렸다.

"어떻게 보면 지금 이 순간은 기회다. 알고 있느냐, 설찬?"

"기회…… 말씀이십니까?"

"그래, 기회. 당에서는 야심을 보이는 것이다. 간을 보는 중이라고 해도 괜찮겠지. 그래, 그 야욕을 조심스럽게 드러내놓고 있는 것이다. 이곳 신라와 고구려를 향해서 말이야. 그런데 말이다. 힘이 들어오면 그 힘에 대항하는 것보다 역으로 이용하는 것이 훨씬 효과적인 공격이라는 것을 알고 있지?"

"……."

설찬은 말없이 장천의 이야기에 귀를 기울였다. 딱딱하게 굳은 설찬의 어깨를 바라보며 장천은 말을 이었다.

"고구려와 신라는 다르다. 분노하는 것보다 한발 더 나아가 앞을 보는 것이다. 멀리 보아야 한다, 설찬. 나랏일이라는 것은 항상 그렇게 한두 수를 보는 것보다 더 멀리 봐야하는 것이야. 그러니 우리는 당나라와 화친할 것이다."

장천의 말에 설찬의 얼굴이 창백하게 굳었다. 신국을 무너뜨리려는 검은 속내를 드러낸 적에게 화친이라니! 제께서는 도대체 무슨 의도를 가지고 계신 걸까.

복잡하게 뒤엉킨 가슴을 들썩이며 설찬은 천천히 숨을 골랐다. 차가운 공기가 머릿속으로 들어오며 뒤엉킨 생각의 타래를 풀어보려 애썼다.

"…… 이용하시려는 겁니까?"

어렵게 말을 잇는 설찬을 보며 장천은 빙그레 웃음을 보였다. 장천이 설찬을 옆에 두고 총애하는 이유였다. 설찬은 장천의 생각을 누구보다 빨리 파악했다. 마치 평생을 같이 자란 동문이나 동배처럼, 장천과 설찬은 머리와 마음이 비슷하게 돌아갔다.

"설찬."

장천은 설찬의 물음에 답하기에 앞서 그의 이름을 조용히 되새기며 불렀다.

"짐이 왜 가장 먼저 너를 불러 이 모든 것을 말해주는 것인지 아느냐."

설찬의 고요하게 침전된 눈동자가 장천에게 올라갔다. 장천은 아끼는 충신이자 사랑하는 친우, 또한 세상에서 유일하게 장천에게서 시기심을 느끼게 한 사내를 내려다봤다.

"다음 병부령은 곧 너이기 때문이다. 네가 병부령이 되었을 때, 신국에는 큰일이 벌어질 것이다. 상상도 못할 만큼 큰일이 말이다."

'네가 병부령이 되었을 때, 신국에는 큰일이 벌어질 것이다.'

귓가에 울리는 제의 옥음에 설찬의 눈 겹이 어두워졌다. 병부령이라는 자리의 무거움 때문만은 아니었다. 언제고 그의 자리가 될 것을 설찬 자신도 이미 잘 알고 있었다. 그보다도 그를 걱정스럽게 하는 것은 '신국에 벌어질 큰일'이었다. 심연의 어딘가에서 이미 그 '큰일'이 무엇인지 속삭이고 있었다.

젊은 황제의 자신만만한 눈동자가 흉포하게 반짝였다. 분명 그의 의지로 인해, 대업을 위해 마른 흙을 붉은 피로 물들일 날이 오겠지. 염려와 걱정의 마음이 반이라면 또 한편으로는 언제 올지 모를 그날에 대한 흥분이 그의 반을 차지했다.

너른 대지를 밟고, 제의 곁에서 나라를 수호하는 대업의 중심에 그가 있었다. 설찬의 안에 잠들어 있는 숨죽인 짐승이 그날을 기다리고 있는지도 모르겠다. 피에 목마른 흉포하고 잔인한 그의 짐승이.

설찬은 어둡게 일렁이는 마음을 다스리며 선문 안으로 들어섰다. 어쩐지 묘하게 선문 안이 어수선했다. 그의 집무실로 들어서는 길, 문을 지키고 서성이는 화랑이 그를 보며 황급히 다가왔다.

"무슨 일이냐?"

"원화께서 풍월주를 급히 찾으십니다. 한시가 급하다며 달려 나가셨는데, 혹시 뵙지 못하셨습니까?"

"아니, 보지 못했다. 혹 어디로 갔는지 알고 있느냐?"

"풍월주의 저택으로 달려가셨는데⋯⋯."

이상하게 마음이 불안했다. 뒷골을 찌르르 울리는 기묘한 공기에 설찬은 서둘러 발을 옮겼다. 예민하게 곤두선 본능이 그를 향해 속삭였다. 불안한 울림이 그의 가슴 한편을 갉아대며 그를 몰아갔다.

"청풍!"

마구간 안으로 들어서자마자 그의 애마 청풍을 불러들였다. 주인의 목소리에 떠오른 불안감을 읽은 것인지, 거대한 흑마는 기민하게 움직였다. 혹여 무슨 일이 있으랴 싶었지만 어젯밤 그렇게 그녀의 집을 떠나 온 것이 떠올라 더욱 불안했다. 설마 간밤에 무슨 일이 벌어진 것은 아닐는지.

'아니다, 그냥 급히 할 말이 생긴 거겠지.'

애써 스스로를 다독이며 설찬은 힘차게 발을 굴렀다. 그러나 그가 저택에 당도하였을 때 단희는 이미 그곳을 떠난 직후였다. 그리고 설찬이 다시 선문 안으로 들어섰을 때 그의 가슴이 우지끈 떨어져 나가고 말았다.

단희가 타고 나갔다던 말이 엉덩이에 피를 흘리며 홀로 비칠비칠 나타났기 때문이다.

단희는 필사적으로 달렸다. 말에서 떨어지면서 다친 늑골이 아프다고 비명을 질러댔지만, 그것을 누를 만큼 그녀의 심정은 절망적이었다. 그냥 여리고 약한 여자의 몸이었으면 어림도 없을 강행이었다. 궂은 훈련을 매일매일 늑장 부리지 않고 해낸 탓에 그녀의 목숨 줄이 조금이라도 더 길어질 수 있었다. 정말이지, 그 고생들이 고마워지는 순간이었다.

"헉헉!"

하지만 그럼에도 불구하고 그녀가 불리한 것은 사실이었다. 아무리 이곳의 지리를 잘 알고, 또 그녀의 발이 사슴처럼 빠르다고 할지라도 그녀에게는 체력적 한계가 있었다. 또한 지금 그녀를 추적하는 자들은 오직 수련만 전문적으로 한 살수들이 틀림없었다. 빠르고 민첩하고 잔인하다. 그런 그들로부터 도망치는 것은 절벽 아래에서 버둥거리는 어린아이만큼이나 처절하고 필사적일 수밖에 없었다. 더군다나 마른 햇살이 머리 위로 떠올랐기에 몸을 숨기기에도 여의치 않았다. 그토록 따스하고 반가운 햇님은 붉은 옷으로 갈아입기 바로 직전이었기에 온누리에 그 빛이 천연했다.

'이게 무슨 일인가!'

울컥 치솟는 격한 감정이 울분은 아닐 것이다. 그보다는 분노에 가까웠다. 그리고 점점 한계에 가까워질수록 분노

314

는 억울함과 슬픔으로 물들어갔다.

"으윽! 헉!"

숨통이 당장 입 밖으로 튀어나온다 해도 이상하지 않을 것이었다. 벌겋게 달아오른 머리와 거칠게 들썩이는 가슴을 부여잡은 단희가 힐끔 뒤를 돌아봤다. 저 멀리서 그녀를 향해 달려오는 검은 무리가 보였다. 몇이나 되는지 알 수도 없었다. 다만 시가지를 향해 가는 그녀의 앞을 막아섰기에 그녀는 더욱 안쪽으로, 안쪽으로 달려갈 수밖에 없었다. 마치 장끼 몰이를 당하는 것처럼 연약하고 보잘것없었다. 단희는 스스로가 한심해서, 이 연약함이 한심하고 불쌍해서 눈물이 나올 것만 같았다.

그러나 그녀는 울지 않을 것이다. 이를 악물고 한 걸음 더 나아갈 것이다. 반드시 살아서 이 모든 것을 알릴 것이다. 그리고 사랑하는 그이의 품 안에서 쉬리라.

단희는 습윤한 물기에 너울져 번지는 설찬의 모습을 가슴에 새기며 다시 한 발 더 나아갔다.

'구하러 오시어요. 저를 찾아주시어요.'

달리는 그녀의 발걸음이 고통의 비명을 질렀다. 해는 점점 붉어져 기구한 죄인처럼 땅 안으로 끌려 들어가고 있었다. 그 사이로 단희가 뛰어 들어갔다.

"여기, 피가!"

설찬은 뒤늦게 석이 아범으로부터 단희가 월성으로 향했다는 말을 전해 들었다. 월성으로 향하는 모든 길을 샅샅이 뒤진 끝에 북천 근처의 야산에서 핏자국을 발견했다. 깊게 패인 흔적이라든지 남아 있는 말발굽의 형태가 사건의 정황을 설명해주었다. 거기에 인적이 드문 산지라거나 숨어 있을 수 있는 나무가 있다는 것을 살펴볼 때 매복하기에는 이곳이 적격이리라.

"흔적을 쫓아라."

인적이 드물다는 것이 도리어 그들을 도와주었다. 다행히 그 후로 누군가 다녀간 흔적은 보이지 않았다. 다급히 자리를 뜬 것인지 자신들의 흔적을 지울 생각조차 하지 못한 듯했다. 이것은 필히 단희가 재빠르게 도주한 것이겠지.

'너는 반드시 무사할 것이다.'

설찬은 그렇게 단희를 믿기로 했다. 똑똑하고 야무진 여인이었다. 그가 사랑하는 단희는 반드시 무슨 일이 있어도 무사히 살아 있어줄 것이었다.

'내가 구하러 가기 전까지, 반드시…… 그러해야 한다.'

그렇지 않다면, 만에 하나 그렇지 않다면…… 설찬은 살아 있을 수 없었다. 단희 없이 설찬은 숨을 쉴 수가 없었다. 상상만으로도 가슴이 우지끈 내려앉았다. 쇠망치로 심장을 도려내듯 보이지 않는 상처가 그를 죽일 것만 같았다.

단희의 몸에 생채기 하나, 부러진 뼈 하나라도 보인다면

그의 칼이 적의 심장을 산 채로 도려내 가장 처참한 죽음을
보여주리라. 살아 있는 생지옥을, 그 도려낸 눈깔에 각인시
킬 것이다.

"풍월주!"

설찬의 곁으로 한 무리의 군사들이 다가왔다. 소식을 들
은 제께서 보낸 특별 호위대였다. 신국에서 가장 출중한 무
예를 갖추고 있고, 가장 은밀히 움직일 수 있는 자들. 그런
자들을 3할이나 떼어 보내주었다. 차마 저 자신이 직접 찾
지는 못하지만 그가 얼마나 이 상황을 다급하고 중히 여기
는지 알 수 있었다.

"도우라는 명령을 받았습니다."

"너무 요란할 필요는 없습니다. 우리에게 필요한 것은 신
속함뿐입니다."

설찬은 한편이 떨어져 나간 듯한 가슴의 통증을 무시하
고 냉정하게 말했다. 황제의 호위 부대 '천귀^{ff鬼}'의 2군 군
장이 고개를 끄덕이며 설찬을 따랐다. 그의 부대가 저 멀리
상황 지휘에 나선 적품의 곁으로 다가갔다.

"제께서도 그것을 알고 저희를 보내신 것입니다. 은밀하
고 신속하게 찾아야 할 테니까요."

"…… 갑시다."

절절 끓는 그의 마음과는 달리 얼굴은 얼음장처럼 차가
웠다. 죽은 자의 얼굴이 이러할까? 천귀의 군장 '사돌'은

설찬의 냉한 얼굴에 오싹한 마음이 들었다. 오직 살의와 절박함만이 담겨 있는 얼굴이었다.

'버텨라. 제발 버티고만 있거라. 너를 찾고, 너를 달래고, 너를 위해 복수하는 것은 내가 할 것이니. 제발 버티고만 있거라, 단희.'

냉랭한 얼굴이라고 해도 그의 마음마저 불안하지 않을까. 억장이 무너지는 걱정이라는 것이 이런 것일까. 누군가로 인해 마음이 무너지는 것이 이런 것일까. 그 어떤 말로도 지금 그의 심정을 대변할 수는 없었다. 그의 단 하나의 사랑이, 그의 삶의 희망이 불안과 공포에 떨고 있을지도 모른다는 생각에 가슴이 철렁였다. 이 눈으로, 이 두 눈으로 그녀를 보지 못해서 그의 마음에 불안이 스멀스멀 올라왔다. 단희를 향한, 단희를 위한 막연한 불안감. 그에게는 없을 줄 알았던 그 모든 슬프고 연약한 감정이 그를 흔들어대고 있었다.

"이랴!"

감정의 끝에서 무너지기 직전의 절벽처럼 아슬아슬하게 버티고 선 그가 이를 악물고 말 달렸다. 왕경 안에 있다면 아직 늦지 않았다. 아니, 그러해야 한다.

달리는 것인지 구르는 것인지 구분이 가지 않았다. 발과 다리 사이에 감각이 없었다. 야트막한 야산은 남산에 뿌리

가 닿아 있었다. 북천으로 이어지는 계곡을 지나 달리다 보
니 어느새 고왔던 비단혜는 넝마가 되어 있었고, 그마저도
하나밖에 남아 있지 않았다. 그러나 헐벗은 발로도 단희는
계속 달려야 했다. 잔인한 죽음의 그림자가 뒤축까지 쫓아
왔다. 달리다 죽게 되면 덜 억울할 것이다. 그러나 저들의
손에 잡혀 죽는 것은 스스로 허용할 수 없었다. 절대, 그렇
게 되지는 않을 것이었다.

야산의 뿌리를 끈질기게 쫓아 달려가니 어느새 익숙한
지형이 눈에 들어왔다. 단희는 후들거리는 다리에 마지막
힘을 주었다.

'저기만 지나면……!'

그 순간 타는 듯한 고통이 그녀의 어깻죽지에 꽂혔다.

"으흑!"

"끈질기군."

비척비척 뛰던 그녀의 걸음은 해가 완전히 사라진 외진
남산 자락에서 멈춰 섰다. 사람이 거의 다니지 않는 그곳은
산의 초입임에도 절벽처럼 가파른 곳이었다. 하지만 이 거
친 절벽 위에는 그녀의 스승인 갑춘의 거처가 있었다. 별다
른 일이 없다면 스승이 귀가할 시간이었다. 단희는 힐끔 시
선을 들어 절벽 위를 바라봤다. 지금 그녀가 이곳을 기어
올라갈 수는 없었다. 소리라도 질러야 하나. 질끈 입술을
깨문 그녀가 다가오는 검은 옷의 사내들을 경계하며 섰다.

"소용없는 짓이다."

그들 중 가장 앞선 사내, 황길이 말을 꺼냈다. 음습하게 가라앉은 사내의 눈동자만큼이나 어둡고 냉랭한 말투였다. 어눌한 신라 말이 더욱 그러한 분위기를 조장하고 있었다.

"해보지 않으면 모르는 게 사람 일이오."

"······ 해보지 않아도 알 수 있는 일도 있지."

"그럼, 누가 맞는지 한번 내기라도 해보오."

단희는 창백한 낯빛으로 가볍게 응수했다. 비록 지금은 도망가는 처지지만 그녀가 비굴하거나 약해질 이유는 없었다. 죽을 이였으면 어떻게 해서도 죽을 것이요, 살 이였으면 아무리 비위를 거슬러도 살 것이니. 그러니 고개를 들자. 고통에 욱신거리는 가슴은 잠시 미뤄두고 힘을 내자.

"내가, 꼭 내가 당신들을 고발할 것이오."

"죽은 이는 말이 없다 하더군."

선두에 나와 있던 황길이 어딘가 모르게 비통한 목소리로 중얼거렸다. 그러고는 선뜻 칼을 고쳐 쥐며 다시 말하였다.

"어쩌면 죽는 것이 너 또한 편할지도 모르지."

식은땀이 흐르는 얼굴 위로 단희가 피식 웃음을 지어 보였다.

"나는."

검을 쥔 손가락이 떨렸다. 하지만 땅 위에 단단히 발을 박아 넣으며 단전에서부터 힘을 끌어올렸다. 조금만 더 버티면 된다. 그래, 조금만 더. 조금만 더.

"개똥밭이라도 이승이 좋소."

'그래야 당신을 볼 수 있으니까. 그래야 모두가 슬퍼지지 않으니까.'

달려드는 사내에 대항하며 단희의 팔이 힘껏 올라갔다. 죽지 않기 위해, 죽기 살기로 덤벼드는 것이었다.

치잉!

맞부딪힌 검에서 불꽃이 튀고 곧이어 바르르 떨리는 단희의 손에서 검이 떨어졌다.

'과연 사마탄공의 말대로 독하기가 예사롭지 않은 여인이다.'

황길은 감탄을 금치 못하며 피 칠갑을 하고 서 있는 단희를 내려다봤다. 어지간하면 죽음의 문턱 앞에서 체념하는 것이 인간이다. 빼도 박도 못하는 죽음의 그림자 앞에서는 애원하거나 단념한다. 모두가 그러했다. 그의 눈앞에서 목이 잘린 창이 그러했고, 나라를 위해 고귀한 희생을 강요받은 소수 민족들이 그러했다.

그러나 지금 그의 눈앞에서 비틀거리고 있는 여인은 달랐다. 찢어진 어깨의 상처 따위는 무시할 수 있는 강인한 정신력, 끝까지 그를 노려보는 맑은 눈동자, 그리고 후들거리는 다리로도 끝끝내 땅을 지탱하고 선 자존심.

'이런 여인이 있을 수 있는가. 어찌 저 연약한 여인의 몸으로 사내들보다 강인한 정신력을 보일 수 있는 것일까!'

황길은, 그가 해쳐야만 하는 입장에 있으면서도 여인의 정신력에 매료되고 말았다. 자신이 가지지 못한 것에 더욱 빠지는 것이 인간이던가. 황길, 그에게는 그런 고고한 자존심이 없었다. 실력은 있되 오기는 없고, 잔인할 수 있지만 그만큼 겁도 많았다. 하지만 그것이 인간 아니던가! 인간이라면, 사람이라면 본디 살고자 하는 마음에 두려워하고, 살고자 하는 마음에 비굴해지는 것 아니던가!

"불쌍한 여인이구나."

단희는 비틀비틀 쓰러지려는 몸을 절벽에 지탱하고서 황길의 말에 그를 올려다봤다. 늑골이 어긋나 폐부를 찔렀고, 어깨가 찢어져 피가 흥건했으며, 손목은 이미 말을 듣지 않았다. 거친 돌부리에 엉망이 된 발도, 이미 바닥에 다다른 정신력도 그녀를 한계로 몰아가고 있었지만 단희는 그럴수록 더욱 눈을 부릅떴다. 그것이 지금 그녀가 할 수 있는 유일한 일이었다.

"여인으로 태어난 것이 가엽구나. 그것도 이처럼 작고 힘없는 나라에서 말이야."

황길의 말에 단희가 입가를 지그시 올려 웃었다. 지친 기색이 역력했지만 한껏 오기를 부려 웃어 보였다.

"그런 나라를 가지기 위해 당신네들이 얼마나 고귀한 것을 버렸는지 아시오?"

"…… 고귀한 것?"

무슨 말인지 모르겠다는 듯 황길이 되물었다. 단희는 비척비척 일어나 높이 솟은 절벽에 기대 섰다. 먼지와 흙, 피와 땀이 한데 엉킨 긴 머리카락이 그녀의 뺨에 들러붙었고, 구겨지고 찢어진 옷은 넝마가 되어 간신히 그녀에게 붙어 있었다. 그럼에도 그녀는 마치 그곳에서 승리를 잡은 사람은 자신인 것처럼 당당했다. 고요하게 가라앉은 눈으로 황길과 그의 패거리를 노려보며 냉랭함이 담긴 목소리로 답해줬다.

"인간이기를 버렸으니 그대들은 그저 짐승일 뿐……."

황길의 얼굴이 눈에 띄게 차가워졌다. 힘을 주어 질끈 깨문 그의 턱 위로 힘줄이 솟아올랐다. 그녀의 한마디에 이토록 화가 나는 것은 그의, 아니 그들의 마음 한편에서 어쩌면 그것을 인정하고 있기 때문이 아닐까.

"공께서 오고 계신다. 그 오만한 입을 다물면 네 황천길이 조금 더 편해지지 않겠느냐."

찌르르 떨리는 가책의 일부를 도려내고, 황길은 눈앞의 여인에게 그가 보일 수 있는 최대한의 호의를 표했다. 하지만 그의 말에도 단희는 단호하게 고개를 내저었다.

"아무리 그래도…… 내 쉽게 죽지는 않을 것이오."

그녀는 호흡을 가다듬은 후 멀리 떨어져 있던 검을 향해 뛰어올랐다.

치잇!

황길은 왠지 모를 안타까움을 느끼며 검을 든 손을 높이 들어 올렸다. 그리 반항한다면 팔이라도 하나 잘라내서라도 얌전히 만들 것이었다. 위협적인 그의 검날이 캄캄한 숲 속에서 음습하게 반짝거렸다. 그 순간이었다.

"황길."

감정 하나 없이 사늘한 목소리가 팽팽한 공기를 가르고 두 사람을 가로막았다. 어둠을 가르는 단희의 눈동자가 불안하게 흔들렸다. 황길이 뒤를 돌아보니 검은 숲 사이로 거대한 몸뚱이 하나가 나타났다.

"사마탄공."

느리고 육중한 다리로 인해 이제야 그들을 따라잡은 사마탄이었다.

사마탄 일행은 단희를 끌고 어딘가로 향했다. 힘없이 까무룩 덥히는 눈꺼풀을 들어 듬성듬성 주변을 살핀 단희는 그들이 향하는 곳을 어림하여 짐작했다.

남산의 곳곳에는 사냥꾼들과 채집꾼들을 위한 움막이 있었는데 개중 몇 군데는 눈에 띄는 곳에 있기도 하고, 다른 것들은 사람들의 왕래가 거의 없는 산속 깊은 곳에 있었다. 단희를 끌고 그들이 향한 곳이 그중 하나였다.

단희는 정신을 추스르고 주변을 살폈다. 외지에서 온 이

들이 어찌 사람보다 짐승이 다니는 길을 바로 알고 찾아가는지 신기하고 두려울 따름이었다. 이대로라면 설찬이 그녀를 찾아내기 어려울 것이었다.

찰나의 시간도 영원같이 느껴지는 동안 단희의 머릿속에는 오만 가지 생각이 스치고 지나갔다. 고민의 끝에 비칠비칠 그들에게 끌려가는 몸을 반항하듯 크게 들썩였다. 자잘한 바늘로 수천 번을 찔려 팔이 떨어져 나가는 듯한 고통이 어깨 위로 쏟아졌다.

"으윽……!"

참을 수 없는 신음을 흘리는 그녀의 어깨로 뜨거운 피가 뚝뚝 흘러내렸다. 대충 틀어막은 지혈이 풀리고 있었다. 단희는 하늘이 노래지고 눈앞이 깜깜해지며 현기증이 나는 것을 느꼈다. 온몸의 피가 몰리자 어깨는 뜨거워지고 몸은 서늘해졌다. 어찌할 수 없는 맹렬한 추위에 몸을 떨며 비틀거렸다. 그 바람에 그녀의 팔목을 움켜쥐고 있던 사내가 신경질적으로 그녀를 일으켜 세웠다.

"허튼 수작 부리지 말고 똑바로 걸어!"

그들 뒤를 따르던 황길이 말했다. 그의 말에 앞서 걷던 사마탄이 힐끔 돌아봤다. 그러나 단희는 이미 뭐라 대꾸할 수도 없을 만큼 탈진하여 정신이 혼미했다. 새하얗게 질린 입술과 창백한 낯빛의 단희를 확인한 사마탄이 잔인한 입술을 비틀어 피식 웃음을 보였다. 마치 죽어가는 그녀를 비웃기라도 하듯 잔인한 웃음을.

"여깁니다."

정찰조로 앞을 걷던 사내가 사마탄 일행을 향해 손을 들
어 보였다. 낡고 초라한 움막이 삐거덕 외롭고 초라한 소리
를 내며 열렸다.

"정신 차리고 똑바로 걸어라."

문지방 앞에서 주춤거리는 단희를 밀쳐 넣으며 황길이
냉정히 말했다. 타앙, 문이 닫히는 소리가 고요한 숲 속을
서늘하게 채웠다. 그들이 지나온 길로 방울방울 떨어진 단
희의 뜨거운 피가 고스란히 길을 만들고 있었다.

저택의 창고보다 작은 움막이었다. 서너 명의 장정이 들
어서는 것만으로 안의 공기는 탁하고 어지럽게 굳었다. 개
중 덩치가 가장 큰 사마탄은 숨이 턱 막히는 공기가 언짢은
지 표정이 더욱 어두워졌다. 사마탄의 살찐 턱이 눅눅한 곰
팡이가 새카맣게 낀 어느 구석을 가리켰다. 그의 턱짓에 물
에 젖은 걸레처럼 푹 처진 그녀가 그의 앞으로 내던져졌다.

"내놓아라."

'무엇을 내놓으라는 것일까.'

사마탄의 걸걸한 목소리가 무턱대고 그녀를 채근했다.
단희는 습하고 더러운 구석으로 몰렸다. 피와 멍울로 희미
해진 그녀의 눈앞으로 육중하고 더러운 몸뚱이가 어른거
렸다. 곧이어 그의 발이 그녀의 가슴을 거세게 걷어찼다.

"허억……!"

고통보다도 먼저 진득한 피 냄새가 그녀를 침몰시키고 있었다. 그것은 이내 커지더니 그녀의 다리와 가슴, 숨통을, 그리고 마침내 머리를 집어삼켰다. 형태도 없는 것이 그녀의 모든 것을 앗아가고 있었다. 아무도 보지 못하고, 아무도 느끼지 못하지만 오직 단희, 그녀 혼자만 보이지 않는 그것에 함몰되고 있었다.

"내놓으라 했다!"

사마탄은 움직이지도 못하는 그녀의 몸을 무감각한 얼굴로 구타했다. 떨어진 고개를 가눌 힘도 없는 그녀였건만 무엇을 건네줄 수 있을까. 아니, 그는 이미 단희가 무언가를 건네주고 말고는 괘념치 않았다. 그저 스스로 참을 수 없는 분노와 열화를 피투성이 여인의 몸 위로 쏟아내고 있었다.

"오냐, 네년이 내놓지 않겠다면 내가 직접 찾아가겠다. 이 더러운 신라의 족속. 퉤! 그렇게 고개 숙이고 납작 엎드리는 것이다. 뭐가 그리 고고하다고 고개를 바짝 쳐들고 대항하려 하는 것인지, 쯔쯧! 시키는 대로 공납하고 시키는 대로 찌그러져 있을 것이지 말이야."

사마탄은 차분한 얼굴로 냉소하며 말했다. 그의 손이 단희의 목을 휘감고 천천히 힘주어 내리누르기 시작했다. 저항할 수 없는 그녀의 얼굴 위로 고통스러운 눈물이 차올랐다. 그네들을 지키고 서 있던 무사들은 이미 시선을 돌리고 그들을 보기를 외면하고 있었다.

단희의 숨구멍은 이미 경각에 닿아 있었다. 귀조차 먹먹했다. 고통이 다 무어냐. 눈물인지 진물인지 모를 습기가 올라왔다. 거친 손놀림이 그녀의 옷자락을 유린하고 나섰다. 손을 들어 그 손길을 밀어내려 했는데 말을 듣지 않았다. 몸이 움직이지 않았다.

'아아, 이대로 끝인가…….'

그토록 길고 지루한 저항도, 기다림도 이렇게 허무하게 끝나는 것일까. 쿨럭, 뜨거운 피가 올라왔지만 그것을 입밖으로 토해낼 기력도 없었다. 사마탄의 손길이 더욱 거칠어지더니 그녀의 앞섶을 모두 벌리고 그녀의 소맷자락까지 모두 찢어버렸다. 피에 젖은 옷을 찢은 탓에 사마탄, 그의 손도 옷도 모두 피투성이가 되었다. 뱉어내지 못한 핏물은 다시 그녀의 목구멍으로 차올랐다.

"왜……."

단희는 묻고 싶었다. 왜, 왜 이런 짓을 하느냐고. 네가 하는 짓은 나라를 위한 일도, 너를 위한 일도 아닌데 왜 이런 일을 벌인 것이냐고. 그러나 목소리가 나오지 않았다. 머리가 무겁고 숨이 막혔다. 그러더니 곧, 그의 이유고 나의 고통이고 아무것도 생각이 나지 않았다. 다만…….

'설찬…….'

그가 사무치게 보고 싶었다. 다시 한 번, 딱 한 번만이라도 그의 품에 안기어 어리광을 부릴 수 있다면……. 아니, 그저 그의 품에서 이 세상과 작별할 수만 있다면. 아아, 단희는 그와 함께 늙어갈 줄 알았다. 그의 옆에는 그녀가 있고, 아이도 있고……. 깊어지는 당신의 주름 결을 매만지며 서로를 다독이며 그렇게 함께 미래를 맞이할 것이라고.

그 사소한 바람을 이제는 들을 수 없을 것 같았다.

축국장을 누비던 그녀를 쫓아 화를 내던 설찬, 새벽 검무를 추는 그녀의 허리를 끌어안던 설찬, 참을 수 없어 미안하다며 그녀를 안던 설찬.

설찬. 설찬…….

'왜 여기에 없나요. 왜 지금 여기에 없는 거예요? 올 거잖아요, 여기 올 거잖아요. 그런데 왜 지금이 아니죠.'

"…… 이거군."

단희의 소매에서 원하는 물건을 찾았는지 사마탄은 붙들고 있던 몸뚱이를 내동댕이쳤다. 습하고 더러운 짚단 위로 쓰러지는 그녀의 고개가 흔들렸다. 그런 그녀의 모습을 차마 볼 수 없다는 듯 황길은 가볍게 찡그렸다.

'보고 싶어요.'

새카맣게 어두워져가는 세상을 향해, 그녀의 사랑을 향해 단희는 영혼으로 부르짖었다.

'설찬…….'

그 순간이었다.

"네 이놈들!"

벌컥 문이 열리더니 카랑카랑한 노인의 목소리가 천지를 울렸다. 하얗게 서리 내린 머리를 엉망으로 묶어 올리고, 뭉그러진 한쪽 눈을 매섭게 찌푸린 갑춘이었다. 그는 마치 쓰러져 있는 단희가 보인다는 듯 감은 눈으로 어느 한곳을 향해 섰다. 그러고는 곧 천지를 울릴 듯 공력을 담아 벼락같은 화를 내뿜었다.

"네놈들이……! 여기가 감히 어디라고!"

갑춘은 벼락처럼 화를 내며 사내들을 향해 날아들었다. 노인의 보이지 않는 눈은 이미 오래전부터 장애가 되지 않았다. 그 보이지 않는 눈으로 인해 그는 지금 이곳, 이 피와 모순의 장소에 당도할 수 있었다. 산의 불온한 움직임이 그의 예민한 감각을 자극했다. 그것을 따라 굽이굽이 내려오니 머리가 아플 정도로 피 냄새가 가득했다. 전장이 아닌 이곳 남산에서 이러한 난폭하고 잔인한 냄새를 맡을 거라고는 생각도 못했건만.

더군다나 피 냄새를 쫓아오다 보니 그 누구도 아닌, 그의 제자 단희의 향이 짙어졌던 것이다.

"외지 놈들의 냄새가 나는구나! 고약한 손버릇을 가진 당나라 놈들의 냄새가 말이야!"

갑춘의 발놀림은 빨랐고, 손은 그보다 더욱 날랬다. 낡고 커다란 검일 뿐인데 그가 휘두르면 그 끝에 반드시 피가 있었다. 작고 초라한 움막이 순식간에 소란해졌다. 갑작스럽게 나타난 눈먼 노인이 매서운 기세로 공격하니 사마탄은 놀라지 않을 수 없었다.

"제길……!"

그는 황길을 방패 삼아 좁은 움막을 빠져나왔다. 여섯이나 되는 장정이 한꺼번에 달려들어 갑춘을 상대하고 있었다. 분노에 찬 그의 손은 자비가 없었다. 피가 낭자하였고, 순식간에 하나둘 그의 앞에 무릎을 꿇었다.

그 광경을 힐끔 쳐다보던 사마탄은 이를 악물고 발을 놀렸다. 갑자기 어디서 나타난 미친 노인네란 말인가! 놀란 발걸음으로 헐레벌떡 숲으로 뛰어들던 그가 우뚝 멈춰 섰다.

"워!"

거대한…… 거대한 말이 그를 향해 똑바로 달려오고 있었다.

끼히히힝!

새까만 말의 커다란 눈동자가 사마탄을 직시하며 달려들었다. 그 말 위에는 귀신과 다름없이 차가운 표정의 설찬이 타고 있었다.

'죽여버릴 것이다……!'

설찬은 참을 수 없는 분노로 가슴이 들끓었다. 눈이 뒤집히고 가슴이 홧홧했다. 아니 그 정도의 단어로는 지금 설찬의 상태를 설명할 수가 없었다.

"…… 단희야."

믿을 수 없다는 듯 단희의 이름을 부르는 설찬의 목소리
가 떨리고 있었다. 주춤주춤 그녀에게 다가간 그가 힘없이
축 늘어진 그녀의 몸을 들어 올려 끌어안았다. 다행인지 불
행인지 그의 품에 안긴 그녀의 몸은 뜨겁게 끓어오르고 있
었다. 그 뜨거움이 설찬의 가슴을 아프게 찔러댔다. 가슴
한구석이 와르르 무너지는 슬픔과 분노, 그리고 공포…….

"이러고 있을 시간이 없다. 어서 속히 치료를 해야 해. 젠
장! 떡메 치듯 몸을 낭자해놨군!"

갑춘이 설찬의 손에서 단희를 빼앗아 안았다. 하늘 같은 스
승의 뒷모습도, 그의 품에 안기어 축 늘어진 단희의 창백한
안색도 설찬은 믿을 수가 없었다. 뜨겁게 끓어오르는 여린
그녀의 몸, 눈을 뜨지 못했던 그녀. 툭 떨어지는 그녀의 손.

"으아악!"

'죽여버릴 것이다! 누가 너를 아프게 한 것이냐, 단희야.
누가 너의 눈을 감게 만든 것이야.'

"네놈이냐……."

설찬은 사마탄의 앞을 지키고 있는 황길에게 무서운 속
도로 다가갔다. 설찬의 안색은 피 칠갑을 한 단희의 안색보
다 더욱 서늘했다. 핏기 없이 차갑게 내려앉은 얼굴은 괴롭
게 일그러졌다. 분노와 괴로움으로 가득한 눈동자가 눈앞
의 사내를 매섭게 노려봤다.

"크흑!"

그의 주먹이 황길의 목줄을 틀어잡았다. 어마어마한 괴력으로 황길을 들어 올린 설찬은 단숨에 목을 꺾어버렸다. 한순간에 설찬은 괴물이 되고 있었다. 황길은 소리 한번 내지 못하고 그대로 명을 달리했다. 불쌍한 그의 몸은 설찬의 손 아래로 축 늘어졌다.

설찬에게 평정심 따위는 없었다. 그가 어떻게 이성을 찾을 수 있겠는가. 단희가, 그 작고 사랑스러운 단희가 죽어가고 있는데. 저리 피 칠갑을 하고 그를 기다리고 있는데!

"죽여버릴 것이다. 네 눈을 도려내고 팔을 비틀어 새하얀 뼈가 튀어나오게 해주마. 그 가슴에서 생살을 도려내 펄떡거리는 오장육부를 끄집어내주마."

설찬은 탁하게 가라앉은 목소리로 중얼거렸다. 이성을 잃은 그의 눈이 사마탄을 향했다. 뻣뻣한 목을 수그리지 않고 고고하게 허리를 세워 앉아 있던 사마탄이지만 설찬의 미쳐버린 눈빛을 마주하는 순간 오금이 저리지 않을 수 없었다.

"나, 난 당나라의 사신 사마…… 컥!"

"…… 하여?"

설찬은 차갑게 응수하며 무시무시한 눈길로 사마탄을 내려다봤다. 그의 괴력에 사마탄의 육중한 몸이 들어 올려졌다. 눈앞에서 똑똑히 목격한, 손으로 목을 분질러내는 잔인하고 엄청난 괴력이 그의 목줄기를 틀어쥐었다.

"크흐흐! 죽여라, 죽여보거라!"

사마탄은 웃었다. 목숨이 경각에 있었지만 사마탄은 미친 듯이 웃음을 보였다. 목을 긁는 듯 그 불편한 웃음소리가 설찬을 자극했다.

"죽여! 죽이라고!"

흔들리는 몸통을 가누지 못한 사마탄의 입에서 더러운 침이 흘렀다. 설찬의 비틀린 심장을 비집고 들어와 그를 모욕하고, 단희를 모욕하고 있었다. 참을 수가 없었다. 냉정하고 이성적인 평소와는 달리 그는 지금 무엇도 견딜 수가 없는 연약한 상태였다.

"커헉!"

"그냥 죽이지 않는다. 이렇게 편하게 보낼 수는 없지 않겠는가."

얼음장처럼 서늘한 목소리로 설찬이 말했다. 그 차가움에 베일 듯이 날카롭고 예민한 분노. 간신히 숨만 쉴 수 있을 정도로 사마탄을 몰아붙이니 그의 손을 가로막는 이가 있었다.

"참아라!"

갑춘이었다. 그는 설찬의 주먹을 움켜쥐며 비통한 어조로 말했다.

"나라고 이놈을 죽이고 싶지 않았겠느냐. 하지만 지금은 아니 된다. 지금은…… 신국을 위해서, 신라를 위해서 이놈을 살려야 한다. 설찬, 단희는 아직 살아 있다."

스승의 말을 이해한다. 이해하지만…….

단희의 얼굴이 아른거렸다. 항상 뽀얗고 예쁘기만 하던 그 아이의 죽은 듯한 안색. 설찬의 얼굴이 괴롭게 일그러졌다.

"스승님."

"…… 안다, 찬아."

설찬의 손목을 강하게 움켜쥔 갑춘의 손에 다시 한 번 힘이 들어갔다.

"살아 있다. 그 아이를 먼저 챙기자꾸나."

"죽여! 죽이라고. 네놈들이 나라를 말아먹는 것을 똑똑히 볼 것이다!"

설찬의 손아귀에서 발악을 하며 비틀리는 사마탄의 몸뚱이가 바닥으로 툭 떨어졌다. 설찬은 냉정하고 잔혹한 눈으로 잠시 사마탄을 내려다보고는 발길을 돌렸다. 다급한 발길이 청풍 위로 올라갔다.

'단희야!'

그녀가 먼저였다.

"죽이라고!"

'저따위 버러지가 아니라…….'

방 안은 숨 쉬는 소리 하나 들리지 않을 만큼 적막했다. 높은 천장도 너른 방의 크기도 그 안에 들어찬 사람들의 위압감에 움츠러들었다. 등롱의 불이 애달프게 흔들렸다. 길게 드리워진 그림자가 요령의 머리를 스치고 지나갔다. 마치 그것이 그녀의 눈물샘을 자극이라도 한 듯 뺨 위로 이슬이 흘렀다.

"저, 저는 잠시 밖에……."

결국 눈물을 참지 못한 미령이 서둘러 얼굴을 가리며 밖으로 나갔다. 그녀보다도 더욱 가슴이 무너질 어머님 앞에서 먼저 눈물을 보이는 것은 죄이리라. 비틀거리는 걸음으로 요령이 밖으로 나가는데 누군가 그녀와 부딪혔다.

"괜찮소?"

요령을 따라 나오던 요함이 넘어질 것 같은 그녀를 잡아주며 물었다. 두 사람 앞으로 거대한 그림자가 졌다. 요함의 시선이 아내를 바라보다가 다시 앞을 봤다. 그리고 이내 급격히 커지는 눈동자.

"폐……!"

"쉬이!"

화려한 금박의 옷은 접어두고 하얀 옥포에 자색 띠를 둘러 미복한 장천이었다. 이미 월성에서 황궁의를 보내줬건만 그 사이를 참지 못하고 어둠을 틈타 바깥으로 나온 것이었다.

서둘러 읍하며 방 안에 있는 모든 이들이 고개를 숙였다. 하늘처럼 받드는 황제가 방 안에 들어서니 모두 바닥에 바짝 엎드렸다. 쯔쯧! 작게 혀 차는 소리가 들리더니 직접 걸음하여 소춘 부인을 일으켜 세웠다.

"지금 걱정하고 염려하는 마음은 나와 그대들과 다를 바가 없다. 인내가 부족한 황제인지라 여기까지 오는 추태를 드러내고 말았으니 그대들은 오늘 여기서 나를 본 것이 아니다."

"마땅히 따르겠습니다, 폐하."

서둘러 정신을 차린 환웅이 먼저 대답했다. 그제야 고귀한 존재로 인해 정신이 혼미했던 미령도, 미훌도, 소춘 부인도 감읍한 얼굴로 환웅을 따라 대답했다.

"그런데……."

방 안을 둘러보던 장천이 가만히 미간을 찌푸렸다.

"설찬은 어딜 간 것이지?"

9장 웃어라, 나의 꽃

후욱!

설찬의 손이 하늘을 그으면 땀방울이 튀어 올라 그 뒤를 따랐다. 그의 다리가 바람을 일으키면 흙먼지가 공기를 얼룩지게 만들었다. 온몸으로 땀을 흘리며 설찬은 정신을 비워내고 있었다. 그의 허리가 강하게 틀어졌다. 그 앞으로 짚으로 만든 허수아비 하나가 그의 손에 바닥으로 내동그라졌다.

'살아 있다.'

쿵! 설찬이 발을 박차고 올랐다. 누구를 향한 분노인지 모르지만 그의 발에는 화가 실려 있었다.

'살아 있다!'

칼날처럼 날카로운 손이 허공을 베어냈다. 그리고 이내 주먹을 움켜쥐고 비틀어 끌어내렸다. 힘차고 웅장했지만 동시에 아름다운 선이 보였다. 도약에 도약을 거듭한 그의 발끝이 마침내 다시 땅을 찾았다.

'하지만 만에 하나……'

순간 아무것도 없는 땅을 밟으며 그가 비틀거렸다. 가슴이 옥죄어왔다. 육체가 찢어지고 뭉개져서 만들어진 상처보다 가슴이 찢어지고 뭉개지는 것이 훨씬 더 고통스러웠다.

'만에 하나 다시는 그녀의 미소를 보지 못한다면? 만에 하나, 그 입술로 내 이름을 부르는 것을 다신 듣지 못한다면……? 내 탓이다, 모두 내 탓이야. 내가 조금만 더 일찍 너를 구하러 갔다면…… 그랬다면…….'

설찬의 얼굴이 고통스럽게 일그러졌다. 그의 주변으로 아무것도 없는데, 그의 영혼이 넝마가 된 듯 괴로움을 호소하고 있었다. 그를 갉아먹고 있는 자괴감이 마침내 그를 잠식하려 하고 있었다.

"설찬."

한쪽 무릎을 꿇고 땅에 기대어 앉은 설찬이 목소리가 들리는 방향으로 고개를 틀었다. 귀신의 탈을 쓴 듯 하루 만에 초췌하고 창백해진 사내의 얼굴이 새벽달 아래로 드러났다.

"폐하."

장천이 이곳에 나타난 것이 그리 놀랍지 않다는 듯 설찬은 여느 때처럼 차분하게 그를 맞았다. 그러나 장천의 눈에는 보였다. 자신이 어찌할 수 없는 자책감에 속이 문드러지는 설찬의 눈을……

장천은 그런 설찬을 보며 그 어떤 위로의 말도 건네지 않았다. 그 자신 또한 단희를 생각하면 가슴이 아팠다. 그는 아직 그녀에게 어떤 보상도 해주지 못했거늘, 그녀는 넝마가 되어 돌아왔다. 신라를 집어삼키려는 야욕과 나라를 좀먹는 욕심의 희생양이 되어서.

그의 마음 또한 무너지기에 황제라는 채신머리도 잊고 이곳으로 달려온 것이다. 또한 그의 궁 안에는 그녀가 보내온 야래향이 곳곳에 장식되어 있었다. 그렇게 그가 짓밟고 뭉개버린 꽃을 하나하나 손질하고 보듬어 그에게 다시 보낸 단희였다. 뭉개진 것은 흙을 털어내 향몽으로, 꽃이 살아 있던 것은 바짝 말려 빳빳한 종이에 붙여 보내 왔다.

'망가트린다고 망가지는 것이 아니고, 버린다고 버려지는 것이 아닙니다.'

그녀는 다시 한 번 감히 그를 위로했다.

'어리석은 것.'

장천은 쓴 물이 올라오는 목구멍 안으로 그녀의 이름을 눌러 담았다. 단희를 부르는 것 대신 서릿발이 내린 엄한 얼굴로 설찬을 향해 꾸짖었다.

"대체 여기서 뭘 하는 것이냐!"

갑작스러운 냉한 옥음에 설찬이 그를 올려다봤다. 그런 설찬을 향해 장천은 손을 내밀었다.

"단희가 곧 깨어날 것인데, 이러한 몰골로 그녀를 맞을 것이냐? 가자, 기다리면 올 아이가 아니더냐."

황제의 옥수가 장천을 향해 내밀어졌다. 설찬은 뭐라 말할 수 없는 복잡한 눈길로 잠시 황제를 올려다봤다. 곧 설찬은 장천의 손을 마주 잡고 일어났다.

몸이 물을 먹은 듯 축 늘어지고 기운이 없었다. 이미 정신이 들었는데 눈꺼풀을 들어 올릴 힘이 없어 계속 어둠 속을 헤매고 있었다. 어둠과 빛이 교차하며 단희의 눈앞을 어지럽혔다. 도깨비불처럼 푸르스름한 빛은 허공을 휘휘 돌더니 어느새 어둠 속에 몸을 감추며 사라졌다. 그러더니 하얀 빛이 가득한 공간이 보였다.

"혈 자리가……."

하얀 공간 안에 있을 때는 간간히 사람의 소리가 들렸다. 단희는 귀를 기울이려 했지만 곧이어 엄습하는 통증에 다시 움츠려들고 말았다. 그렇게 의식이 다시 멀어져갈 때쯤 익숙한 향기가 그녀를 엄습했다.

'설찬……?'

거기 있나요? 설찬? 입 밖으로 꺼내 묻고 싶었지만 몸이 움직이지 않았다. 그녀의 의지를 상실한 몸은 그저 짐이 되어 그녀를 무겁게만 했다.

"단희야."

그의 목소리에 습기가 배어 있다. 처음 들어보는 목소리였다. 단희는 그의 음성만으로도 가슴이 무너지는 것 같았다. 나 여기 있어요, 설찬. 나 괜찮아요……. 말해줘야 하는데 다시 어둠이 몰려오고 있었다.

괜찮다고 말해줘야 하는데……. 나 괜찮다고…….

엄습하는 어둠에 끝끝내 저항하려 했지만 단희의 의식은 다시 어둠이 내민 손을 잡고 말았다. 서서히 멀어지는 의식 속에서 단희는 계속해서 설찬의 얼굴을 그렸다.

움찔.

문득 느껴지는 힘에 설찬이 놀라 단희를 바라봤다. 그녀의 눈꺼풀은 여전히 미동도 없이 감겨 있었지만 그는 분명 그의 손을 움켜쥐는 힘을 느꼈다.

"방금…… 방금 손에 힘을……."

설찬이 황급히 대기하고 있던 황궁의 현을 돌아봤다. 현이 한달음에 다가와 단희의 손목을 들어 맥을 짚어보더니 고개를 도리질했다.

"갑자기 피가 돌면서 일어날 수 있는 현상입니다. 몸이 회복되고 있다는 전조니 좋은 현상입니다."

"그런가."

설찬은 가만히 인상을 찌푸리며 다시 한 번 그녀의 손을 움켜쥐었다. 벌써 그녀가 쓰러진 지 사흘이나 지났다. 아직까지 단 한 번도 그 맑은 눈동자를 보여준 적 없는 그녀였다. 하지만 마치 죽은 것같이 창백하던 안색은 그나마 혈색이 조금 돌아와 있었고, 상처 또한 아물려고 하는 듯 붉게 올라왔다.

"풍월주께서도 쉬셔야 합니다. 벌써 사흘째 이리 뜬눈으로 지내셨습니다. 그러다가는 곧 원화 옆에 자리보전하고 누우셔야 할 것입니다."

황궁의의 말에 설찬이 허무한 웃음을 매달며 말했다.

"그것도 좋지."

"풍월주."

"허나 내 할 일이 있으니, 지금은 그리할 수가 없겠군."

마른땀이 송글송글 올라온 단희의 이마를 짚어주던 설찬이 자리를 털고 일어났다. 시간은 벌써 사시(巳時: 오전 9시~11시)를 넘어갔다. 다정한 눈으로 다시 한 번 단희를 꼼꼼히 살핀 그가 현을 향해 당부하며 돌아섰다. 방을 나서는 그의 눈길이 언제 따스했냐는 듯 꽁꽁 얼어 있었다.

황제의 부름에 남당의 제실靑室 안으로 들어서니 황제는 활짝 펼친 족자를 보고 있었다. 설찬이 들어왔음에도 한동안 커다란 족자에서 눈을 떼지 못하던 그가 웃음기 섞여 있는 목소리로 말을 건넸다.

"토사구팽이라더니. 쓸모없어진 꼬리를 잘라내는군."

혼잣말을 하듯 나직하게 중얼거린 그가, 들고 있던 족자를 설찬을 향해 내던졌다. 설찬이 그에게서 족자를 받아들고 열어보니 깨진 박이 하나 있었다. 그리고 그 옆으로 '親'자가 새겨져 있었다.

"이게 무엇입니까?"

"쪽박이지 뭐겠느냐."

"…… 예?"

모르겠다는 듯 의문 섞인 설찬의 눈빛을 읽은 장천이 픽 웃음을 흘렸다.

"그쪽에서 화친을 제의해왔다. 사마탄의 독단적 범행으로 신라에 끼친 심적, 물적 손해를 배상해준다는군. 사마탄, 그자를 넘겨주기만 하면 우리 신라가 내디딘 방향에 전폭적인 바람이 되어줄 것이라며 말이야."

"넘겨주실 겁니까?"

설찬의 눈이 어둡게 일렁였다. 사마탄 그자가 이곳을 살아서 돌아가게 용납할 수 없는 설찬이었다. 나라를 위한다면, 신라를 위한다면 지금 그쪽에서의 제안은 참을 수 없는 유혹이었지만.

"글쎄……."

"폐하."

하하, 낮은 웃음소리가 제실을 채웠다. 식은 찻잔에 담긴 쓴 물을 목구멍으로 넘기며 장천 또한 침전되어 있는 눈길을 일렁였다.

"짐의 손에서는 벗어나야 한다, 설찬."

"……."

"짐 또한 그자를 갈기갈기 찢어 잉어 밥으로 던져주고 싶지 않은 것이 아니다. 허나, 나의 사욕을 채워버리고 나면 우리가 잃어버릴 것이 너무나 많구나. 아니, 짐이 잃어야 할 것이 너무나 많다."

장천은 그렇게 말하며 쾌를 돌려 바깥을 바라봤다.

"사흘 후 사마탄은 꺼먹 고개를 넘어 아라수에서 배를 탄다. 그자가 배에 인도되는 순간 이미 나의 손아귀를 벗어난 것이다."

가만히 생각에 잠긴 듯하던 설찬이 곧이어 침착한 목소리로 입을 열었다.

"…… 폐하의 손을 넘어간다면 폐하의 책임도, 신라의 책임도 되지 않겠군요."

장천은 대꾸가 없었다. 허나 바깥 담장에 걸쳐져 있던 장천의 얼굴 위로 어두운 미소가 올라왔다. 그렇게 두 사람은 한동안 말없이 생각에 잠겨 있었다.

그로부터 무려 이틀이 더 지나고 나서야 단희가 눈을 떴다. 워낙 내상이 깊었던지라 흐릿한 눈을 몇 번 끔뻑이더니 곧 다시 잠에 빠져들었다. 안타까운 것은 단희가 눈을 떴을 때 설찬이 그녀의 곁에 없었다는 것이다. 단희의 마른 입술에 젖은 헝겊을 대주던 미령이 단희가 눈을 뜬 것을 알아채고 모두에게 알렸다. 모두가 한마음이 되어 가슴을 쓸어내렸다. 이렇게 몸이 쇠약해진 채로 평생을 잠에 빠져 사는 이도 있다고 했다. 혹여나 그것이 단희가 될까, 모두가 너나 할 것 없이 하늘에 치성을 드렸다.

  부처님이 돌보신 것일까. 단희가 눈을 뜨는 횟수가 늘어났고, 눈동자의 초점 또한 조금씩 돌아오고 있었다.

  "단희야."

  새벽이슬이 부드럽게 지붕 위에 내려앉은 시간. 설찬은 단희 곁을 지키며 그녀의 손을 붙들었다. 아픈 것은 단희인데, 설찬의 몰골이 더욱 귀신같이 창백해졌다. 그는 몇 번이고 굳은살이 박인 손을 들어 단희의 이마를 쓸고 또 쓸어주었다. 아이처럼 작은 얼굴이 그의 까만 손아래 더욱 새하얗고 여려 보였다.

  때때로 설찬은 손을 들어 단희가 숨을 쉬는 것을 확인했다. 미약하지만 따뜻한 숨결이 그의 손 언저리를 간질이는 것을 확인하고서야 안심이 됐다. 그렇게 하루에도 몇 번씩 설찬은 그녀의 곁에 와 숨결을 공유했다. 낮이고 밤이고 새벽이고를 떠나.

"생각해보니 너는 나를 만나 모진 고생을 많이 했구나. 마음이고, 몸이고……. 이 못난 내가 뭐가 좋다고."

자조 섞인 한숨이 어두운 방을 가득 채웠다. 설찬은 그녀의 손을 꼭 붙들고 자신의 뺨에 가져갔다. 부드럽다고 할 수 없는 거친 손. 이 작은 손으로 검을 잡았고, 이 작은 몸으로 고통에 대항한 그녀. 설찬은 말할 수 없는 고통에 얼굴이 일그러지고 말았다. 지켜주고 보듬어줘야 하는데. 그랬어야 했는데.

매일같이 찾아오는 자책감이 다시 한 번 그의 마음을 아프게 갉아먹었다. 그는 절대 이 손을 놓지 못한다. 죽음이 그들 사이를 가른다 할지라도, 그것이 이별이라면 설찬은 용납할 수 없었다.

설찬이 고개를 숙여 그녀의 이마에 입을 맞췄다. 조심스럽고 따스한 입맞춤. 그녀를 깨우듯, 그녀를 재우듯 낮은 저음이 단희의 귓가를 스쳤다.

"사랑한다. 사랑하고 있다. 그리고 더, 사랑하자."

귓가가 간지러웠다. 보드라운 무언가가 그녀의 귓가를 어루만지고 그대로 그녀 안으로 들어왔다. 단희는 희고 푸른빛이 일렁이는 공간에서 놀다가 보드라운 무언가를 쫓아 밖으로 나왔다. 뛰고, 뛰고 또 뛰어도 지치지 않았다. 맨

발로 달리는데도 비단 보료를 밟는 듯 푹신푹신하고 부드러워 힘들지 않았다.

그러다 문득 보드라운 무언가가 멈춰 섰다. 단희 곁을 뱅뱅 맴돌더니 그대로 그녀 안으로 스며들었다. 그녀 안으로 따뜻하게 일렁거리던 것이 흡수되었다. 그러더니 곧 따뜻한 것은 차고 시원한 것으로 바뀌었다. 발끝에서부터 서서히 번져가던 그 느낌이 곧이어 가슴을 타고 올라 머리로 들어섰을 때, 단희는 잠에서 깨어났다.

'설찬…….'

무거운 눈꺼풀이 열리고, 가장 먼저 보이는 것은 방을 나서는 설찬의 뒷모습이었다.

탁, 문이 닫히고 완전히 사라진 그를 보고 단희는 다시 눈을 감았다.

설찬은 검은 옷을 입는 경우가 거의 없었다. 주로 푸른 빛이 돌거나 자색빛의 옷을 입었다. 검은 옷은 숨기는 것이 많은 자들이 입는 옷이라고 생각했다. 그리고 지금, 다리부터 발끝까지 검은색 일색인 이 순간도 그 생각은 여전했다.

그의 애마인 청풍은 마구간에 놓아두고 그 옆에 있던 짙은 갈색의 말을 데리고 나왔다. 왜 자신을 놓고 가느냐고 청풍이 푸르르 성을 냈다. 설찬은 청풍의 콧등을 슬쩍 쓰다

듣어준 뒤 밖으로 나와 말에 올라탔다. 그의 움직임을 따라 쇳소리가 따라다녔다.

"어딜 가시는가?"

설찬이 말고삐를 틀어쥐었을 때 그의 뒤로 조용한 목소리가 따랐다. 그는 돌아보지 않고 말을 다시 정비했다. 돌아보지 않아도 알 수 있었다. 환웅이었다.

"혼자, 가려는 건가?"

그의 목소리에 짙은 염려가 묻어 있었다. 친우의 염려를 모르는 바 아니었으나, 설찬에게는 해야만 하는 일이 있었다.

"혼자, 조용히 다녀올 것이야."

히이잉, 어서 달려야 한다며 말이 성을 내고 있었다. 목 아래로 두른 복면을 위로 끌어올렸다. 휘 돌아선 그가 마지막으로 힐끔 환웅을 내려다봤다. 환웅은 말없이 설찬을 올려다봤다.

"말리지 않겠네."

환웅은 씨익 웃으며 말했다. 그의 눈동자 안으로 냉기가 흐르는 새파란 안광이 번득였다. 설찬은 슬쩍 고개를 끄덕이더니 곧이어 발을 굴렸다. 말은 빠르게 흙을 박차고 앞으로 나아갔다. 사라지는 설찬을 끝까지 지켜보며 환웅이 혼잣말을 중얼거렸다.

"살려두지 말게나."

'그럴 리 없겠지만 말이야.'

족히 열흘을 타고 가야 하는 배라서 그런 것일까. 배의 규모는 그렇게 작지 않았다. 배는 신라에서 내어주는 것이 아니라 당나라에서 보내 온 것이었다. 이 땅에서 발이 떨어지고, 저 배에 몸을 싣는 순간 사마탄은 신라의 권한을 벗어날 것이다. 온전히 당의 권한 안으로 떨어지는 것이었다.

뿌우우.

새벽의 밤손님처럼 슬그머니 출항을 알리는 고동 소리가 울렸다. 아무도 나와 있지 않은 선착장에서 사마탄은 절뚝거리는 다리로 뒤를 돌아봤다. 그의 옆으로 호송을 전담한 좌이방 부령 태을과 진선이 그를 옥죄었다.

"카악, 퉷!"

사마탄은 잠시 그 자리에 멈춰 서더니 한껏 가래를 모아 침을 탁 뱉었다. 어처구니없는 모습에 태을과 진선이 미간을 찌푸렸다. 하지만 이미 그들의 손을 떠난 죄인. 그들은 멀어지는 배를 보며 미련 없이 돌아섰다.

사마탄이 오르자마자 배가 항구를 벗어나기 시작했다. 슬금슬금 멀어지기 시작하는 배의 움직임을 느끼며 사마탄은 자신의 방을 찾아갔다. 그렇게 작지 않은 배이건만 배 위에는 사람이 보이지 않았다. 최소의 인력, 최소의 경비로 그를 호송하러 온 것이었다. 그것이 못내 기분이 더러워 사마탄은 발을 탕탕 굴렀다. 당으로 돌아가면 그는 아마 관직을 박탈당할 것이고, 재산을 몰수당할 것이다. 하지만 죽지는 않을 것이다. 그의 누이는 황제가 가장 총애하는 후비 중 하나이며, 그의 아비가 나라에 세운 공을 무시할 수 없기 때문이다. 그뿐 아니다. 이제껏 그가 뒤를 봐준 제후들 또한 가만히 있을 수 없을 것이니, 어찌 되었든 그는 당으로만 가면 살 것이다. 관직만 없을 뿐, 잘 살 것이다.

"내 죽어도 이곳으로 머리를 두지 않을 것이다. 망할 족속들!"

사마탄은 며칠간의 모진 문초에 넝마가 된 몸을 이끌고 푸석한 침상 위에 몸을 뉘였다. 고되고 힘든 몸을 뒤척이는 그때였다.

"머리를 뉘인 네 몸뚱이가 남아 있을까?"

섬뜩한 목소리가 사마탄의 머리 위에서 조용히 울렸다.

"누, 누구냐!"

사마탄은 황급히 몸을 일으켜 주변을 살폈다. 그러나 이미 캄캄한 새벽 바다 위였다. 등롱을 찾으려고 하는 사이 인기척이 들리더니 사마탄의 몸이 강한 압박에 사로잡혔다.

"크흑!"

"마음 같아서는 산 채로 사지를 찢어발기고 싶다. 그녀를 찼던 발을 비틀고, 능욕했던 그 손가락을 모두 하나하나 잘라낼 수만 있다면! 하지만 안타깝게도 시간이 별로 없군."

타오르는 분노를 절제하듯 목소리는 더없이 낮고 차가웠다. 그 목소리를 알아챈 사마탄의 안색이 창백해졌다.

"이 목소리는……."

"쉬이, 말로 하지 않아도 알지 않는가?"

"네놈이 여길 어떻게? 배 위는 당나라령이다. 몰래 잠입…… 커헉!"

날랜 손길이 사마탄의 입안으로 재갈을 물렸다. 팔과 다리 또한 꽁꽁 묶어 그가 누워 있던 침상 위로 고정했다. 사마탄은 거대한 몸을 앞뒤로 흔들며 미친 듯이 발광했지만 침상 위의 몸은 꼼짝없이 결박되어 있었다.

그제야 어둠 속에서 설찬의 모습이 보였다. 그는 한 치의 흔들림도 없는 눈으로 사마탄을 내려다봤다. 그 잠시간의 침묵이 영원처럼 길게 느껴졌다. 사마탄은 알 수 없는 공포에 사로잡혀 식은땀을 흘리기 시작했다.

"으, 으읍! 끄흐읍! 읍읍!"

이리저리 뒤틀리는 살덩어리를 무감정한 눈으로 바라보던 설찬이 이윽고 품에서 무언가를 꺼내 들었다. 기름 먹인 종이와 차돌과 황철광이었다. 그는 익숙하게 몇 번 그것을 부딪쳤다. 그러자 곧이어 작은 불씨가 종이를 잡아먹으며 크게 올라왔다.

사마탄의 움직임이 멈췄다. 그는 믿을 수 없다는 듯 눈을 부릅뜨더니 조금 전보다 더욱 격렬한 몸짓으로 온몸을 비틀어댔다. 그러나 설찬은 감정 하나 보이지 않는 냉랭한 얼굴로 무심히 사마탄의 침상 끄트머리에 불씨를 던져놓았다. 곧이어 마른 짚단이 가득한 침상이 불길에 거세게 타올랐다. 사마탄의 발끝이 화마의 혓바닥 아래 잔뜩 움츠러들었다.

"끄흐으읍! 으읍! 읍읍! 끄윽!"

정신을 차릴 수 없다는 듯 격렬하게 움직이는 사마탄을 뒤로하고 설찬이 그의 방을 빠져나왔다. 곧바로 밖으로 나온 그는 선상에서 다시 한 번 불을 일으켰다. 활활 타오르는 불길을 보던 설찬은 바다로 몸을 던졌다.

"부, 불이야!"

"불이다!"

곧이어 요란한 발소리와 함께 선원들이 밖으로 튀어나왔다. 이리저리 날뛰던 그들 중 몇은 안으로 들어가 사마탄을 찾았고, 몇은 물을 끌어다가 불을 끄는 데 여념이 없었다. 그리고 마침내 안에서부터 불이 올라오는 것을 보고 나서는 비상용 쪽배를 끌어내리기 시작했다. 그때는 이미 선체의 반 정도가 화마에 사로잡혀 있었다.

배를 타고 간 이는 스무 명 남짓. 그리고 그중 당나라로 돌아온 인원은 단 셋. 그중에 사마탄은 없었다. 당의 제는 어느 정도 예상했다는 듯 잠시 인상을 찌푸리고는 그 사건을 묻어버리고 말았다.

설찬은 잠시 그의 저택에 들러 젖은 옷을 버리고 탕으로 들어갔다. 차갑게 식은 몸이 뜨거운 물에 닿으니 온몸이 따갑게 느껴졌다. 설찬은 그 살아 있는 감각을 느끼며 눈을 감았다.

배는 부러 태워버렸지만 그 배에 있던 모든 이를 죽인 것은 아니다. 살아남아서, 그렇게 살아서 당으로 돌아가 이 모든 일이 바다 위에서 벌어진 것이라는 것을 보고해야 할 테니.

그 차갑고 어두운 바다를 한참을 헤엄쳐 돌아왔다. 지치고 힘들었지만 멈춰 서면 가라앉는다. 그래서 설찬은 저 멀리 보이는 빛을 향해 온 힘을 다해 다가갔다.

'단희, 너도 그래야 한다. 그렇게 얼른 정신을 차려.'

탕에서 나온 그가 마른 옷을 걸쳐 입었다. 그의 몸 위로 쪽빛 상의를 걸치고 곧이어 푸른 허리끈을 질끈 동여맸다. 고된 새벽을 헤치고 아침의 여명이 설찬을 맞이했다. 잠시도 쉬지 않은 채 그의 발이 다시 향한 곳은 단희의 곁이었다. 그리고 마침 그가 곁에 다가섰을 때 단희의 고단한 눈이 세상을 향해 돌아왔다.

갑작스러운 원화의 발병에 관하여 화랑들 사이에서 말이 많았다. 그녀의 직접적인 병세를 알고 있는 사람은 많지 않았고, 그들 모두 어지간히 입이 무거운 이들이었다. 해서 화랑들은 발만 동동 구르며 원화가 불치의 병에 걸렸느니, 곧 죽을지도 모른다니 하는 해괴한 소문을 바람결을 따라 이리저리 옮겨대고 있었다.

하지만 소문과는 달리 단희는 불치의 병도, 곧 죽을 명도 아니었다. 그녀의 안색은 한결 가벼워졌고, 황궁의 또한 기력을 보충하면 충분히 이겨낼 것이라며 가족들을 다독였다. 그 말을 증명하듯 곧 단희는 눈을 떴다. 마침 설찬이 그녀를 찾을 때였다.

눈꺼풀에 꽁꽁 감춰져 있던 단희의 눈동자를 본 설찬은 기묘한 감격에 휩싸였다. 단희를 안았을 때와는 다른 전율이 그의 등줄기를 휘감았고, 그의 전신을 옭아맸다. 설찬 인생에서 처음으로 말문이 막혀버렸다. 다가가는 그를 올려다보고는 희미한 미소를 짓는 단희를 보며, 설찬은 난생처음 그렇게 말을 잇지 못하고 있었다.

"설찬……"

설찬은 손을 올려 그녀의 이마 위로 흐트러진 머리카락을 쓸어 넘겼다. 따뜻한 피부, 그의 손길을 따라 까무룩 감기는 그녀의 눈꺼풀이 무척이나 예뻐서 울컥 물기가 올라오려 했다.

"보고 싶었어요."

까끌까끌한 목소리로 먼저 입을 연 것은 단희였다. 언제나처럼 단희는 설찬에게 망설임이 없었다. 그의 손, 그의

온기, 그의 눈빛에 취한 듯 그녀는 설찬의 손에 뺨을 기대
며 다시 속삭였다.

"보고 싶었어요……."

그녀의 뺨을 감싸고 있던 설찬의 손에 힘이 들어갔다. 곧
이어 그의 다른 손이 그녀의 반대편 뺨을 감쌌고, 두 손으
로 단희의 고개를 들어 올린 그가 천천히 고개를 숙여 메마
른 그녀의 입술을 찾았다.

단희의 온기가, 그녀의 향이 그를 감쌌다. 만지면 부서질
듯 연약한 몸을 감싸 안으며 설찬은 쓰게 올라오는 눈물을
삼키지 못했다. 결국 습윤하게 차오르는 물기를 느끼며 그
가 그녀의 입술을 탐미하던 제 입을 떼어냈다. 파르르 떨리
는 속눈썹이 올라오더니 곧이어 그의 얼굴을 보고 놀라 동
그래졌다.

"…… 죽는 줄 알았다."

그의 아픔이 고스란히 전해지는 청아한 눈동자를 보며
그녀의 얼굴이 더욱 아프게 구겨졌다.

"그렇게 쉽게 죽지 않는다고 했잖아요."

"아니."

그렇게 말하고 설찬은 다시 그녀의 입술을 깊게 빨아들
였다. 그의 숨결을 타고 단희의 혀가 빨려 올라왔다. 곧이
어 서로의 혀가 엉키고 가쁜 숨을 몰아쉬며 단희가 그의 어
깨를 움켜쥐었다.

"내가 죽는 줄 알았다 이 말이다. 네가 없어서, 단희……. 네가 없어질까 봐."

그의 말에 단희의 가슴이 아려왔다. 쉽게 그녀의 입술을 놓아주지 못하는 설찬이, 그의 뺨을 타고 흐른 저 순결한 눈물이 단희는 숨이 막히게 사랑스러웠다. 그녀는 힘이 없는 팔을 들어 그를 안아주려고 했다. 하지만 다친 어깨에 힘이 들어가지 않았다. 하는 수 없이 그녀는 다치지 않은 한쪽 팔을 들어 그의 뺨을 어루만지며 뺨과 눈꺼풀, 입술에 천천히 입을 맞췄다. 신성한 의식이라도 되는 것처럼 정성을 들여 느릿하게.

"나는 없어지지 않아요. 설찬이 놓지 않는 한……. 아니, 설찬이 놓더라도 내가 꼭 붙들고 있을게요. 죽어도 놓지 않고, 싫다 해도 듣지 않을 거예요. 알잖아요. 나, 그런 거 잘한다는 걸."

그녀의 말에 설찬이 웃음을 보였다. 맞닿은 입술로 두 사람은 그렇게 미소를 공유하고 숨결을 공유했다. 지친 몸을 설찬의 품에 기대고 있던 단희에게 다시 졸음이 쏟아졌다. 그녀는 까무룩 감기는 눈을 설찬의 너른 어깨에 비비며 말했다.

"그리고 내가 먼저 좋아했어요."

설찬의 손이 그녀의 어깨를 꼭 감싸 안았다. 그의 입술이 그녀의 동그스름한 이마에 잠시 머물다가 물러났다. 그의

향기로운 체향에 취한 듯 숨을 멈춘 그가 잠에 빠져드는 그
녀를 보며 중얼거렸다.

"…… 내가 먼저 사랑했다."

그의 울림이 들렸던 걸까. 잠이 드는 단희의 입꼬리가 슬
그머니 올라갔다.

"어찌 그리 서두르는지 모르겠소. 몸도 다 회복되지 아니
하였는데 당장 달포 안에 혼례를 치르겠다 으름장을 놓았
다니. 참, 알다가도 모를 일이야."

장천은 후원의 뜰에서 오래간만에 보량과 낮수라를 같
이했다. 그와 보량은 수라를 마치고 후원을 거닐며 모처럼
시간을 보냈다. 하지만 떠드는 것은 온통 장천뿐이라 그의
관심사는 온통 설찬과 단희의 혼례에 쏠려 있었다. 단희가
깨어난 지 며칠이나 지났다고. 설찬은 당장 혼례를 올려야
겠다 야단이었다. 열아흐레의 시간을 두고 그는 혼례에 필
요한 모든 예물과 예단을 마쳤다. 홀몸인 그였으니 새 저
택은 필요치 않았고, 단희가 인사를 하러 갈 시부모님도
계시지 않았다. 허니 한결 절차는 간소화되고 빠르게 진행
되었다.

단희 또한 빠르게 회복되고 있었으나 팔 한쪽이 성치 않
은 몸이라 무거운 것은 들 수 없었고, 무리하여 움직이는
것도 아니 되었다. 하지만 기어코 혼례를 올려야겠다 고집

을 피우는 것은 마찬가지였다. 그리고 또 하나, 부득불 예가 아니라며 천천히 진행하자는 미랑환공과 소춘 부인을 앞에 두고 단희가 모두를 뒤로 자빠지게 할 만한 이야기를 던졌다.

"어디 그런 발칙한 발언을 한단 말이오? 배태胚胎하였다니! 내 이 아이가 맹랑하고 또 맹랑한 것은 알았지만 어찌……!"

장천이 가던 길을 멈춰 서고는 고개를 절레절레 내저었다. 그런 그의 모습을 힐끔거리던 보량이 스윽 시선을 돌려 먼 곳을 바라봤다.

"빤한 거짓말을 고하면서까지 그리 좋을까 싶소, 허허!"

결국 장천이 너털웃음을 터트리고 말았다. 아니 된다, 못 내어준다 했던 그였지만 실상 단희는 장천에게 그저 품어버리는 여자이기엔 너무나 아까운, 그러나 또 신하로 두기엔 너무나 사랑스러운 그런 존재였다. 그리고 그것은 그의 둘도 없는 벗이자 든든한 아군인 풍월주 또한 마찬가지였다.

"서로 그렇게 좋아 죽는다 할 때는 아무도 막지 못합니다."

문득 보량이 입을 열었다. 장천이 그녀를 돌아봤다.

"그때는 아무 말도 들리지 않고, 아무것도 보이지 않지요. 사랑이 귀를 잡아먹고, 사랑이 눈을 멀게 합니다. 그래서 그때는 시간이 흘러봐야 알 것입니다."

보량의 얼굴은 쓸쓸했다. 그녀는 저를 쳐다보는 제의 시선을 느꼈지만 돌아보지 않았다. 그저 후원 저 멀리 담장

끝에 보이는 월성을 돌아보며 나지막한 목소리로 중얼거
렸다.

"모든 것은 변한다는 것을요."

장천의 미간에 그림자 드리웠다. 그의 눈이 심술궂게 구
겨지더니 보량을 향해 입을 열려고 할 때였다. 그녀가 홱
고개를 돌려 장천을 올려다봤다.

"폐하, 신체가 미령하여 더 이상 걷기가 힘듭니다. 먼저
들어가봐도 되겠습니까?"

그렇게 말하며 그녀가 고개를 까딱 내리고서 인사를 올
렸다. 장천의 입에서는 가타부타 아무 말도 나오지 않았는
데도 말이다. 뒷모습을 남기며 멀어져가는 보량을 보며 장
천이 기가 차다는 듯 혀를 찼다.

"허! 참!"

그녀의 갑작스러운 변화에 장천은 화를 내는 것도 잊은
채 당황하고 말았다.

설찬이 막 집무실 안으로 들어섰을 때였다. 그를 기다리
고 있던 두 사람이 벌떡 일어나 그에게 달려들었다.

"번갯불에 콩 구워 먹습니까? 무슨 혼례를 그렇게 달포
도 안 걸려 후다닥 해치우려 하십니까? 그러다 큰일 납니
다, 풍월주! 노후에 마누라, 아니 단희에게 우리 혼례가 어
쨌느니, 제대로 예복 한번 입어보지도 못했다느니 하는 소

리 듣기 십상입니다."

"아니, 그게 무슨 도둑놈 심보인가? 남의 집 귀한 딸을 데려가려거든 제대로 된 절차와 제대로 된 정성을 거쳐야 하는 것 아닌가? 몸도 성치 못한 내 귀한 동생을 낚아채 가는 것 나는 용납 못 하이."

"풍월주!"

"설찬!"

다다다 달려드는 요함과 환웅의 얼굴을 손가락을 밀어내며 설찬이 한숨을 내쉬었다.

"우리 혼례가 그리 잘못된 것인가?"

"아니 혼례가 잘못되었다는 것이 아니지 않는가."

"그게 아니면 왜 안 된다는 것이지? 나는 하루라도 빨리 단희를 내 품에 거두고 싶은데."

"몸이 좀 성해지면 그때……."

"내가 지극정성으로 돌볼 것이야. 지금도 매일매일 내 들르고 있지 않나. 허고, 예복과 예식은 제대로 할 것인데 왜 내가 노후에 그런 말을 들을 거라고 생각하나, 요함. 난 자네처럼 그렇게 허술하지 않아."

설찬의 말에 요함이 얼굴을 붉히며 반박하려 했다. 그러나 그의 앞을 가로막으며 환웅이 나섰다.

"혼례라는 것은 많은 정성과 힘이 들어가는 것이네. 그런 것을 단희가 지금 그 성치 못한 몸으로 잘해낼 수 있을 것

같은가? 아니, 그 아이도 그렇지. 뭐, 아이를 가져? 그 맹랑
한 거짓말을 우리가 믿을……."

"거짓이 아니네."

설찬의 말에 환웅과 요함의 얼굴이 동시에 굳었다. 설찬
은 히죽 웃음을 보이더니 곧이어 다시 몸을 돌려 문을 열어
젖혔다. 잠시 쉬려고 들어왔는데 그곳에 있으니 더 피로가
몰려왔다.

"자, 잠깐! 그게 무슨 말이지? 설령 아이가 들어섰다고 해
도 그 상처로 배겨내지 못했을……."

"정히 의심스러우면 황궁의에게 물어보게.

"뭣이?"

환웅과 요함이 서둘러 그의 뒤를 따라 나왔지만, 설찬은
귀신같은 솜씨로 이미 그곳을 빠져나가고 보이지 않았다.
두 사람은 황급히 서로를 돌아보고는 누가 먼저랄 것도 없
이 달려 나갔다. 저 거짓말이 참말인지 알아봐야만 했다.

자꾸 잠이 드는 것은 몸이 제 상태를 되찾으려고 하기 때
문이라 했다. 단희는 그리 하루의 반을 잠에 빠져 살았다.
햇살이 따가우면 눈을 떴다가, 햇살이 포근하면 잠이 들었
다. 어둠이 내리면 잠이 들었고, 잠시 목이 말라 깼다가 다
시 잠에 빠졌다.

저녁을 들고 어김없이 잠에 빠져 들어갈 때였다. 잠시 즐

겨 보던 서책을 뒤적이다가 꾸벅 잠이 들어버렸다. 그런 그
녀의 어깨에 누군가의 손이 부드럽게 휘감겼다. 쉽게 잠이
들었던 만큼 쉬이 잠에서 깬 단희가 그녀를 들어 올리는 상
대를 보며 배시시 웃음을 지어 보였다.

"또 잠이 들었네요."

그녀의 보드라운 미소에 화답하듯 그가 다정하게 입을
맞췄다. 갓난아이를 끌어안듯 조심스러운 손길로 그녀를
침상에 눕힌 그가 그녀의 뺨과 이마에 입을 맞추며 물었다.

"끼니는 거르지 않았고?"

"태후마마께서 꿩을 하사해주셨습니다. 그것으로 꿩 탕
을 해 먹었지요."

설찬이 잘했다는 듯 그녀의 머리를 쓰다듬어주었다.

"바깥바람은 좀 쐬었느냐?"

"스승님께서 다녀가셔서 잠시 뜰을 걸었습니다. 몸에 좋
은 것이라며 스승님께서도 또 꿩을 잡아 오셨지요."

하하하. 설찬의 나지막한 웃음소리가 고요한 방 안에 근
사하게 울려 퍼졌다. 그 목소리에 취한 듯 나른해진 단희가
손을 들어 올려 그의 목 뒤로 팔을 감았다. 상처 때문에 저
릿한 팔은 조금 뻣뻣하고 굼떠졌다. 몸이 완쾌되어도 예전
같지 않을 거라 황궁의 현이 말했다. 그것이 못내 아쉽고
속상했지만 그녀는 내색하지 않았다. 단희의 어깨에 무리
가 가지 않도록, 그녀가 내색하지 않아도 먼저 다독여주는

설찬이 있었기 때문이다.

설찬은 그녀에게 더욱 몸을 밀착해 어깨와 허리를 부드럽게 어루만졌다.

"이 요망한 것. 어찌 그런 거짓말을 해서 나를 곤란하게 하는 것이야."

설찬이 단희의 코끝을 이로 슬쩍 깨물며 말했다. 그가 무엇을 말하는지 알아챈 단희가 수줍은 웃음을 보였다.

"지체되는 것이 싫은걸요."

"덕분에 그 뒷수습은 모두 내가 해야 하지 않느냐."

단희의 눈이 동그래졌다.

"어머? 밝히셨어요?"

못내 섭섭하다는 듯 그녀의 말투에 설찬이 자신의 이마를 붙이며 속삭였다.

"황궁의를 잘 포섭해두었다. 그를 닦달하려드는 몇 사람만 잘 넘긴다면 이내 모두 그의 말을 믿을 것이야. 폐하를 제외하고 말이지."

"어머나……."

"감히, 제를 속인다는 것은 불경죄. 다만 나의 부하들과 너의 사촌 오라비만 속인다면 그건 재미난 유희가 될 뿐."

까르르. 단희가 웃음을 터트리며 그의 어깨에 머리를 기댔다. 급한 마음에 뱉어버린 말을 설찬이 놓치지 않고 잘 활용해주었다. 어서 빨리 한 지붕 아래 있고 싶은 두 사람의 마음이 한가지인지라 그런 것이었다.

설찬의 손이 부드럽게 그녀의 몸을 타고 내려가 납작한 배를 어루만졌다. 슬금슬금 문지르는 손가락이 어느새 속고의 안으로 침입했다. 따뜻한 손가락이 배꼽 주변을 배회하다가 슬그머니 허리를 타고 올라왔다.

"한데 정말 괜찮은 것이냐?"

그의 목소리에 걱정이 가득했다. 단희는 설찬의 어깨를 끌어안으며 귓불을 깨물었다.

"아니요, 괜찮지 않습니다."

단희의 말에 설찬의 손이 딱 멈췄다. 긴장감으로 굳은 눈동자를 본 단희가 웃음을 보이며 말했다.

"부모님께 거짓을 고한 것이 마음에 쓰여 죽겠습니다. 언니들을 속인 것도 마음이 아픕니다. 그러니……."

단희가 팔에 힘을 주어 그의 몸을 꽉 끌어안았다. 저릿한 팔과 어깨의 통증 또한 달콤하게 느껴지는 순간이었다.

"어서 그 거짓을 참으로 만들어주시어요."

그녀의 속삭임이 그를 송두리째 흔들었지만 설찬은 그녀에게 입 맞추는 것으로 간신히 욕정을 참아냈다. 그러나 그녀는 끊임없이 그를 자극하고 유혹했다.

곧이어 서로를 어루만지고 입 맞추는 것만으로는 만족하지 못한 연인들의 아쉬운 탄성이 방 안에 가득했다.

그리고 며칠 후, 요함과 환웅이 환궁의 찬을 닦달하여 대답을 받아내고 정확히 이틀 후였다. 소식을 전해 들은 미랑환과 소춘이 두 사람의 혼례를 속전속결로 진행시킨 것은 당연한 수순이었다.

종장 혼례

  저물어가는 계절의 끝은 옷을 갈아입는 산천만큼이나 소
란스러웠다. 유독 다사다난했던 지난 시간들의 여운 때문
에 그런 것일까. 아름다운 혼례식을 보기 위해 모여든 이들
의 얼굴에 신부와 신랑을 위한 축복과 염려가 가득했다. 새
부부를 사랑하지 않는 사람들이 없었기에 유난스러울 정
도로 축객들의 기운이 넘쳐났다. 하하, 호호! 웃다가도 저
들끼리 어휴, 쯧쯧! 혀를 차면서 곧 있으면 보일 새 신부를
기다렸다.

  그들이 모여 있는 너른 마당을 넘어 별채 끝으로 들어가
면 화려하게 단장을 마친 신부가 수줍게 자리하고 있었다.

  짙어지는 가을의 색상이 새 신부의 치마 끝에 물들었다.

그 누구보다 아름다워야 하는 여인의 얼굴 위에는 잘 익은 물앵두처럼 새치름하고 탐스러운 홍조가 피어올랐다. 그런 신부의 허리 아래로 늘어지는 장신구들을 매만져주는 두 언니의 얼굴은 걱정과 염려로 굳어져 있었다. 이미 거나한 예식을 치러본 적이 있는 그녀들이기에 그것이 얼마나 고단한 것임을 잘 알고 있었기 때문이다. 그러니 성치 못한 동생의 몸이 혹여 잘못되지는 않을까 애간장이 탔다. 이미 여러 날 동안 수차례나 앞서 걱정을 했건만 당일이 되어도 마음이 편치 않았다.

그런 언니들의 손을 맞잡아주며 단희가 웃어 보였다. 수줍은 새색시의 미소만큼이나 보드라운 것이 있던가.

결국에는 언니들도 초조하게 단희를 매만져주던 손을 떨치고 마주 웃어 보였다. 어찌되었거나 오늘은 왔고, 그 먼 길을 돌아 그녀들의 동생은 그토록 원하던 임의 신부가 되었다. 기쁘고 경사스러운 날이었다. 오늘로 오는 그 과정에서 때로는 상처받고, 때로는 상처를 주었다고 해도 그 모두가 사랑하기 위한 날들이었음에, 사랑으로 성장한 여인은 성치 못한 몸에도 뽀얗게 웃을 수 있었다. 그렇게 오늘은 기쁜 날이기에.

톡톡.

활짝 열린 창틀을 누군가 점잖게 두드렸다. 꽃밭에 있듯 아름다운 세 여인의 얼굴 위로 동시에 미소가 떠올랐다. 그녀들의 어미가 다정한 눈빛으로 손짓하고 있었다. 이 집안에서 벌인 혼례가 이번으로 벌써 세번째이건만 오늘따라 유독 긴장한 빛이 역력해 보였다. 이제 막내딸마저 보내고 나면 못내 쓸쓸하고 섭섭해질 시간들이 발치에 걸려 마음이 애틋했다. 그러면서도 자식의 기쁘고 수줍은 얼굴을 보고 있자니 하루 종일 아무것도 먹지 못했어도 배가 불렀다. 그저 대견하고 감사할 뿐이었다.

무거운 혼례복을 걸치고 여윈 몸으로 뜰로 내려서니 새신부의 방문을 자처하고 호위하며 서 있는 미휼이 있었고, 저 멀리 등이 굽은 부엌 할매와 마지가 보였다. 곱고 아리따운 막내 애기씨의 모습을 보고 있자니 무릎이 아파 걷지도 못하는 부엌 할매의 주름이 웃음꽃을 만들어냈다.

"할매!"

단희는 혼례가 있을 앞마당으로 가던 걸음을 돌려 무거운 걸음으로 부엌 할매에게 다가갔다. 듬직한 마지의 부축에 힘겹게 서 있던 할매가 소스라치게 놀라며 뒷걸음질 치려 했지만 단숨에 다가온 단희가 언니들이 곱게 매만져준 혼례복이 구겨지는 것도 개의치 않고 할매를 두 손으로 꼭 끌어안았다. 이때까지 제 가족보다 먼저 그녀를 생각해준 할매에 대한 고마움이 굽은 등을 끌어안은 두 손에 넘쳐흐르고 있었다. 그 뜨거움이 늙고 지친 노인의 눈시울을 달구고야 말았다. 백태가 낀 허연 눈동자가 파르르 떨리더니 처음으로 장성한 애기씨의 등을 쓸어보았다.

잘 컸다고, 살아줘서 고맙다고……. 이 늙은이보다 앞서 가지 않고 이토록 기쁜 날을 맞이할 수 있어 다행이라고 토닥이는 노인의 손이 말하고 있었다. 해맑게 웃어 보인 단희가 마지에게 할매를 부탁했다.

다시 그녀는 걸음을 옮겼다. 잘 걷는다고 걸었지만 본채로 넘어가는 문지방에서 결국 비틀거리고 말았다. 그녀의 뒤를 지키고 있던 미휼이 그런 단희를 부축하고 섰다. 크고 든든한 미휼의 손 위로 앙상하게 마른 단희의 손이 겹쳐졌다.

"고마워."

앙상하고 서늘한 손이 사내의 뜨거운 손을 잠시 스치고 멀어졌다. 바짝 쫓아가던 미휼이 잠시간 멈춰 서서 멀어지는 새 신부의 뒷모습을 바라봤다. 잔잔한 웃음 끝에 보이는 그의 눈길이 아련했다. 아직 공기 중에 남아 있는 그녀의 향기를 크게 들이마시며 처음으로 맞잡아본 그녀의 온기를 음미했다. 천천히 들어 올린 손에 제 얼굴을 가까이 가져간 그가 가시지 않은 여운을 홀로 마음에 새겼다. 알아주는 이 없는 부질없는 외줄기 마음이었어도 그는 처음 그의 어깨를 치료해준 그녀를 은애했다.

오래도록 홀로 마음에 품었던 마음이지만 한순간도 후회한 적이 없었다. 그녀에 대한 마음은 그에게 삶의 방향을 잡아줬고, 그를 더 나은 사람이 되게 만들어줬으니까.

'더 나은 사람.'

미휼은 속으로 점잖게 중얼거리고는 애잔한 미소를 입가에 매달았다. 그래서 오늘도 그는 아프기보다 기뻤다. 그의 원화가 행복할 테니까. 단희라는 사람에 대한 무한한 애정은 이 기쁜 혼례로 끝나는 게 아니니까.

크게 숨을 들이켠 미휼이 서둘러 단희를 따라 나섰다. 햇살에 녹아드는 그녀의 옷자락이 시리도록 아름다웠다. 그 아름다움을 따라가는 그의 걸음이 가벼웠다. 심호흡을 마친 신부가 앞마당으로 들어서니 징 소리가 모두를 주목시켰다.

오늘만큼은 세상에서 가장 아름다운 새색시가 수줍게 등장했다. 그런 새색시를 맞이하기 위해 진작부터 초조하게 기다리던 새신랑이 한달음에 달려왔다. 그 다급한 발걸음이 평소의 점잖던 모습과는 너무나 대조되어 이내 와하하 웃음소리가 퍼져나갔다.

햇살이 따뜻하고 바람 내가 산뜻한 그런 날이었다.

"날이 맑구나."

거문고 소리가 울려 퍼지는 향기로운 후원에 반쯤 몸을 뉘이고 있던 태후가 웃음을 지어 보였다. 그 옛날 언젠가처럼 손을 퉁기며 음을 타던 그녀가 곁에 앉은 상선을 보며 말했다.

"하나가 되기 더없이 좋은 날이로고."

태후의 말에 상선 이사달이 빙그레 웃으며 고개를 끄덕였다. 부처님도 돌보신 길일이었을까. 하늘이 꿰뚫려 보일 듯 맑고 깨끗했다. 불온하고 사악한 어느 것도 닿지 못하도록 높고 푸르렀다.

"당분간은 그 자존심을 세워가며 건드릴 일은 없을 거야. 이간질로 나라를 무너트리려 하다니, 덩치와는 다르게 어찌나 치사스러운지."

"예?"

되묻는 상선의 말에 태후는 그저 묘연한 미소로 후후후 웃어 보일 뿐이었다. 그제야 우둔한 상선의 머릿속에 섬광이 스쳐 지나갔다. 고개를 끄덕인 그는 복잡한 얼굴로 웃어 보이더니 문득 심각하게 입을 열었다.

"미진부는 거기에 얼마나 있게 하실 요량이십니까?"

미진부. 철없던 시절 그녀의 방종으로 생긴 아픈 가시. 형제들 중 그 누구도 닮지 못하고 혼자 툭 불거져 나온 뻐드렁니 같은 아이. 태후가 쯔쯧, 혀를 차더니 웃는 얼굴을 굳히고서 이마에 손을 얹었다.

미진부는 그녀의 명으로 우산국에 유배당했다. 이 화려하고 아름다운 왕경을 떠나 산다는 것도 충격이지만, 그곳이 돌과 물 밖에 없는 우산국라는 것을 알고 어찌나 난리를 피워대던지……. 하지만 결국에는 수병들의 손에 이끌려 떠나고 말았다. 그마저도 하루가 멀다 하고 억울하다 상소를 올리는 통에 그녀는 우산국에서 오는 상소를 애초에 차단해놓았다.

"그 아이가 고독을 알게 될 때까지."

태후는 쓰게 입맛을 다시더니 손을 들어 시비를 불렀다.

"시원한 꿀물을 가져오너라. 입이 쓰구나."

시비가 단정히 읍하고 총총히 물러났다. 상선을 보며 손을 내두른 그녀가 단호히 말했다.

"그 얘긴 그만하지. 그나저나, 제가 지금 보량 때문에 난리라 하던데?"

"예, 그렇지요."

상선이 무언가 생각났다는 듯 피식, 웃어 보였다. 그러자 태후의 얼굴에 궁금한 빛이 떴다. 무슨 일인고?

그런 그녀의 얼굴빛을 읽은 것일까. 상선의 말이 이어졌다.

"후마마께서 변하셨다는 말이 맞을 것입니다."

"변하였다? 그게 무슨……."

"폐하라고 하면 껌뻑 죽던 마마 아니시더이까? 하지만 지금은 그렇지 않습니다. 무슨 바람인지 폐하께서 오셔도 도통 웃지 않으시고, 먼저 자리를 피하시기도 하더니, 이제는 그 싫다던 사냥을 다 나가지 않으시겠습니까? 허니 폐하께서 이상타 느끼며 더욱 찾게 되신 겁니다. 한데 그러면 그럴수록 후께서는 제를 피하고 노골적으로 껄끄러워하시니……. 어제는 마침내 제께서 화가 나신즉 들고 있던 저녁 수라까지 뒤엎고 나오셨다 합니다."

"어허?"

상선의 이야기를 듣던 태후가 혀를 차더니 클클클 능구 렁이 같은 웃음을 보였다. 오래된 여인의 촉이라고 할까.

"그러게 있을 때 잘 해야 하는 게야. 평생 제 것이었는데 이제 아니라고 느껴지니 그 성정에 얼마나 고약하게 심통 이 났을꼬."

그렇게 중얼거리는 그녀의 곁으로 조용히 다가온 시비가 시원한 꿀물을 내려놓았다. 마른 입안으로 달콤한 물이 흐 르니 세월의 흔적이 비껴간 태후의 얼굴에도 꿀처럼 아름 다운 미소가 흘렀다.

"달구나, 시원하고 달아."

마치 오늘의 하늘처럼.

태후는 시린 눈을 들어 하늘을 우러러봤다. 새로운 시작 의 날이니만큼 하늘이 넓고도 청명하게 그들을 포용하고 있었다. 그 아름다운 하늘빛에 취한 듯 멍하니 올려다보니, 상선의 시선 또한 하늘로 올라갔다. 구름 한 점 없이 깨끗 하고 청아한 신라의 하늘이 그들을 감싸고 있었다.

모자란 달이 은밀한 구름의 움직임을 헤치고 모습을 드 러냈다. 컴컴한 밤하늘에 별들이 반짝이고 오늘부로 새로

운 안주인을 맞이한 풍월주 설찬의 금입택은 숨소리마저
죽인 고요함으로 침전되었다. 오래도록 커다랗고 무뚝뚝
한 사내가 차지하고 있던 안채에 하늘하늘한 그림자 하나
가 덧붙었다.

합환주를 나누어 마시고 그녀의 머리 위로 드리워진 무
거운 가채도 내려놓으니, 홀가분하고 아름다운 신부가 수
줍게 모습을 드러냈다. 설찬은 잠시 아무 말도 하지 못하고
그녀를 바라보기만 했다. 모진 고생에 말라버린 그녀의 갸
름한 턱 선이 그의 마음을 아프게 했다. 설찬의 손가락이
그녀의 볼과 턱을 어루만졌다.

"내 너를 처음 보았을 때 이 뺨이 참으로 사랑스러웠지."

그의 말에 단희의 고개가 갸우뚱 기울어졌다.

"그런 말은 처음 듣습니다."

"통통하게 살이 오른 뺨이 잘 익은 복숭아처럼 붉어져서
는 나를 보며 소리치는 통에 얼마 못 가서 눈을 돌리고 말
았지만 말이다."

슬쩍 웃으며 단희의 뺨을 아프지 않게 꼬집는 그를 보며
단희도 따라 웃어 보였다. 그래, 그랬던 적도 있었더랬지.
두 사람이 동시에 같은 추억에 잠겼다.

"그때는 그렇게 네가 싫더구나. 귀찮고 성가셨지."

"너무하시어요."

볼멘 그녀의 음성에 설찬이 고개를 숙여 그녀의 뺨에 입

을 맞췄다. 뺨에 닿는 그의 입술이 따스했다.

"자꾸만 나를 못살게 군 것은 네가 아니더냐. 만날 바쁜 나를 찾아와서는 이것 좀 먹어보라, 이것 좀 봐달라, 저것 좀 같이 하자……. 어린 계집이 맹랑하기 그지없어서는."

"치이."

단희가 입술을 삐죽이며 고개를 돌리자 설찬이 그녀의 턱을 잡고 다시 자신을 보게 했다. 그러고는 그의 손가락이 내려가며 그녀의 빗장뼈를 어루만지기 시작했다.

"그런데 그런 네 모습이 영 밉지가 않았던 것이 이상했다. 싫은데, 정말 신경 쓰이고 성가셔 죽겠는데 이상하게 밉지가 않았어. 그뿐이랴? 날이 갈수록 예뻐지기까지 하는데……. 다른 예쁘고 고운 것에는 눈이 잘 가지 않았는데, 이상하게 네가 예뻐지는 것은 자꾸만 눈에 담고 싶어지더라. 그게 너무 이상하고 고까워서 너에게 더욱 모질게 대했다."

다정한 그의 목소리와는 다르게 그의 손은 점점 더 과감하고 거칠어졌다. 단단히 여미고 있던 앞섶을 풀어 헤치고는 봉긋하게 솟아오른 가슴을 손에 가득 담아 쥐었다. 그와 그녀 사이를 가로막은 속고의 사이로 두 사람의 온기가 녹아들기 시작했다.

말랑한 가슴을 부드럽게 주무르는 설찬의 손길이 점점 억세지더니 기어코 그녀의 입에서 억눌린 신음성을 터트리게 만들었다.

"나 때문에 많이 아팠느냐?"

널찍한 손바닥으로 그녀의 심장 부근을 동그랗게 어루만졌다. 손바닥을 살살 돌리기도 하고 힘을 주어 손안에 감싸 쥐기도 하면서 부드럽게 자극했다. 단희는 탄탄하고 두터운 그의 팔을 움켜쥐고 고개를 도리질했다.

"아프지 않았습니다. 알고 있었거든요."

"무엇을?"

그의 물음에 단희는 잠시 뜸을 들였다. 그녀를 어루만지는 그의 손에 자신의 몸을 바짝 붙인 그녀가 설찬의 목에 팔을 둘렀다. 두 사람의 눈이 마주치고, 달처럼 휘어진 눈으로 웃으며 그녀가 답했다.

"언젠가 당신이 내게 넘어오리라는 것을요."

단희의 입술이 설찬의 입술을 과감하게 짓눌렀다. 그의 무릎 위로 올라탄 그녀가 어깨 위로 흘러내리는 속고의를 느꼈지만 그대로 내버려두었다. 그녀의 가슴을 주무르던 설찬의 손이 그녀의 허리에 둘러지고, 물 샐 틈 하나 없이 바짝 끌어안은 두 사람이 헐떡거리는 숨소리조차 내지 않고 농밀하게 입 맞췄다. 혀가 혀를 끌어안고, 입술과 입술이 쉴 새 없이 마찰했다.

단희의 몸을 가리고 있던 모든 것이 아래로 내려가고, 단단하고 마른 근육이 빼곡하게 들어차 있는 설찬의 몸이 모두 드러났을 때, 두 사람은 함께 침상 위로 쓰러졌다. 폭포

수처럼 흩어지는 그녀의 머리카락을 쓰다듬으며 설찬은 조심스럽게 숨을 들이켰다.

"눈부시도록 아름답구나."

"제 눈에도 당신이 아름답습니다."

단희의 말에 설찬이 웃었다. 단희의 머리카락을, 어깨를, 보드라운 둔덕을 따라 흘러내리는 그의 손끝을 따라 입술이 움직였다. 마치 처음 그녀에게 입 맞췄을 때처럼, 마치 처음 그녀를 안았을 때처럼 조심스럽고 안타까운 입맞춤. 부서질까 두렵고 피부에 닿는 그녀의 살결에 감동하듯 바르르 떨리는 그의 어깨. 단희는 그 어깨 위로 잘게 입맞춤하며 그의 손이 주는 쾌락에 한껏 신음했다. 그녀의 신음성이 달콤한 술이 되어 그를 취하게 만들었다. 설찬은 한껏 뜨거워지는 단전을 느끼며 그녀를 바짝 끌어안았다. 들썩이는 단희의 동그란 엉덩이를 움켜쥐며 그의 목소리가 은밀하게 속삭였다.

"내 것이 되어줘서 고맙다."

"아니요, 틀렸어요. 설찬랑."

그녀의 대답에 그의 고개가 들어 올려졌다. 두 손으로 그의 뺨을 잡은 단희가 생긋 웃으며 제 엉덩이를 한껏 성을 내고 있는 그의 것에 가져갔다. 그러고는 설찬이 그랬던 것처럼 은밀한 목소리로 속삭였다.

"당신이 제 것입니다. 처음부터 제가 그리 말하지 않았습니까? 설찬랑, 당신은 제 것이라고요."

설찬이 뜨겁게 웃었다. 그리고 괘씸하다는 듯 눈을 빛낸 그가 슬그머니 허리를 움직이더니 단박에 그녀 안으로 들어섰다. 허억! 단희가 숨을 몰아쉬며 고개를 한껏 뒤로 젖혔다. 헐떡거리는 두 사람의 숨소리가, 야릇한 마찰음이 두 사람의 방에 꽉 들어찼다.

"…… 이 밤이 끝나도 그 소리가 나오는지 보자꾸나."

하아, 숨을 몰아쉰 그가 으스러질 듯 작은 단희를 끌어안았다. 풍만한 가슴이 그의 어깨에 뭉그러졌다. 단희의 달콤한 숨소리가 그의 귓가를 적시고, 신음과 웃음소리로 가득해졌다.

구름 위로 드러났던 달이 모습을 숨겼다. 두 사람이 하나 되기에 부족함이 없는 캄캄하고 은밀한 밤이었다. 달뜬 숨소리 사이로, 아이가 다섯이 될 때까지는 어림도 없다고 말하는 단희의 앙큼한 말소리가 들렸다. 그렇게 한참이나 두 사람은 말도 없이 서로를 가지며 저 자신을 내어주기에 바빴다. 달콤한 신혼의 새벽이 밝아올 때까지 몇 번이고 그렇게.

〈끝〉

작가의 말

글을 쓴 지가 그리 길지는 않았지만 그래도 짧은 시간 동안 제법 많은 글들을 세상 밖으로 끄집어냈다고 생각합니다. 그 많은 활자들과 가상의 인물들 사이에서 가장 저를 고민하게 하고, 가장 오랜 시간 끌어안고 있게 만들었으며, 가장 가슴 설레며 출발했던 이야기가 바로 『화랑애사』이고 '설찬'과 '단희'입니다.

겁도 없이 뛰어든 신라 시대에서 길을 잃은 뻔한 적도 여러 번, 어떻게 이들을 따라야 하나 고민한 밤도 숱했습니다. 끝내면서 가장 후련했던 글이었고, 가장 아쉬웠던 글이었으며, 내가 정말 이 글을 끝낸 건가 싶어 감격에 젖게 만든 글이기도 합니다.

이제껏 썼던 다른 글 속의 여주인공들에게는, 크든 작든 '내'가 포함되어 있었습니다. 하지만 『화랑애사』 속의 단희는 '내가 닮고 싶은' 여자를 그려냈다는 것이 맞습니다.

그렇기 때문에 다른 어떤 소설보다 이 여주인공에 대한 애정이 각별했는지도 모릅니다. 물론 설찬과 환웅, 요함과 미휼, 취선과 요령, 미령에 대한 애정이 떨어진다는 것은 아닙니다. 다만 그중에서도 더욱 마음이 쓰였다는 것이지요.

당당하고 바르며 한 가지밖에 몰라 한눈팔지 않는, 그리고 마침내는 원하는 것을 가지는 여자가 바로 단희였습니다. 사랑하고, 사랑을 요구하는 것에 부끄럼이 없으며, 마침내 그 사랑으로 더 나은 여자가 되는 인물을 만들고자 했습니다.

단희를 그려내면서 가장 중요하게 여겼던 것이 바로 이것이었습니다. 사랑으로 인해 '더 나은 사람'이 될 수 있다는 것. 순종적이거나 이끌려 다니는 것이 아니라 삶과 사랑 모두를 이끌 수 있는 그런 인물. 사랑은 숭고하고 아름다우면서 사람에겐 없어서는 안 될, 무척이나 소중하고 귀한 감정이지만 어느 한편에선 천하고 흔하며 삶의 한 귀퉁이로 밀려나버리는 조금 안쓰러워지는 것 중 하나가 되곤 하니까요.

그렇지만 모두의 마음 한편에서 끝끝내 버릴 수 없는 감정이기에 그것이 더 많은 조명을 받았으면 하고 바랐습니다. 이렇게 사랑으로 더 나은 사람이 되고자 하는 인물도 있다는 걸. 그리고 나 또한 그런 사람이 되고 싶어 만들게 된 인물이 바로 단희였던 것입니다.

단희端喜, '끝 단'에 '기쁠 희'. 끝에 가서는 기뻐 웃기를 바라는 마음으로 지은 이름입니다. 기뻐 웃을 마지막 대단원까지는 무던한 고생도, 고민도 해야 하지만 마침내 가서는 웃기를. 단희, 그 이름에 『화랑애사』에 대한 애정과 희망을, 그리고 이 글을 읽는 여러분 또한 그렇게 마침내 웃을 수 있게 되길 감히 바라봅니다.

2014년 7월
이지혜

화랑애사 2

© 이지혜, 2014

1쇄 발행일 | 2014년 8월 16일

지은이 | 이지혜
펴낸이 | 정은영
책임편집 | 이수지
편 집 | 최민석 김민혜 조연수
마케팅 | 이대호 최형연 전연교
제 작 | 이재욱

펴낸곳 | 네오북스
출판등록 | 2013년 04월 19일 제2013-000123호
주 소 | 121-840 서울시 마포구 서교동 396-33
전 화 | 편집부 (02)324-2347, 경영지원부 (02)325-6047
팩 스 | 편집부 (02)324-2348, 경영지원부 (02)2648-1311
E-mail | neofiction@jamobook.com
Home page | www.jamo21.net

ISBN 979-11-5740-044-7(04810)
      979-11-5740-042-3(set)

이 책의 판권은 지은이와 네오북스에 있습니다.
이 책 내용의 전부 또는 일부를 사용하려면 반드시 양측의 서면 동의를 받아야 합니다.

이 도서의 국립중앙도서관 출판시도서목록(CIP)은 서지정보유통지원시스템 홈페이지
(http://seoji.nl.go.kr)와 국가자료공동목록시스템(http://www.nl.go.kr/kolisnet)에서
이용하실 수 있습니다.(CIP제어번호: CIP2014021091)